光文社文庫

死刑囚メグミ

石井光太

光　文　社

目次

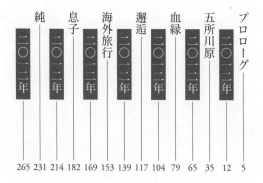

プロローグ

　クアラルンプール国際空港にドバイからの飛行機が到着すると、白い民族衣装《カンドゥーラ》を着たアラブ人たちがどっと降りてくる。中東の人々は男女ともに薔薇《ばら》など植物系のフレグランスをつけているので、強烈な香りが通路に広がる。

　入国審査《イミグレーション》を通過すると、彼らは荷物受け取り《バゲッジクレーム》でキャリーケースを手にし、出口の手前にある税関《カスタム》へ向かう。カウンターに立っているのは、紺色の襟付きの制服を着た税関職員だ。一人ひとりに目を光らせて、怪しいと感じた人を呼び止め、その場で荷物検査をして不審物がないか調べる。近年は中国人が象牙《ぞうげ》など国際取引の禁制品を持ち込むケースが後を絶たない。

　税関の主任が見回すと、アラブ人たちの中に小柄なアジア系の女性が交じっているのが目に留まった。三十歳前後だろうか。ショートボブの髪、水色のリネンの服、ストラップのついた携帯電話。容姿からして日本人にまちがいない。彼女は二つのキャリーケースを受け取った後も税関へは近づいてこず、人目を気にするように女子トイレを出たり入ったりしている。

　職員の一人が小声で言う。

「あの日本人《ジュプン》、何か変ですね」

主任が黙って横目で見ていると、今度は北京《ペキン》からの飛行機が到着して、中国人が押し寄せてきた。ツアーの団体客もいる。彼らが荷物を受け取って税関へ向かいだすと、日本人女性はそれに紛《まぎ》れるように歩きだした。

彼女はうつむいたまま申告書をカウンターに置いて通り過ぎようとする。主任が声をかける。

「ストップ」

日本人女性は顔を上げずに歩きつづける。もう一度言葉をかけると、急に歩調が速くなった。

主任は大きな声で言う。

「ヘイ、ストップ！　ジャパニーズ！」

主任は出口の手前で彼女の肩をつかんだ。細い体がビクッと動いた。

「ジャパニーズ、なぜ止まらなかった！」

日本人女性は、何も答えずに目を泳がせている。英語がわからないのだろうか。空港内は寒いほど冷房が効いているのに、リネンのシャツには汗の染みができている。

「パスポート」

「えっ……」

「パスポートを出しなさい！」

彼女は肩にかけたナイロンのショルダーバッグから、おずおずと赤いパスポートを取り出す。表紙には金の字で「ＪＡＰＡＮ」と書かれている。ページをめくると、成田《なりた》から日本を出国し、ドバイに入国。そこからマレーシアに来たようだ。

「申告するものはあるか」

「ノー……」

税関申告書にも「申告なし」にチェックが入っている。

彼女の足元にはキャリーケースが二つ置いてある。一つはオレンジ色のサムソナイトだが、もう一つは黒色のノンブランドだ。

主任は黒色のキャリーケースを指さして言った。

「これは君のだな？」

キャリーケースをカウンターの上に載せると、中東の香水の匂いがした。錠が二重についている。

「荷物の中身を調べるから、キーを開けなさい」

日本人女性は不慣れな英語で言った。

「あ、ありません」

「なぜだ」

「このキャリーケースは別の人のなんです。預かったんです……」

「持ち主はどこだ」

「………」

「荷物は持ち込んだ人の所有物だ。開けないなら、強制的に中を調べるぞ」

彼女の顔に怯《おび》えの色が浮かぶ。

「ダメです。怒られます！」

他の税関職員たちが騒ぎを聞きつけて集まってきた。彼は部下たちに言った。

「このキャリーケースをX線に通してこい。女性は取調室に連行しろ」

一人がキャリーケースを税関の方へ運び、残りの三名が日本人女性の左右と後ろを囲んで歩きはじめた。

取調室には窓がなく、長いテーブルと電話が置いてあるだけだ。日本人女性を立たせたまま、主任が内線電話で日本語の通訳の手配をしていると、職員が黒いキャリーケースをX線に通してもどってきた。彼は主任の耳元に口を近づけ、「何かあります」と囁《ささや》く。つづいて解錠の技術を持つ職員もやってきた。

主任は通訳の到着を待たず、日本人女性に英語で言った。

「今からキャリーケースを開ける。立ち会いなさい」

指示をすると、職員は専門の工具をつかって鍵の解錠作業に取り掛かった。指先を少し動かしただけで、鍵は呆気《あつけ》なく開いた。

主任は日本人女性を一瞥《いちべつ》してから、キャリーケースを開けた。中には、ジーンズやシャツなどつかい古された男性物の衣服が大量に入っていた。アラビア語の新聞紙の束、子供用のリュック、汚れた運動靴。ケースを満たすために無造作につめ込んだように見える。

「この衣服は君のじゃないな。誰のだ？」

日本人女性は顔を蒼白にして答えようとしない。

主任は衣服や新聞紙を一つひとつ手に取ってみたが、それ自体に不審な点はない。職員が言った。

「X線検査では、ケースの底に影が映っていました」

キャリーケースの内部はナイロンの内装生地だが、底の部分だけが二重構造になっていた。触ると、硬いものがある。

「入っているのは何だ」

「……」

「中身をたしかめる。いいな」

主任はカッターを取り出し、ナイロンの生地を切っていく。茶色いガムテープで巻かれた四つの丸い袋が現れた。部下たちが唾を飲む。

一つを手に取り、ガムテープをはがしてみることにした。何重にも巻かれたガムテープを取ると、白い粉の入ったジッパー付きのビニール袋が出てきた。

「これは覚醒剤《シャブ》か」

「わ、私のじゃありません」

「なら、誰のだ」

日本人女性はまた押し黙った。袋一つの重量は一キロから一・五キロほどだ。全部で五、六キロだろうか。

「君がこのキャリーケースを持ち込んだんだな」

主任は白い粉の入ったビニール袋を部下の一人に渡した。

「検査で中身をたしかめろ」

部下はテーブルの上に二種類の簡易検査用キットを並べた。粉と薬品を混ぜて色が変われば覚醒剤だ。二種類のキットで調べるのは、できるだけ正確な結果を得るためだ。

主任は部下が淡々と準備をするのを見ながらため息をついた。これだけの覚醒剤を押収すれば、一大ニュースになるだろう。この国の法律では、五十グラム以上の覚醒剤の持ち込みに対して死刑判決が下されることになっている。つい半年前も、フィリピン人女性を同じ容疑で逮捕したが、彼女のお腹の中には七カ月の赤ん坊が宿っていた。この日本人女性も同じ道をたどるのかと思うと気が重い。

それまで黙っていた日本人女性が口を開いた。

「テレフォン、いいですか」

声が震えている。

「誰にかけるんだ？　このキャリーケースの持ち主か」

小さくうなずいたように見えた。彼女とてマレーシアの法律を知らないわけではないだろう。助かるために共犯者を売ろうとしているのかもしれない。

主任は情けをかけることにした。

「英語での会話なら認める」

「……」

彼女は携帯電話を取り出してかけはじめた。相手はすぐに出たらしく、日本語で何かをしゃべりだす。目に涙を浮かべて、必死に何かをつたえている。

主任は言った。

「私にわかるように英語で話せ！」

聞こえていないのか、彼女は夢中で日本語で話しつづける。彼は大きな声を出した。

「ストップ！　日本語は認めない！」

彼女は言葉の意味を理解したらしく、慌てて電話を切った。

誰と何を話していたのかと問いただそうとしたところ、検査をしていた部下に呼ばれた。結果が出たようだ。

「主任、これはメタンフェタミン（覚醒剤）です」

キットをのぞくと、二つとも色が変わっていた。運び屋にちがいない。本部へ連絡しようとすると、部下の一人が「ストップ！」と叫んだ。日本人女性が隙を見て携帯電話で誰かとしゃべっている。

「やめろと言ってるだろ！」

主任は無理やり携帯電話を奪い取った。ストラップがちぎれてビーズが床に散らばる。

「逮捕だ！　彼女の身柄を拘束しろ！」

部下が取り押さえ、手首に手錠をかけた。日本人女性は、その場にすわり込み、悲鳴のような声で慟哭した。

二〇一二年

　マレーシアの首都クアラルンプールの空は、汚れたような灰色の煙霧《ヘイズ》が立ち込めていた。野焼きや森林火災、それに排ガスなどによって町全体が煙に覆われたように霞《かす》んでおり、日中でも太陽は遮《さえぎ》られ、うだるような蒸し暑さがつづく。

　よどんだ都市のいたるところで、高層ビルの建設ラッシュを迎えている。鉄骨がむき出しになった骸骨のようなビルがあちらこちらに建ち、重機が金属音を鳴り響かせる。多くは商業施設を兼ねたオフィスタワーか、富裕層が投資目的で買い求めるレジデンスだ。

　こうしたビルの建設は、急速な経済発展に伴って、町の中心部だけでなく、郊外にまで拡大している。熱帯雨林の原生林が切り拓《ひら》かれ、禿《は》げた土地にクレーン車やミキサー車が押し寄せ、巨大なマンションが建てられていく。

　二月の朝、大気の煙った高速道路を、一台のフォルクスワーゲンが空港の方面へと走っていた。冷房の効いた助手席にすわっているのは、グレーのスラックスに半袖のワイシャツを着た東木幸介《とうきこうすけ》だ。

　彼はタブレット端末に映し出された新聞記事に目を落としていた。読んでいたのは、勤め先である東亜《とうあ》新聞のデータベースにある一年前の記事だ。見出しには次のように書かれている。

〈マレーシアで密輸の日本人女性、死刑判決〉

記事には、被告である日本人女性の顔写真が載っている。ショートボブの髪に、眼鏡の奥の一重の目、薄い唇。純日本風の顔立ちで、あえて言えば目立つところがないのが特徴だ。

——小河恵《おがわめぐみ》。

それが密輸犯である彼女の名前だった。

運転席のリーがハンドルを握りながら、画面をのぞき込んでくる。顔写真で誰かわかったようだ。日本語で言った。

「メグミさん、若く見えますよね。当時、マレーシア人の間では日本人の学生が捕まったって騒ぎになったんです。背もちっちゃいですしね」

事件はマレーシアでも大々的に報じられた。ごく普通に見える日本人女性が大量の覚醒剤を密輸したことに好奇の眼差《まなざ》しが注がれたのだ。

「刑務所での面会、彼女はちゃんと応じてくれるかな」

「前任のタハラさんがインタビューしに行った時は、ちゃんと会ってくれました。きっと大丈夫です」

幸介は、タイにある東亜新聞のバンコク支局の記者だった。十カ月前の春に、前任の田原《たはら》に代わって赴任してきたのだ。中国系マレーシア人のリーは、五カ国語を操れる取材コーディネイターで、日本へは三年ほどの留学経験があるという。

幸介はタブレット端末の記事に目を通した。

マレーシアの高等裁判所は、覚醒剤を密輸したとして危険薬物不正取引の罪に問われた、元看護師の小河恵（34）被告に、死刑判決を言い渡した。

小河被告は2009年11月、アラブ首長国連邦のドバイから空路で、同国クアラルンプール国際空港に着いた際、5・5キロの覚醒剤を所持しているのが見つかり、逮捕されていた。

小河被告は取り調べの中で、ドバイの空港で見知らぬ人物からキャリーケースを預かっただけで、中身が覚醒剤であることは知らなかったと無罪を主張。

裁判所は、被告の言う人物が特定できないことや、これまで複数回にわたって同じ空路を行き来していたことなどから、密輸に意図的に関与していたとして、死刑判決を言い渡した。マレーシアで日本人が死刑判決を受けるのは初めて。

判決後の記者会見では、弁護士が「不当な判決であり、控訴する」とした。

昨年行われた一審の裁判で、死刑の判決が下されたのである。

これまで中国で日本人が覚醒剤の密輸で捕まって死刑判決を受けたことはあるが、マレーシアで、しかも女性が死刑判決を受けたのは前代未聞だったため、日本でも大きく報じられていた。

リーは言った。

「メグミさんは、裁判で密輸を否認していました。あれは事実だと思いますか」

「彼女は、空港で出会った人にだまされて薬物の入った荷物を運ばされたと話しているんだよね。同類の事件が世界中で起きているのは事実だ」

「じゃあ、無実だってことですか」

「いや、彼女が罪を逃れるために『人から預かった』と嘘をついていることも考えられる。事実、一審の裁判官はそう判断したから死刑を宣告したんだろ」

「一審の時は日本のメディアがたくさん取材していましたけど、その後はどこも追ってません」

「遠い国の出来事なんだろうね。裁判の判決さえ報じれば十分と考えてるんだよ」

「なぜ東亜新聞は取材するんですか」

幸介の頭に浮かんだのは、青森の寒々しい光景だった。今回、バンコクから飛行機に乗ってここまで取材に来たのは、本社からの指示というより、ごく個人的な思いからだった。

事件に興味を抱いたのは、一月に小学校時代の恩師の佐々木義文《ささきよしふみ》先生から送られてきた一通のメールがきっかけだった。年賀状で昨年からバンコク支局に転勤になっていることをつたえたところ、佐々木からのメールが届いたのだ。そこには次のように記されていた。

〈マレーシアで捕まった小河恵さんを覚えていますか。彼女は君の同級生です。もし取材する機会があれば、彼女の近状を教えてください〉

同級生と言われて思い出したのが、青森県の五所川原《ごしょがわら》市の小学校で机を並べていた一人の女の子の姿だった。

幸介の親は電子機器メーカーの技術責任者で、四十代の後半まで各地の工場へ数年おきに転勤していた。幸介もそれに伴って転校しており、東京、神戸《こうべ》、横浜《よこはま》の後に移ったのが五所川原市で、そこの小学校で担任だったのが今回メールをくれた佐々木だった。

当時、都会はバブル景気に沸いていたが、五所川原の町にはすでに過疎化の波が押し寄せていた。商店街の店は年々つぶれて閑散とし、小学校には一学年二十人くらいしか生徒がいなかった。同級生の多くが農家の子供で、冬になれば半分以上の親たちが出稼ぎのために地元からいなくなった。

幸介はこれまで住んできた都会とはまったくちがう地方の現実に戸惑った。クラスメイトたちは、そんな幸介を「都会から来た金持ちの息子」とよそ者扱いして仲間外れにし、時には目の敵《かたき》にした。今考えれば、寂《さび》れていく地方の人々の都会への妬《ねた》みだったのだろう。幸介は友達ができないまま、卒業までの二年間をできるだけ波風を立てぬように息を潜めてすごした。

恵は、そんなクラスメイトの一人だった。おとなしい性格で、窓の外ばかり見ていた。母子家庭で母親が家にあまりいなかったことから、学校を休むことも多く、毎月給食費を滞納して怒られてばかりいた。

彼女のことで覚えているのは、小学六年の三学期に突然不登校になったことだ。クラスメイトはお互いの家族のことまでよく知っているため、誰かが休めば迎えに行ったり、プリントを届けに行ったりするのが普通だ。だが、不思議と教師もクラスメイトも恵の名前をまったく出さなくなり、卒業式にはまるで存在しなかったかのように彼女の椅子さえ用意されなかった。

小学校卒業と同時に、幸介は東京に引っ越し、高校時代はアメリカのロサンジェルスですごしたが、五所川原での日々がずっと胸に引っかかっていた。あの町で体験した二年の歳月がとてつもなく重い日本の一側面を示しているように感じたのだ。

あれから二十年が経《た》った二〇〇九年、五所川原とは遠く離れたマレーシアのクアラルンプール国際空港で起きたのが覚醒剤密輸事件だった。事件のことは報道で知っていたが、被告が元同級生である小河恵だとは想像もしなかった。

恩師からのメールで思い出したのは、恵と最後に会った時のことだ。五所川原から東京へ引っ越す数日前、バス停へ行ったら、たまたま恵が冷たい風に吹かれて一人で立っていた。幸介が東京へ引っ越すことを話すと、彼女は聞き取れないほど小さな声でつぶやいた。

「いいね、五所川原から出られて」

あの時はなぜ彼女がそんなことを言うのかわからなかった。

恩師がわざわざメールで小河恵のことを書いてきたのは、何かしらの事情があってのことなのだろう。二十三年前、幸介と恵は学校で仲間外れにされた者同士だった。その彼女が今、外国で死刑囚として拘束され、自分は同じ東南アジアで特派員をやっている。

――なぜ五所川原で生まれ育った君が、マレーシアの刑務所に収監されているのか。

小河恵に会い、そのことを訊《き》いてみたかった。

カジャン刑務所は、クアラルンプールの中心街から車で四十分ほど行った小高い丘の上にあった。ヤシやバナナなど熱帯の緑が生い茂る広大な敷地内に、男性用と女性用の刑務所が別々に設けられている。

女子刑務所の駐車場に車を止めて坂道を上がると、黄色い壁の平屋の建物があった。ここが面会室だ。中は病院の待合室のように液晶テレビの前にベンチが四列並んでおり、奥が窓口だ。ここで面会申請用紙に必要事項を記入し、パスポートと一緒に提出すると、必要な手続きを取ってもらえる。

幸介たちは申請を終えると、ベンチに腰掛けて呼ばれるのを待った。ベンチには褐色肌のインド人、バティック染めのスカーフを被ったインドネシア人、ジーンズ姿の黒人がすわってい て、液晶テレビに映る英語のニュースを見ている。

リーが小声で囁いた。

「昔はインドネシアからの不法労働者が多かったけど、最近はアフリカ出身の犯罪者が増えてきてるんです」

マレーシアは、主にマレー系、中華系、インド系の三民族で構成されているが、近年の経済発展によって多様な人種が流れ込み、刑務所の受刑者が多国籍化しているのだろう。

部屋の隅で、錆《さ》びた扇風機が音を立てながら回転している。

「面会時間が来れば、係の人が呼びに来ます。中にはブースがあってアクリル板越しに受話器で話をすることになります。時間は、二十分。私がいても邪魔だと思うので、一人で行って来てください」

「小河恵は?」

「刑務官がつれてきます。死刑囚は赤と白の囚人服を着ています」

幸介は「死刑囚」という言葉を聞いて、鳥肌が立つのを感じた。

十五分ほど待つと、受付の女性職員に呼ばれた。恵が面会に応じてくれたらしい。幸介は手荷物をリーに預け、女性警備員の後について奥の通路を進んだ。

中は倉庫のように天井が高くひんやりとして、カビの臭《にお》いが漂っていた。壁や床はコンクリートがむき出しになっていて、全部で十くらいの面会用ブースが設置されていた。このうちの「6」と記されたブースに幸介は通された。アクリル板の手前に椅子が二つ並んでいて、その奥にも同じように椅子が置かれている。壁に取り付けられた受話器で受刑者と話をするのだろう。

しばらくして、アクリル板の向こうから刑務官に連行され、恵がゆっくりとした足取りで近づいてきた。手錠と腰縄がつけられ、紅白の囚人服を着ている。彼女は椅子に腰を下ろすと、不安げな表情をこちらに向ける。気弱そうな目や、透き通るような肌の白さ、それに華奢《きゃしゃ》な体格は、小学校時代のままだ。短い髪が汗ばんでいる。

幸介が受話器を手にすると、恵も同じようにした。

「初めまして、と言っていいかどうか……。東亜新聞の国際部記者の東木幸介と言います」

恵は黙って会釈をするだけだ。幸介は言葉を選んで言った。

「あの……昔、五所川原北小学校にいたんですけど、僕のこと覚えてますか?」

口をつぐんだまま首をかしげる。

「五年生の時に転校してきて、卒業と同時にまた青森を離れたんです。二年間、同じクラスでした」

恵はまじまじと幸介を見てから、パッと表情を明るくした。

「もしかして、トウキョウ?」

当時、都会から転校してきたこともあって、「東木」をもじって「トウキョウ」というあだ名がつけられていたのだ。

「よかったです、覚えていてくれて。小さな学校だったからね」

「久しぶり……。二十年以上かな」

懐かしくなって丁寧語をつかうのを止《や》めた。

「今、僕は東亜新聞で記者をしているんだ。少し前からタイのバンコク支局に赴任してきて、普段はそっちで暮らしている。前の記者が帰国して、これからは僕がこの事件の取材にかかわることになった」

話が事件に及んだ途端、恵は目をそらして口をつぐんだ。面会時間は限られている。幸介は思い切って話を進めた。

「二審の前に、話を聞かせてもらいたいんだ。裁判では、どういう主張をするつもりなのかな」

　彼女は唇を嚙んだ。幸介がもう一度同じ質問を投げかけると、彼女は短く答えた。

「私、キャリーケースを預かっただけだから……」

「誰に？」

「空港で会ったアラブ系の人」

「名前は？」

「知らない……」

　これまで恵がくり返してきた証言と同じだった。彼女はドバイの空港で同じ飛行機に搭乗するアラブ系の人から、荷物が多いので自分たちの分を預かってくれと言われて承諾しただけで、その人物の名前も連絡先も知らないと主張したのだ。

「話を整理させてほしい。まず覚醒剤を意図的に密輸したわけじゃないんだね」

「うん」

「アラブ人からはお金ももらってないんだね」

　彼女はうなずく。

「荷物はどうするつもりだったの？」

「空港の荷物受け取り《バゲッジクレーム》で会って渡すことになってた。でも、いなかった」

「いなかったって？」

「捜したんだけど、姿が見えなかったの」

アラブ人の目的が、恵に荷物を持たせて税関を通らせることだとしたら、彼らが先に税関を抜けて、安全な空港の外で待っていた可能性はある。

問題は、恵のその後の行動だ。荷物受け取りに外国人がいなければ、空港職員にそのことを説明すればいい。だが、彼女は黙って税関を通過しようとした。

理由を尋ねると、恵はうつむいて言った。

「どうしていいかわからなかったんだ」

「税関の職員に取り囲まれた時、どうして事実を話してアラブ人を捜さなかったの？　そこで見つけられれば、こうならずに済んだかもしれないのに」

「英語ができないから、何て言っていいかわからなかった」

「空港に通訳がいただろ」

「通訳の人が来たのは逮捕された後だった」

恵は目に涙を浮かべた。後ろでは、刑務官が冷淡な目で見つめている。

話を聞くかぎり、主張に大きな矛盾があるわけではない。語学力不足から説明できずにいるうちに、犯人が逃げたと考えれば筋は通る。問題はアラブ人の情報が何もなく、特定できないことだ。

「一審の裁判では、そのことを主張したけど、有罪判決が出たんだよね。二審では、どう戦うつもり？」

「わかんない……」

「わかんないって、弁護士とはどういう話をしているの？」

「何も……」

恵は口ごもったと思うと、手で口を覆ってポロポロと涙をこぼしはじめた。

幸介はもどかしさを感じずにいられなかった。無罪を勝ち取るつもりなら、戦略を持って臨まなければならないのに、何一つきちんと考えているように思えない。

考えてみれば、小学校時代の彼女もそうだった。担任の教諭に給食費の未払いを注意されても黙りこくり、都合の悪いことがあれば学校を休んだ。自己主張が不得意で、物事に流されやすいタイプなのだろう。恩師の佐々木はそうしたことをわかっていたからこそ、様子を見て来てほしいと言ってきたのかもしれない。

刑務官がさりげなく置時計に目を配る。

「僕がここに来たのは佐々木先生から頼まれたからだ。君のことをすごく心配していた」

「………」

「記者だから記事は書くけど、同級生として手助けできることがあればしたい。事件のこと、もう少し詳しく訊いてもいいかな」

彼女は涙をぬぐうだけだ。幸介はアクリルの板に顔を近づけた。

「まず、ドバイで会ったアラブ人は、どんな服装をしていたの？　一人だった？　それとも友人がいた？」

恵はうつむいているだけで答えようとしない。幸介は質問を変えることにした。

「アラブ人は同じ飛行機に乗っていたんだよね。どこらへんの座席にすわっていたとか、飛行機内で話しかけられたか、といったことは覚えてる？」

荷物の持ち主につながる手がかりを一つでも得たかったが、恵は答えようとしない。事件について話すのが怖いのか、あるいは話せない特別な事情があるのか。

「僕のこと、信用できないのかな？　話したくない？」

「……………」

「不利になる記事を書くつもりはない。僕も記者だから、話をしてくれればできることはあると思うんだ。小さなことでもいいので教えてくれないかな」

恵は自分の立場を理解しているのだろうか。

「今の状況が変わらなければ、君だけじゃなく、佐々木先生だって、家族だって、地元の人たちだって困るよね。それはわかる？」

長い沈黙の後、恵が何かを小さくつぶやいた。訊き返すと、消え入りそうな声で言った。

「母《か》っちゃ……」

「え？　お母さんってこと？」

「母っちゃに、会いたい……」

恵は手で顔を覆って嗚咽《おえつ》しはじめた。迷子の子供のように肩を揺らしてしゃくり上げている。

「なんで、お母さんなの？」

「今回のことで、母っちゃはものすごく苦しい思いをしているはず。だから、会って謝りたい。

「ごめんなさいって言いたい」

　声を裏返してそう泣き叫ぶと、手から受話器が落ちた。嗚咽の中で、時計の針だけが進んでいった。

　カジャン刑務所を出た後、幸介はリーとともに車でクアラルンプール国際空港の近くにある税関の庁舎へ向かった。

　五・五キロの覚醒剤は、日本の末端価格にして三億円以上になる量だ。面会して感じたのは、恵にはそれだけの量の覚醒剤を独自に入手し、ドバイからマレーシアへ密輸する力はないということだ。裏に第三の人物がいる可能性は高い。幸介は逮捕時の詳しい状況を知るために、空港で恵の身柄を押さえた税関職員に会いに行くことにしたのだ。

　税関の庁舎は、広い敷地内に建つ電子機器メーカーのオフィスビルのようだった。冷房の効いた受付で、職員の名前をつたえたところ、内線で呼び出してくれた。五分ほどして現れたのは、アザムディンという人物だった。髪が薄い、色黒の五十歳前後の男性だ。

　幸介が名刺を差し出すと、周りの目を気にして「外で話そう」と言って駐車場へ案内された。税関に勤めているだけあって流暢《りゅうちょう》な英語を話せるようだ。ゴムの木の陰に行くと、幸介は改めて言った。

「僕は日本の記者で、小河恵の事件について調べています。あなたは裁判に証人として出廷していますが、直接逮捕したんですか」

リーが煙草と一緒に、百リンギット札二枚を畳んで差し出した。日本円にして五千円ほど。日本のマスコミ業界では金で情報を買うことは禁じられているが、東南アジアではそうしなければ誰も話をしてくれない。

アザムディンは札を胸ポケットにしまうと、受け取った煙草に火をつけた。幸介はＩＣレコーダーのスイッチをオンにする。

「うちのチームが逮捕したんだ。主任がメグミ・オガワを見つけて税関で呼び止めた。俺が指示に従ってＸ線でキャリーケースの中身を調べたところ、底に怪しい影を見つけた。そこから覚醒剤が出てきたんだ」

煙草の吸い方がせわしい。幸介はわざとゆっくりした口調で尋ねた。

「あなたは、法廷で検事からの質問に『小河恵が故意に密輸をしたことはまちがいない』と証言していますよね。確たる証拠があるんでしょうか」

「メグミ・オガワは荷物受け取りでキャリーケースを手にしてから何十分も女子トイレに出入りして、後から来た中国人ツアー客にまぎれて税関を通過しようとした。彼女が目立たないように税関を通過しようとしていたのは明らかだ。証言のように、荷物受け取りでキャリーケースの持ち主と待ち合わせしていた様子はないし、密輸者はみんな空港の外で荷物の引き渡しをする。そう考えれば、彼女が運び屋であるのは確実だ」

ゴムの木の上では鳥たちが陽気にさえずっている。

「恵の携帯電話は証拠品として押収されていますよね。履歴を見れば、彼女が連絡していた相手がわかるんじゃないですか」

「そこが問題なんだ。取調室でメグミ・オガワの所持品をすべて押収して携帯電話の中身を確認しようとした。そうしたら携帯電話が壊れていたことがわかった」

「壊れていた？」

「ああ。彼女の携帯電話は二つ折りの古いタイプだった。取調室で日本語で電話をしたので、主任が取り上げたら、真ん中で割れてしまっていた。証拠隠滅を図ったんだろ」

「仮に恵に仲間がいるとしたら、アラブ人だと思いますか」

アザムディンは短くなった煙草を草むらに投げ捨てた。

「誰かはわからないが、日本語をしゃべることができる奴だろうな」

「なぜそう思うんですか」

「キャリーケースから白い粉が見つかって検査をしている間、メグミ・オガワが仲間に日本語で電話をしたって言ったろ。きっと捕まったことをつたえて外にいる仲間を逃がそうとしていたんだ」

「会話の内容はわかったんですか」

「その時まだ通訳は到着していなかった。一回目の電話は主任の許可を得て、二回目の電話は無許可でしたんだ。二回目は泣いていたな」

税関職員の目をかいくぐってまで電話をしなければならない理由があったのだろう。もしそうなら、恵に仲間がいたと考えられるが、死刑になってまでかばう必要などあるのだろうか。

目の前を青緑色のアオスジアゲハが飛んでいく。アザムディンは薄い髪を撫《な》でつけてつづけた。

「他にも、確信犯だと考えられる証拠がいくつかある。彼女のパスポートには頻繁に海外渡航した出入国スタンプが残っていたんだ。クアラルンプールの高級ホテルの会員カードも持っていた」

「観光ではなかったということですね」

「毎回マレーシアではクアラルンプールにしか滞在していない。観光地のペナンにさえ行ってない。忙しい日本の観光客が、そんな旅行をするか。俺にはメグミ・オガワがプロの運び屋としか思えない」

裁判所も状況証拠から同じような判断をして、死刑判決を下したのだろう。

遠くでパトカーのサイレンの音がしている。アザムディンは腕時計を見て言った。

「すまん、そろそろもどっていいか。会議があるんだ」

「もう一つだけ訊かせてください。これまで、ドバイ＝マレーシア間で、日本人が覚醒剤の密輸をしたことはあるのでしょうか」

「俺の知っているかぎりはないね。日本人が死刑になる危険を冒してまでやる必要性はないだろ」

「じゃあ、なぜ恵はしたと思いますか」

「金ほしさだろうな。前に捕まえた中国人は、一回運べば半年分の給料に相当する額をもらえると話していた。大金に目がくらんだんだ」

「彼女は看護師ですよ。そこまでお金に困っているわけじゃない」

「それは人それぞれだ。仕事があったって借金をしている奴なんてごまんといる。彼女だって同じだろ」

アザムディンは、わざとらしくもう一度腕時計を見た。

「もう俺はもどるぞ。会議がはじまってるんだ」

そう言い残すと、彼はポケットに手を入れ、本庁へ向かって歩いていった。

灰色の空を、旅客機が轟音《ごうおん》を立てて飛んでいく。幸介はゴムの木の幹に寄りかかった。頭が混乱してまだうまくまとまっていなかった。

アザムディンの話を信用すれば、恵が逮捕の直前に連絡を取っていたのは事件の関係者ということになるだろう。だとしたら、彼女がドバイの空港で見知らぬアラブ人にキャリーケースを渡されたというのは、作り話ということになる。

彼女は逮捕されて死刑判決を受けても、その仲間の存在をひた隠しにしている。相手がよほど恐ろしい犯罪組織であり、命を捨ててまでも秘密を守らなければならないということなのだろうか。それとも、アザムディンたちの推測がまちがっているということなのか。

頭の中に、取調室で泣きながら電話をしていたという恵の姿が浮かぶ。そこまでして電話をかけた相手とは誰なのだろう。

幸介は隣にいたリーに言った。

「恵は黒なのかな、白なのかな。どう思う？」

「わかりません。何が本当なのかつかめません」

幸介も同じだった。真実が隠されたまま、裁判や報道が進んでしまっているのだ。

はるかかなたの空で雷鳴が轟《とどろ》いた。リーが車の鍵を取り出して言った。

「ひとまず、車にもどりましょうか。そろそろ一雨きますよ」

幸介はＩＣレコーダーの電源をオフにした。


クアラルンプールの町に、ぬるく、少しべとついた南国の雨が降りはじめた。この年の二月は一日一回、かならず夕方の六時頃になると雷鳴が轟いた。雨はスコールのように二時間ほど激しく降った後、何事もなかったかのようにぴたりと止む。

幸介はホテルの一階にあるカフェの席にすわり、一人でカフェラテを飲みながら窓から雨に濡れる街並みを見つめていた。リーにホテルまで送ってもらった後、恩師である佐々木に電話をかけてみたのだが、あいにく留守だったので、伝言だけ残してカフェに来たのである。隣では二十代のカップルが楽しそうに携帯ゲームをしている。

今日の取材でわかったのは、税関や裁判所が恵を確信犯だと断定した背景には、それなりの理由があるということだ。だが、英語さえろくにしゃべれない恵が、一人で国際犯罪に手を染めるとは思えない。背後にあるものを知りたかったが、最後に会ってから二十三年の間に彼女の身に何があったのか想像もつかなかった。

隣のテーブルにすわっていたカップルが席を立ってレジへと歩いて行った時、携帯電話が震えはじめた。出ると、佐々木の懐かしい声が聞こえてきた。

――東木君かね。青森の佐々木だ。留守番電話聞いたよ。

電話で話すのは二年前に定年のお祝いに電話をした時以来だった。幸介は挨拶もそこそこに本題に入った。

――先生にメールをいただいて、マレーシアに来ているんです。今日、小河恵に会ってきました。

――本当か。彼女はどうだった？　刑務所に長いことといて病気していなかったか。

――アクリル板越しの面会でしたが、体調は悪くなさそうでした。

――それはよかった。事件があった時、こっちの地元紙が大きな記事にしたことでお母さんもかなりつらい思いをしたんだ。心配していたから、つたえたら安心するよ。

今頃、五所川原は大雪に覆われ、連日吹雪に襲われているだろう。極寒の底で、死刑囚となった娘の身を案じつづけている母親の姿が思い浮かぶ。

――事件について何か言っていたか。

――彼女は密輸の事実は否定しているんですが、話をしていてかみ合わないことがいくつかありました。こっちが質問をしても、ちゃんと答えてくれないというか……。

――小学生の頃から、胸の内を隠すところがあったよ。幼くしていろんな問題を抱えていたからな。

――問題?

――家庭の問題だよ。小学六年生の三学期から、彼女がまったく学校に来なくなったのを覚えているか。

――ただ、僕はクラスに友達がいなかったので、詳しいことは知らないんです。何があったんですか。

――彼女の親戚が、地元紙に載るような大きな事件を起こしたんだ。小さな町だから、あの子の家は露骨に排除されてしまった。お母さんは仕事を失い、近所付き合いもなくなり、陰口を叩かれつづけた。彼女が学校へ来なくなったのは、そのせいだったんだ。

五所川原のような町で事件が起これば、あっという間に広まる。おそらく地元の同級生たちはみんな親から聞いて知っていたはずだ。

――彼女は看護師になったんですよね。その後、がんばって地元の看護学校を出たんですか。

――いや、彼女は中学を卒業した後、関東の准看護婦学校へ行った。以来、地元にはほとんどもどってこなかった。同窓会にも一度も顔を出していないから、同級生たちも彼女が何をしていたかまったくわからないんだ。

十代半ばで地元を離れ、三十二歳で逮捕されるまでの間、彼女はどんな人生をすごしてきたのだろう。

――先生は彼女のお母さんと連絡を取っているんですか。

――数年前に、たまたま同じ病院に入院したことがあって、それからたまに電話で相談を受けるようになったんだ。

母親にしても相談する相手が佐々木しかいなかったのかもしれない。

――こうなった責任の一端は、彼女を追いつめ、町から追い出した地元住人にもあると思っている。君が東南アジアにいると知ってメールを送ったのは、そのためだ。せめて死刑だけでも回避できればいいんだが。

――そうだったんですね。でも、今のままでは二審は非常に厳しいです。一審の判決を覆すための証拠がないんです。

――何ともならないのか。

――彼女は同じ主張をくり返していますし、僕も彼女のことをまったく知りません。元同級生なので、力になってあげたい気持ちはあるのですが……。

電話口で佐々木はしばらく黙った後、口を開いた。

――彼女のお母さんと話をしてみないか？　お母さんとて娘の罪を少しでも軽くしたいと思っているはずだ。もし君が何か力になってくれるというなら、喜んでくれるはずだ。

――僕みたいなマスコミの人間でも大丈夫なんですか。

――恵の同級生だし、私から話せば問題ない。ただ、お母さんは、事件以降一度も恵と連絡がとれずにいて、できればマレーシアへ行って会いたいと言っている。君が連絡をすれば、きっとそれを頼まれるだろう。

――面会させるということですか。

──君にも立場があるのはわかっている。ただ、話を聞こうとするなら、それなりに深くかかわらざるをえなくなるということだ。それだけは承知しておいてもらいたい。

五所川原で娘を案じている母親が、連絡をくれた人にすがりつくのは当然だ。一記者としてどこまでその期待に応えられるのか。

幸介はカフェラテを飲み干して言った。

──少し考えさせてもらって、また後で連絡してもいいですか。自分がどこまでできるか今すぐにはわからなくて。

──もちろんだ。きちんと考えてからまた連絡をくれ。

幸介は、はい、と返事をした。電話の向こうで佐々木は一呼吸置いて言った。

──東木君、君は彼女と仲が良かったっけな。

──話した記憶はあまりありません。でも、彼女の家は通学路の途中にありました。

──そうだったのか……。私もあの家が印象的でな。ともかく、連絡を待っているよ。

幸介は、よろしくお願いします、と言って、電話を切った。手のひらが汗で湿っていた。

窓の外ではまだ激しい雨が降っている。胸に蘇《よみがえ》ったのは、小さな集落の片隅にある恵の家だ。農家の敷地内に建つ物置小屋のようなプレハブの建物。そこに、恵は母親と身を寄せ合って暮らしていたのだ。

五所川原

小河恵の最初の記憶は、白い月光に照らされた伊豆大島《いずおおしま》の砂浜で、迷子になって泣きじゃくっている光景だった。

物心ついた頃から、恵は夜になると一人で浜辺へ行き、銀色に輝く貝殻を探していた。親が仕事で忙しく、きょうだいもいなかった彼女にとって、夜ごとに宝石のような貝殻を見つけるのが楽しみだったが、夢中になって歩きつづけているうちに自分がどちらの方向から来たのかわからなくなってしまうのだ。

恵が生まれたのは伊豆大島ではなく、青森県の五所川原市だった。父親の清二郎《せいじろう》も五所川原の出身で、小さな農家の次男として生を享《う》けた。

家業を継いだ六歳上の長男とはちがい、清二郎は中学卒業と同時に経済的な事情からわずかな金と引き換えに網元の家へ丁稚奉公《でっちぼうこう》に出され、十年にわたって漁船の乗組員をさせられた。終戦から五年が経っていたが、青森の北部の貧しい町には、まだそんな風習が残っていたのである。

年季が明けると、清二郎は二度と海を見るのは御免だと言って、高度経済成長で公共工事が増えた東北の建設作業員宿舎を転々として肉体労働で日銭を稼いだ。鉄道やダム、高速道路など現場は一通り経験した。

結婚は三十二歳の時だった。両親の紹介で、同じ五所川原の農家の娘と見合いをしたのだ。嫁の駒子《こまこ》は、十一歳下の二十一歳だった。

結婚から十年近く子宝に恵まれなかったが、一九七七年、二人は待望の子供を授かった。それが、長女の恵だった。当時の日本は好景気に沸きつつあったが、五所川原には目ぼしい産業がほとんどなく、二人は娘の将来のために伊豆大島へ移住することにした。

伊豆大島では、ホテルで住み込みの仕事をした。三原山《みはらやま》があったおかげで、島は夏の海水浴シーズンだけでなく、春や秋も観光客でにぎわった。清二郎と駒子はホテルの厨房の仕事を任され、早朝四時には朝食の準備にとりかかり、午後の小休憩を挟んで、宴会が終わる深夜まで仕事に忙殺された。

恵は保育園に行かせてもらえず、友達もいなかったことから、浜辺に落ちている貝殻を集めて、宿泊客の子供たちと遊ぼうとした。夜のうちにきれいな貝殻を手に入れ、翌日、宿泊客の子供が一人でいるのを見つけては声をかける。

「ねえ、これ拾ったんだ。あげる」

そう言って貝殻を差し出すと、何人かに一人は「きれい！」と喜んで話し相手になってくれる。

閉鎖的な島の大人たちはそんな恵が自分の子供に近づくのを快く思っていなかった。ホテルに住み込みで働いている家族は「流れ者」と見なされていて、島民の輪の中に入れてもらえなかったのだ。

　恵にとって数少ない楽しみは、真夜中の海辺でする花火だった。雨の日には、宿泊客たちが持参した花火を捨てていくことがある。恵はそれを持ち出し、夜な夜なマッチを手に、一人で静まり返った浜へ行った。

　火をつけると、花火はシューシューと音を立てて赤や緑や青の炎を噴きはじめる。火薬の燃えるにおいがあたりに広がり、周りを飛ぶ虫たちが黄金色《こがね》に浮かび上がる。花火がどんな色をしているのか、どんなふうに燃えるのか、自分で選んだわけではないので、いつも新鮮な驚きがあった。

　恵が好きだったのは、花火をふり回しながら海辺を歩くことだ。闇の中に炎の残像がくっきりと残り、水面《みなも》に映った炎が波によってまだら模様になって揺れる。暗闇や海が花火の色に染まっている間だけは、広い世界が自分のものになったような気がした。

　伊豆大島での日々が終わりを告げたのは、小学二年生になって間もなくだった。父親の清二郎が体調不良を訴えて病院へ行ったところ、肺癌が発覚して、余命半年と告げられたのである。夫婦は仕事を辞めて五所川原の実家に引き上げることにした。

　五所川原駅から車で三十分ほど離れたところに巨大な池を囲むように集落があった。家は数えるほどしかなく、広い道路には鹿の横断を注意する看板が立てられているだけだ。田んぼの中にぽつんとある古い民家が清二郎の実家であり、後を継いだ長男夫婦が子供とともに暮らしていた。

清二郎は長男に頼み込んで物置用のプレハブ小屋に住まわせてもらうことにした。だが、容態はみるみるうちに悪化し、骨にまで転移した癌の痛みにのたうち回るようになり、半年もたずに、四十九歳の若さで帰らぬ人となった。

清二郎の死後、駒子は貯金がなかったことから義兄に頼み込み、プレハブ小屋での暮らしをつづけさせてもらった。駒子は喪に服す間もなく、昼は病院の清掃の仕事をし、夜は工事現場の交通誘導をして生活費を稼いだ。

恵は地元の小学校に転校したが、クラスになじめずにいた。五所川原で生まれたとはいえ、幼少時代を伊豆大島で暮らしていたため方言が微妙にちがっていたし、プレハブ小屋を借りていたことから「居候《いそうろう》」とか「乞食《こじき》」と呼ばれてからかわれた。

つらかったのは、自分だけでなく、母親のことまで馬鹿にされたことだ。一学年上に、病院長の娘がいて、駒子がその病院で掃除係をしているのを知って、「おめの母っちゃは便所掃除の人だろ」とからかってきた。学校の教諭たちは、地元の人間関係に気を配り、そうした子供に注意しようとしなかったため、恵は常に独りぼっちだった。

家に帰っても、恵は肩身の狭い思いをしていた。伯父一家は、清二郎亡き後も駒子と恵が敷地内に居座っているのを良く思っておらず、何かとつらく当たってきた。家賃を払っていないことを理由に庭掃除や雪かきを恵にやらせ、週に二度風呂を借りる時はかならず嫌味を言われた。

「おめらが風呂に入りに来るから、うちはガス代が高くてしがだね。まったく何様のつもりなんだ」

気をつかって、冬でもお湯のシャワーをつかうことができなくなった。

小学生と中学生だった伯父の息子二人は、親の真似をするように恵を見下して、通りがかりに体をぶつけてきたり、恵にお菓子を盗まれたと親に嘘を言ったりしてきた。

一度、風呂を借りている時に、服に毛虫をつけられたことがあった。恵は何も知らずにそれを着てしまい、背中、胸、お尻が真っ赤にかぶれた。以来、恵は風呂をつかうのを極力控え、プレハブ小屋で濡らした手拭《てぬぐい》で体を拭いて済ませるようになった。

毎晩、恵は遅い時間まで母親の帰りを待った。五所川原の宵闇《よいやみ》は時が経つにつれて深くなっていき、寒さも相まって夜の底に引きずり込まれるような恐怖に襲われる。恵は気を紛らわそうと狭い部屋をぐるぐると歩き回りながら大きな声を上げて歌をうたっていたせいで、いつも声はしゃがれて男の子のようだった。

夜勤が終わった後、駒子は会社の車で家まで送り届けてもらっていた。車が到着すると、ヘッドライトの明かりが窓ガラスを照らす。恵はそれに気がつくや否や、雪の中を一目散に駆け寄っていった。

「母っちゃ、お帰り！」

そう言って抱きつくのだ。

「お掃除も、お洗濯も、全部やったよ。だからおしゃべりしよ！」

恵は母親と少しでも長く一緒にいたいために、家事はできるかぎり自分でやっていた。

「わがた、わがた。着替えくらいさせて」

そう言って寝間着を着て恵を膝に乗せるのだが、仕事を掛け持ちする疲れは相当で、五分と経たないうちにうとうとしはじめ、すわったまま寝息を立てはじめた。恵にはそれが寂しく、明け方まで寝顔を見つめることもしばしばだった。

こんなふうに夜更かしをしていたせいで、小学校では遅刻や居眠りが絶えなかった。伊豆大島にいた頃、駒子は勉強について何も言わなかったが、五所川原に引っ越してからは、ことある度に伯父から息子二人の優秀さをひけらかされていたこともあって、口を出すようになった。

「勉強がんばらねば、伯父さんに馬鹿にされるよ。ただでさえ文句ばがり言われてんだから、いい成績を取って見返しなさい！」

恵は期待に応えようとしたが、夜更かしに加えて、視力が悪くて黒板の字がほとんど読めなかった。かといって、お金のないことを知っていたので、眼鏡を買ってほしいと言いだすこともできない。

そんな五所川原での生活の中で、恵の支えとなったのが、引っ越しから一年くらいして遊びにくるようになった小河花香《はなか》という叔母《おば》だった。伯父、清二郎、その下に清二郎と十三歳離れた妹がおり、それが花香だった。駒子より二歳若い三十七歳だった。

伯父の話では、花香はしばらく仙台《せんだい》で働いていて、最近になって五所川原にもどってきたのだという。未婚で、駅近くのアパートで独り暮らしをしていた。

花香は一、二週間に一度、思い出したように真っ赤な服を着て、白いブルーバードを運転して家にやってきた。顔が真っ白になるまで化粧して、甘い香水の香りを漂わせ、カツカツとヒールの音を立てる。

花香が家に来るのは恵を遊びに誘うためだった。

「おーい、メグちゃんいる？」

彼女はプレハブのドアを勝手に開けて入ってくると、駄菓子屋で買った袋一杯のお菓子をくれた。そして床にあぐらをかいて煙草に火をつけ、好き勝手な話をするのだ。

話に飽きると、花香は恵をドライブに誘った。日本海沿いの海岸道路を走ってから、市内の数少ないファミリーレストランへ向かった。ここは恵にとって唯一の外食の場だった。店内にはきれいな赤いソファーが並び、メニューには豪華な料理の写真がこれでもかというほど載っている。

「ほら、何でも食べな！　育ち盛りなんだから！」

花香は気が短い性格で、恵が少しでも迷っていると、お子様セット、ピザ、パフェなど手当たり次第に目についたものを頼む。恵がそんなに食べられないよと言っても、「持ち帰ればいいじゃん」と一蹴して注文する。花香自身は、料理には箸すらつけず、ビールばかり飲んでいた。

レストランを出る頃には、花香はいつも酔っぱらって顔を赤くしており、止めるのも聞かず今度は車で遊技場へ向かった。広い敷地内にバッティングセンターや、ボウリング場が集まっている場所があったのだ。そこでも彼女は缶ビールを飲みながら、子供のようにはしゃいで遊んだ。

困ったのは、花香が毎回飲みすぎて酔いつぶれることだ。一度など、バッティングセンターで遊んでいる最中にボールがぶつかり、「痛《い》ったい！」と叫んですわり込んだまま眠ってしまった。

恵は仕方なく近所にある交番へ助けを求めに行った。花香の小中学校時代の同級生だという警察官が駐在していたのだ。警察官は彼女をかついで遊技場から交番までつれていった後、パトカーで恵を家まで送ってくれた。

ある日、警察官がパトカーの中でこうつぶやいた。

「花香ちゃん、いい大人なのに君に迷惑をかけちゃってごめんな。いつも注意しているんだけど」

「大丈夫です。私、楽しいですから」

「そっか。ありがとね。花香ちゃん、たぶん君と遊ぶことで自分を保っている部分があるんだと思う。無理のない範囲で一緒にいてあげてね」

深い意味はわからなかったが、必要とされているのならば素直に嬉しかった。

恵と花香が親密になっていく一方で、伯父は二人が会うことを快く思っていないようだった。たまに家にいて花香が来るのを見かけると、外へ飛び出してきて「勝手に来るな」とか「誰の許しを得て家の敷地に入ってくるんだ」と声を荒らげた。

「今すぐ出でいげ。おめの顔を見るだけで反吐《へど》が出る」

実の妹に対してこんな言葉を投げかけるのだから、よほど毛嫌いしていたのだろう。

普段、伯父は恵を厄介者扱いしているくせに、花香が来る時だけは親戚面《づら》をして言った。

「花香から誘われても断れ。あれはろくでもない奴だから、並んで歩いてるだけで変な目で見られるぞ」

恵は、そんなふうに感じたことは一度もないと答えた。すると、伯父は口角泡を飛ばして言った。

「おめは何もわがてね！　あれは若い頃から水商売をして、人の迷惑なんてこれっぽっちも考えでねよ。一族の恥さらしだ」

さらにこうもつづけた。

「あれのせいで、おらだぢがどれだけ苦労したごとか。妹でねば、とっくの昔に絶縁してんだ。ええが、あれの誘いには乗るな。無理やりつれていかれそうになったら、警察を呼べ！」

過去に何かあったことは察せられたが、恵にしてみれば、伯父より花香の方がはるかに自分を大切にしてくれる。

花香が五所川原駅前のパブで働いていることを知ったのは、初めて会ってから三カ月が経った夜のことだった。いつものファミリーレストランへ行った帰り、雑居ビルの二階にある「パブ・マドモアゼル」という店へつれていかれたのだ。アルミ製のドアを開くと、煙草の煙と香水の香りが漂ってきて、ミラーボールが回転していた。

薄暗い店内にはカウンター席と四つのテーブル席があり、中央の奥にはカラオケ用のステージがある。六、七人のホステスがカウンターやテーブル席に散らばり、笑い声を響かせながら、男性客の相手をしていた。

花香は恵をカウンターの椅子にすわらせた。ママと呼ばれている五十歳くらいの女性が、

「この子がメグちゃん？」と声をかけてくる。他のホステスたちも恵のことを知っているらしく、ママの会話を聞きつけて集まってきた。

彼女たちは明るく、まるで友達のように気さくに話しかけてくれた。男性客をほったらかしにして「食べな」と言ってチョコレートや飴玉を皿に載せて出してくれたり、近くの店でアイスクリームを買ってきてくれたりする。

ママはそんな恵にマイクを手渡し、「好きな曲をうたってごらん」と言った。恵はカラオケなんてしたことがなかったが、みんなに勧められたこともあって流行《はや》っていた歌をうたうと、店内は拍手喝采につつまれた。恵は初めての経験に心が躍《おど》った。

花香が、店にいた五十歳くらいの男性を呼んだ。

「ねえ、社長さん、この子にいい眼鏡つくってあげてくれない？」

スーツを着て髪を七三にした男性だ。花香は恵に言った。

「この人、商店街で眼鏡屋さんをやってるの。メグちゃん、目悪いでしょ」

「え？」

「ボウリング場のピンを見る時に目を細めてたじゃん。あれ、視力が悪いからよ。調べてもら

って、一番かわいい眼鏡選んでつけな」

視力が悪いのを見てくれていたのだ。花香は笑って言った。

「このおじちゃんがプレゼントしてくれるって言うから、お金は心配いらないよ！」

男性は酔っているのか、腕まくりをして言った。

「よーし、花香ちゃんの娘だったら何だってつくってあげるよ」

どうやら花香の娘だと勘違いしているらしかった。

花香は男性とともに恵をつれて商店街にある眼鏡店へ行った。閉まっていたシャッターを上げて、視力検査をしてから、無人の店内でフレームを選ぶように言われた。店内は広く、たくさんの種類があった。迷っていると、花香が一番かわいくて高価なフレームを手に取って「これがいい！　絶対これ！」と決めてくれた。

その夜、花香は珍しく酔いつぶれず、車で家まで送ってくれた。ママがあまり飲まないようたしなめたおかげなのだろう。恵の膝の上には、注文した眼鏡の引換券と、ホステスたちに持たされたビニール袋入りのお菓子が載っていた。

恵は言った。

「今日、楽しかった。花香さん、あんないい人たちと働けていいね」

「いつでも遊びに来なよ。もっといろんな人を紹介してあげるから」

「ねえ、花香さんは結婚しないの？」

花香は煙草に火をつけて答えた。

「二度したけど、失敗しちゃった。まー、これから三度目の敗者復活戦ってとこよ」

花香は煙草の煙を吐いて笑った。恵は、再婚しても遊んでくれるだろうか、と思った。

「前に結婚してた時に仙台に住んでいたの？」

花香が煙草の灰を落として目を向けた。

「誰が言ってた？　伯父さん？」

恵は「うん」と答えた。花香は鼻で笑った。

「あいつ、嘘ばっか」

「嘘？」

「おらがいたの北海道だもん」

「なして北海道に？」

「捕まってたんだ。警察に逮捕されちゃってね」

車内が静まり返った。花香は窓を開けて煙草を投げ捨てると、鼻歌をうたいはじめた。


小学校の高学年になる頃には、恵は花香と週に二回くらいのペースで会っていた。花香は悪びれる様子もなくプレハブ小屋にやってきては、恵を車に乗せて町へと出かけた。最初は苦言を呈《てい》していた伯父も、恵を見放すように何も言わなくなった。

五所川原が白銀に染まった小学五年生の冬、そうした関係性が崩れる出来事が起きた。ある日、花香の提案でプレハブ小屋の隣に巨大なカマクラをつくったことがあった。彼女は恵が学校でつかう絵の具を持っているのに気がつき、それを水にといてかけ、ピンクに染めたのだ。まるで巨大な駄菓子のようだった。

花香はカマクラの中に七輪を持ち込み、魚の燻製《くんせい》を焼いたり、日本酒を温めたりした。炭火のおかげでカマクラの中はストーブを焚《た》いたように暖かくなり、陽が落ちた後はピンクの雪が火に照らされて幻想的に輝いた。

吹雪が集落を襲ったのは、それから三日後のことだった。天気予報でそれを知った花香は、カマクラに「かっちょ」を立てようと言いだした。暴風雪から建物を守るために張り巡らす木の柵のことで、カマクラの周りに立てて壊れないようにした。

昼過ぎから町を襲った吹雪は激しく、公共交通機関が停止するほどで、恵は学校が終わっても帰れなかった。午後八時すぎに花香が心配して車で迎えに来てくれて、彼女のアパートで夜を明かした。

吹雪が収まった翌日、恵が花香とともにプレハブ小屋に帰ると、駒子が飛び出してきた。彼女は怒鳴った。

「おめらのかっちょのせいで、伯父さんの息子が大怪我したぞ！」

「怪我？」

「そうだ。昨日の夜、病院に担ぎ込まれてからまだ帰って来てねえんだ」

昨晩の暴風雪のせいで、カマクラの周りに立てた木の柵が吹き飛ばされ、その一つが家の窓を突き破って次男に当たったのだという。次男は頭部に二十針も縫う怪我を負ったそうだ。天気が天気だったため、救急車もすぐには駆けつけることができず、集落の人たちが集まる大騒ぎになったらしい。

その日の夕方、伯父が病院から家に帰ってくるのを待って、恵は駒子と一緒に謝罪に行った。

伯父は恵を見るなり叫んだ。

「おめ、息子に怪我させた責任をどうとるつもりだ！」

駒子は土間《どま》に膝をついて平謝りした。伯父の憤《いきどお》りは収まらなかった。

「花香とつるむなっつってんのに聞かねえからだろ！　この場で二度と花香と会わねって約束しろ」

「……」

「あれは厄病神だ。約束でぎねなら、今すぐおめはこの土地から出でいげ。プレハブに住むことは認めね。荷物をまとめて出でいげ！」

駒子は恵に頭を下げさせた。

「わがりました。二度と会わせません。すみませんでした」

ここを追い出されたら住むところはない。恵は従わざるをえなかった。

吹雪によって、プレハブ小屋の屋根や壁の一部が壊れたことで、修理が終わるまでの十日間、恵は駒子の勤務先である病院の仮眠室で寝泊まりさせてもらうことになった。

仮眠室には窓がなく、二段ベッドが置いてあるだけだった。最初の晩、駒子と恵は、スーパーで買った食パンを持ち込み、一台のベッドに腰を下ろして無言で食べた。恵は一齧《かじ》りしたものの、伯父に罵倒《ばとう》されたせいで食欲がわかなかった。駒子は言った。

「今日、伯父さんに言われたごとわがたな。もう花香とは会わねって約束だからな。かならず守るんだぞ」

　夜の仮眠室は静まり返っていた。恵は声を震わせた。

「なして伯父さんも、母っちゃも、花香さんのごとを嫌うんだ。花香さん、何もしてね。おらを心配して遊んだり、迎えに来てくれたりしただけだべ」

　天井にかかる蜘蛛《くも》の巣が揺れている。駒子はため息交じりに言った。

「恵は知らねえだろうけど、花香はこれまでいろいろとあったんだ。父《と》っちゃも伯父さんも散々苦労してきたから、本音じゃかかわりたくねえのよ」

「警察に捕まって北海道に行ってたんでしょ」

　駒子は、知っていたのか、という顔をした。

「花香は昔から男性にだらしねくて、何べんも騒ぎを起こしてきたんだ。自殺未遂をしたり、人様に包丁をふり回したり、恋人の男性の家に忍び込んだり。警察沙汰になったごとも数えきれないぐらいあった」

「………」

「逮捕された時もそう。付き合っていた男性にフラれて感情的になって、相手の実家に火をつけて、ご家族に大怪我を負わせた。裁判になって賠償金を要求され、伯父さんが肩代わりするごとになって今もその借金が残ってる。だけど、花香は『刑務所に行ったから全部終わったんだ』って勝手なごと言って、相手の家族に謝るごともねし、伯父さんに感謝するごともね」

今度は恵が黙る番だった。

「恵が独りぼっちで寂しい思いをしてんのはわがる。でも、花香と一緒にいたら、五所川原にいられねぐなるんだ」

「……………」

「頼むから、今回ばかりは言うごとを聞いてくれ。どうかお願いだ」

駒子にしても伯父なしではやっていけず、娘に向かって初めて頭を下げた。


プレハブ小屋の修理が終わって帰った後、恵は駒子の取り計らいで公民館に併設された学童保育に通って放課後の時間をすごすことになった。家にいれば花香が誘いに来るかもしれないとの懸念から、午後六時まで学童にいて、その後、職員に車で送ってもらうことになったのだ。

クリーム色の公民館の建物は、小さな公園の隣に建っていた。二階建ての建物で、一階に学童やコミュニティーセンター、二階に図書室と多目的ルームがあった。学童に集まるのは主に、母子家庭や父子家庭の子供たち十数名だったが、すでに仲のいいグループができ上がってしまっていて、恵は輪の中に入ることができなかった。

恵にとって学童での数少ない慰《なぐさ》みは、二階の多目的ルームで市立高校の演劇部員たちが週に三度行っているミュージカルの練習を見学することだった。ある日たまたま二階へ上がったところ、高校生の男女が美しい衣装を身にまとい、笑顔で踊ってうたっているのを目にして心を奪われたのだ。

　高校生たちの練習がない日は、同じ階の図書室に行って、ミュージカルのテープを借りた。家にラジカセがなかったので、学童のものをつかって隅でくり返し聴いて覚える。歌詞は英語ばかりだったが、歌声から演じている世界を想像するのが楽しかった。

　午後六時過ぎにプレハブ小屋に帰宅した後、恵はまた独りぼっちになった。母親の帰宅が遅くなる日は、こっそりと家を抜け出してバスに乗り、パブ・マドモアゼルへ行くこともあった。

　ママはいつもやさしく迎えてくれたが、花香は遅刻や無断欠勤がしょっちゅうで店に来ないこともざらだった。そんな時、ママは申し訳なさそうな顔をして恵をカウンターの奥の席にすわらせ、オレンジジュースを出してくれたり、焼きうどんをつくってくれたりした。

「メグちゃん、ごめんね。最近、花香は恋人ができて、店のことはさっぱりなのよ」

「さっぱり？」

「あの子は恋愛をすると男のことしか考えられねぐなって、仕事や生活のことが、全部頭から吹き飛んじゃうの。ちょっと前から電話しても出ようともしないの」

　ママに迷惑をかけているのは明らかだった。

「ごめんなさい」

「なしてメグちゃんが謝るのよ？　こっちこそ、せっかく来てくれたのに悪かったね。カラオケでもしよっか」

　ママは恵がミュージカルに夢中なのを知っていたので、「歌を聴かせてよ」とマイクを渡して曲を流した。恵がうたうと、ママは手を叩いて褒めてくれたが、心から楽しむことはできなかった。

秋から冬にかけて、花香はパブにまったくやってこなくなった。ママは詳しく語ろうとしなかったが、花香は恋人とあまりうまくいっておらず、精神が不安定になっているらしかった。恋人の家の前で、花香が酔って包丁をふり回したとか、警察が呼ばれたらしいという噂をホステスたちがしているのを小耳に挟んだこともあった。それを聞く度に、恵は自分が忘れられてしまったのではないかと不安になった。

大晦日《おおみそか》、恵はようやく休みが取れた母親の駒子につれられて、市内にある飯詰稲荷《いいづめいなり》神社へ出かけた。ここでは年の瀬に五穀豊穣を願う裸参りが開かれ、町の男たち数十人がふんどし一枚になり、「さいぎ、さいぎ」と叫びながら通りを歩くのが習わしだった。

朝から牡丹《ぼた》雪が降っていたが、祭りは予定通り開かれた。除雪車が切り拓いた道路を、子供から大人まで男たちがふんどし姿に鉢巻を巻いて、鏡餅《かがみもち》や一升瓶《いっしょうびん》をかついで神社へ奉納しに歩いていく。

路肩に集まった見物客たちは大声で励ましながら、裸の男たちにバケツの水を浴びせかける。氷点下では水をかけられた方が温かく感じるといわれていたが、みんな悲鳴を上げて逃げまどっている。恵と駒子はお腹を抱えて笑いながら、その光景を見ていた。

駒子は言った。

「寒いのに男の人たちががんばってんのは、神社様へ行ってお供え物をするためなんだ。したら、翌年はお米がたくさん穫れるって言われてるんだ」

「ここまでやって不作にされたら、誰も神様を信じねえな」

「そりゃそんだな！」

駒子は恵の頭をなでて笑った。

裸の男たちは寒さのあまり大声を上げて体をこすりながら歩いているが、興奮しているため、頭から湯気が上がっている。妻も娘もそんな姿を写真に撮っている。恵はそれを見ながら、父親が生きていれば、自分も同じように写真を撮っていたのかもしれないと思った。

「母っちゃ、おら、来年中学生だろ。新聞配達してもいいが？」

「新聞配達？　なしてだ？」

「おらが新聞配達したら家も楽になるし、母っちゃも家にいられる。そっちの方がいいって思って」

少し前から考えていたことだった。朝だけでも新聞配達をすれば、駒子が週のうち半分でも早く帰って来てくれるのではないかと思いついたのだ。

「そんなごとする必要ねえ。実は来年、病院の方で常勤にしてもらえるって話が出てんだ。そうなったら交通誘導の仕事を辞めても十分やっていける」

「夜は早く帰ってこれるってごと？」

「そうだ。土日も休みになる。今までは忙しかったけど、これからは恵といられる時間も増えるんだ」

恵は「本当？」と目を輝かせた。母親がそんなふうに考えてくれていたことが何より嬉しかった。

白い軽トラックが人ごみの中を走ってきたのはその時だった。この道は祭りで通行止めになっているはずだった。警備員が赤い誘導棒を手にして近づいていく。止まった車から降りてきたのは伯父だった。伯父は見物客の中に恵と駒子の姿を見つけて叫んだ。

「大変だ！　一大事だ！」

こわばった顔から、ただならぬことがあったと察せられた。駒子は戸惑っていた。

「花香がしてまった！　ついにしてまったんだ」

「な、何をしたんですか」

「自殺だよ。心中！　男と心中したんだ！」

路肩の見物客が静まり返った。恵が母親のコートにしがみつく。駒子は言葉を失って立ちすくんでいた。雪が、また一段と激しくなった。


青森の小さな町で起きた心中事件の話は、大晦日だったにもかかわらず、人々の間に瞬く間に広まった。正月の前後だったため、ちょうど帰省している人たちも多く、どの家庭も事件の話でもちきりで、一月三日の地元紙の朝刊に小さな記事が載った時、巷《ちまた》にはその何倍もの話が溢《あふ》れ返っていた。

花香とともに亡くなった成田徳太郎《なりたとくたろう》は、妻子のある五十代の市議会議員だった。パブ・マドモアゼルの常連客で、夏に入ったあたりから二人の仲は急速に深まり、店の外でも会うようになっていった。大晦日の前日、二人は駅近くのスナックで閉店まで飲んだ後、腕を組んで帰っていった。花香のアパートで二人が練炭自殺をしているのが見つかったのはその数時間後のことだった。

事件の噂が広まったのは、成田が当選四回を数える市議のホープだったことにくわえ、警察が行った司法解剖の結果、成田の体内から多量の睡眠薬が検出されたことで、花香による無理心中の疑惑が浮上したためだ。

無理心中が実《まこと》しやかに囁かれた背景には、相応の理由があった。二カ月後に次女が大学受験を、三カ月後には長女が就職を控えていた上、彼自身も来年度の市長選に出馬することを表明して準備を進めている最中だった。市長選でも当選は確実と言われており、花香と心中をする明確な理由がなかった。

成田の遺《のこ》された妻や娘たちは、花香に殺されたのだと怒りをあらわにした。成田の本家は五所川原では名の知れた地主でつよい影響力を持っていたため、人々は花香の実家である小河家を公然と非難した。

事件の二週間後、伯父は組合や消防団の役職から引きずり降ろされ、集会の日程さえ教えてもらえなくなった。畑に除草剤をまかれ、二人の息子は学校でいじめられるなどの露骨な嫌がらせもはじまった。

駒子も、勤め先の病院から理由もなく月末で解雇され、翌月には交通整理の仕事でもシフトに入れてもらえなくなった。地元の職業安定所に通って新しい仕事を見つけようとしても、面接にさえたどりつかない。

恵は三学期からぴたりと学校へ行かなくなった。担任の佐々木も、同級生たちも、みんな事情を知っていたため、何をすることもできなかった。

中学進学後も、恵の不登校はつづいた。担任の教諭につれられて行ったこともあったが、同級生たちから冷たい目を向けられたので、またすぐに行かなくなる。

春の連休をすぎてから、母親はどうにか五所川原から離れた青森市内の工場に働き口を見つけ、夜勤のある三交代の生活をはじめた。だが、伯父一家は集落を離れ、別の町で暮らすことにした。農業は地元の人との連携が不可欠であり、ここで生業《なりわい》をつづけていくことはできないと考えたのだろう。

家の敷地内は、伯父一家がいなくなって途端に荒れた。空家にはネズミが走り回り、庭の花壇はことごとく枯れた。猪や鹿が入ってきて好き放題にフンを落としていく。恵はいつ村人が嫌がらせをしに来るかわからない家に留《とど》まっているのが不安で、日中は外へ出かけることにした。

よく通ったのが、市内を流れる岩木川《いわきがわ》だった。青々とした草が茂った川辺は閑散としていて、橋下や木陰に隠れていれば人目につくことはほとんどなかった。恵は日がな一日図書館で借りた本を読んだり、川面を跳ねる魚を眺めたりして夕方が来るのを待っていたのである。

雪がつもる季節は川から足が遠ざかったが、五月の桜が満開になる頃にはまた通うようになった。そんな時に川辺で出会ったのが、二歳年上の来栖《くるす》亮一《りよういち》だった。

彼は、高校へは進学せず、実家に住みながらバイト生活をしていた。体は男子だが、髪を肩のあたりまで伸ばし、うっすらと化粧をして、女性ものの香水をつけていた。恵は何度か土手で来栖と顔を合わせているうちに言葉を交わすようになった。

来栖は小指を立てて細い煙草を吸いながら、大人びた口調でよく化粧品やファッションについて話をした。そんな来栖が急にススキ林の奥へ恵をつれていったのは、出会ってから一カ月が経ってからだった。長い茎をかき分けて進んでいくと、五メートル四方ほどの空き地に出た。中央には、錆びたベンチが置かれ、空き缶やお菓子の袋が散乱している。

来栖が髪を耳にかけて言った。

「去年、虫を探していたら、偶然ここを発見したの。子供が秘密基地にしていたのか、カップルがエッチする場所にしてたんだと思うけど、なんか落ち着くでしょ」

ベンチの脇にはタオルが敷いてあり、そこに子猫が丸まっていた。茶色と黒のブチ猫だ。

「この猫、飼ってるの？」

「野良猫が産んで育ててたのに、ある日急に子猫を置いていなくなっちゃったのよ。放っておいたら死んじゃうから、私が引き取ってミルクをあげていた。もとは六匹いたんだけど、五匹は死んじゃって、今生きているのはこの一匹だけ」

恵が歩み寄ると、子猫は甘えるように近づいてきて指先を舐《な》めた。赤ちゃんのにおいがする。

「かわいい」

「もうなついてるね。お願いがあるんだけど、この子の世話してくれない？　私がバイトの日だけでいいから、ここに来てエサをあげて」

「うん、いいよ」

この日から、恵は来栖と日程を調整してススキ林へ行き、子猫に食べ物をあげることにした。ミルクと離乳食用のエサを差し出すと子猫は喜んでペロッと平らげ、すぐに鼻をくっつけて「もっとくれ」とねだってくる。そんな子猫とじゃれているのが楽しく、一日中ススキ林にいるうちに、エサやりは恵の役割になった。

来栖はアルバイトのない時にふらっと恵と子猫の様子を見にやってきた。ベンチにすわって細い煙草に火をつけて一服すると、バッグからいろんなお菓子を出して「好きなの食べて」と言ってくる。最初は買ってきてくれているものだと思っていたのだが、どうやらスーパーやコンビニで万引きしているようだった。来栖の話では、小学校時代から親とぶつかることが多く、その憂さ晴らしで万引きをはじめたという。

出会って一年半近くが経とうとしていた日、来栖が不意に悩みを明かしてくれたことがあった。夏に開かれる祭りの間、恵と来栖は喧騒から逃れるようにススキ林に来ていた。夕方になってコウモリが飛び交いだしたので、来栖が「帰ろっか」とつぶやいたが、恵は甘えるように首を横に振って「帰りたくない」と言った。町の人たちが酔って騒いでいる夜に家で留守番をしたくなかった。

来栖は何も言わずに気持ちを察してくれた。

「わかった。私も付き合うよ」

二人はお菓子を食べながら川辺に残ることにした。

陽が沈んでも、月があたりを明るく照らしてくれていた。草木の間で、虫たちがやかましいほどに鳴いている。来栖は何本目かの煙草に火をつけ、空に向かって煙を吐いて言った。

「私、東京行くんだ」

「なして？」

「東京は、ここより生きやすいかなって思って。青森に残ってたって絶望的じゃん」

性別のことを言っているのだろう。来栖なりに長い間悩み抜いて出した結論だったにちがいない。

「恵は東京には興味ない？」

「東京かぁ……」

「中学卒業まであと半年でしょ？」

「本物のミュージカルを一度観てみたいとは思うけど、都会に行くのは怖いよ。来栖さんは怖くない？」

「こんなところに一生隠れている方が怖いかな。このまま年だけ取ったら『妖怪ススキ婆《ばばあ》』になっちゃうよ。そっちの方が怖いじゃん」

来栖は自虐的な笑みを浮かべた。隅で子猫が静かに寝息を立てている。

「いつ、行くの？」

「わかんないけど、早い方がいいと思ってる。東京に行ったら手紙書くね。遊びに来て」

一陣の風が吹いた。恵は来栖からもらったチョコレートを口に入れた。舌に苦い味が残る。

「ねえ、手をつないでいい？」

来栖はうなずくと、煙草を投げ捨てて手を握りしめた。大きくて硬い手だった。遠くでは祭りの音が聞こえていた。

九月の終わりに近づくと、ススキは陽に透けて黄金色に輝くようになり、恵と来栖は少しずつ川辺から足が遠ざかった。風がすっかり冷たくなり、かわいがっていた子猫がいなくなってしまったのだ。

同じ頃、中学の担任の若い教師が不登校の恵を心配し、毎朝プレハブ小屋に迎えに来るようになった。一学期も度々家庭訪問に来ていたのだが、二学期からは「来年の高校受験のこともあるから」と言って、駒子の了解を得て車で学校まで送ってくれるようになったのである。

教師は恵が教室で肩身の狭い思いをしないようにと、別室で個人指導をした。教師は毎日励ました。

「小河はもともと頭のいい子だから、今からでもやれば間に合う。先生と一緒にがんばろう」

こうも言った。

「先日、小河の母っちゃと面接して進路のことを話し合ったんだ。そしたら、市立高校なら進学させられるって言っていた。奨学金をとることだってできる。高校行って、母っちゃを喜ばせような」

母親がそんなふうに考えてくれていることが嬉しかったし、真っすぐに向き合ってくれる教師の期待に報いたかった。恵はやれるだけのことはやろうと学校へ行って勉強をするようになった。

毎日恵は教師に与えられた課題に取り組み、家に帰っても勉強に明け暮れた。だが、秋が深まった頃、予想していなかった出来事が起きた。珍しく駒子が夕方に家に帰ってきたと思ったら、こう言ったのだ。

「ちょっと話があんだ」

悪い予感がした。

「伯父さんから、これ以上家にいるなら家賃を払えって言われたんだ。確定でねえけど、毎月二万円払うごとになるかもしれね」

伯父は引っ越し先の新潟での生活が厳しい上に、二人の息子を大学に通わせなければならないため、家賃を求めてきたのだ。

「本来はあの土地を売りてんだけんど、おらだぢが住んでるから売れねえ。代わりに家賃をよこせって言われた」

恵は母親の表情を見て、高校への進学は断念しなければならないだろう、と思った。

三日後の夕方、恵はバスに乗って五所川原駅前にあるパブ・マドモアゼルへ行った。高校進学を諦めるのなら仕事を見つけなければならないが、今のままでは難しい。相談できるのはママしかいなかった。

開店前のアルミ製のドアを開けると、ママがエプロンをつけて一人で掃除をしていた。壁には煙草と酒と香水のにおいが染みついている。ママは目を丸くした。

「メグちゃんじゃないの。久しぶりね！」

事件が起きてから店に来ていなかったので、約三年ぶりだった。

ママは掃除機を放り出して恵を椅子にすわらせ、「大きくなったわね」と頼もしそうに体をさする。

「どうしたの？」

「ちょっとお願いがあって……。来年、中学卒業したらこの店で雇ってくれないかな。無理だったら別のお店を紹介してほしいんだけど」

ママは眉間にしわを寄せた。

「高校は？」

「行けない……」

恵はそう言った途端、抑え込んでいた感情がとめどなく溢れて涙が出てきた。ママはその様子を見てすべてを察したらしく、手を握りしめてくれた。煙草臭い店内に恵の嗚咽が響く。

ママはゆっくりと言った。

「本当に働きたければ、いつだって迎えてあげるよ。でも、今は止めた方がいい」

「なしてですか」

「この世界に入ったら、最初は持てはやされて気持ちがいいだろうけど、抜け出せなくなる。

ここは未来のある子が来ちゃいけないところなんだ」

「……」

「十五歳なら何だってできる。五所川原で暮らしていくのが難儀なら、よその町へ行けばいい。私だって、十六歳から青森、盛岡《もりおか》、北海道を一人で転々として生きてきたんだ」

「お金がないんです。どこも行けないんです」

「メグちゃん、あんた看護婦さんになるのってどう？　人の痛みをわかっているあんたなら、お似合いの仕事だと思うけど」

「か、看護婦？　学校行がねばダメですよね」

「准看護婦学校って知ってる？　卒業した後に系列の病院で働く約束をすれば、寮費や学費を免除してくれるところもある。その後がんばれば、正規の看護婦になることだってできる」

「お金かからねんですか」

「生活に必要なものは支援してくれる。足りないのはちょっとだから、それはバイトでまかなえば済む。看護婦になれば一生仕事には困らないし、どんな町でだって働ける。いい学校を探してあげるから、挑戦してみなよ。それでダメなら、ここで面倒見てあげるから」

看護婦になれるなんて想像さえしたことがなかったが、ママの話が事実なら大きなチャンスを手にできる可能性があった。

ママは言った。

「お客さんに病院で理事長をしている先生がいるの。その人に頼めば資料は手に入れられるし、推薦状だって書いてもらえるはず。応援するから、がんばってみな。ね！」

その日、恵はママにパブの近くの屋台で塩ラーメンを食べさせてもらってから家に帰った。バスに乗っている間、看護婦になれるんだと考えたら興奮で体がほてってきた。この集落から離れることができるかもしれないのだ。

プレハブ小屋にもどると、一通のハガキが届いていた。東京タワーの写真がついたものだった。首を傾《かし》げて差出人の欄を見ると、「来栖亮一」と記されている。文面に目をやると、こう書かれていた。


今、東京で暮らしているよ。バイト先も見つかった。

受験勉強はどうしてる？　恵は何でも一生懸命になりすぎるところがあるので体には注意してね。

東京の生活は五所川原にくらべたら天国だよ。

もし、東京に来ることがあったら、連絡ちょうだいね。


来栖は東京に行くという夢を叶えたのだ。

恵はハガキを握りしめた。准看護婦学校に行くという夢が急に現実味を帯びてきた。東京に行って来栖に会いたいと思った。

二〇一二年

クアラルンプール国際空港の到着出口を出てすぐのカフェのスタンドで、幸介はペットボトルのミネラルウォーター二本とコーラを買った。それらを手に持ち、テーブルへと運んでいく。テーブルには日本から到着したばかりの小河恵の母親の駒子がバッグを抱えてすわっていた。成田国際空港からマレーシアエアラインズの直行便でやってきたのだ。

幸介が五所川原に暮らす駒子と連絡を取ったのは、恩師の佐々木から連絡先を聞いてすぐだった。恵とは小学校の同級生だったこと、マレーシアで取材を進めていること、事件について不明点が多いことなど、すべてをありのままに話した上で、真相解明に協力してほしいと頼んだ。

駒子は事件のことは何も知らないが、できることがあれば何でもするので、一度でいいから娘に会わせてほしいと言ってきた。それで二審の裁判に合わせて、二カ月かけて渡航の準備を進め、五所川原からクアラルンプールまで来てもらったのである。

幸介はテーブルにミネラルウォーターとコーラを置いて、椅子に腰かけた。隣には、取材コーディネイターのリーもいる。幸介は額の汗をハンカチで拭いて言った。

「長旅お疲れさまです。無事に着かれて安心しました」

「おら、飛行機に乗るのも初めてで、スチュワーデスっていうんですか、女性の方にいろいろ質問ばかりして迷惑をかけてしまいました。こうしてお会いできてよかったです」

海外旅行どころか、青森県から出るのさえ、伊豆大島で働いていた時以来だという。

幸介はミネラルウォーターを一口飲み、バッグからプリントアウトしてきた日本語の新聞記事のコピーを取り出した。駒子は青森の地元紙にしか目を通しておらず、判決以外に何も知らないとのことだったので、関連の記事を一通り入手しておいたのである。

「これらの記事には裁判のことが記されていますのでご参考にしてください。日本でいう最高裁までいくと計三回裁判がありますが、明日行われるのは二回目に当たる二審になります」

「あ、あのう、恵はどうしていましたか。刑務所でつらい思いをしていませんでしたか」

「前回面会した際は、お元気な様子でした。今日も面会をしようと思えばできるのですが、面会は週に一度という制約がありますので、二審の裁判が終わってからお会いした方がいいと思います」

駒子からすれば、裁判のことより、一日でも早く娘の顔を見たいという気持ちでいっぱいだろう。

幸介はつづけた。

「懸念は、法廷で戦うための材料があまりに少ないということでした。お電話でおつたえしましたが、証拠になりそうなものは持ってきていただけましたか」

「別々に暮らしていたのであまりないのですが、家からそれっぽいものを持ってきました」

駒子は抱えていたナイロン製のバッグのファスナーを開けて中身を見せた。出てきたのは、年賀状、マンションや病院との契約書、医療関係の研修会のメモなどだった。日本の警察が事件を受けて恵の東京のマンションの家宅捜索をし、押収して不要と見なしたものを駒子の元へ送ってきたのだという。

目に留まったのは、ラップトップと卓上メモだった。ラップトップはアダプターを買えば電源は入る。メモ帳は、クアラルンプールにある五つ星ホテル「ヴィラ・インターナショナル・ホテル」の名がプリントされた卓上メモだ。このホテルに宿泊していたのだろう。

「パソコンのパスワードはご存知ですか」

駒子は首を傾げた。

「おら、パソコンは触ったこともなくて……。パスワードって何でしょう」

「それならいいです。今度の面会の時に、恵さんに訊いてみます」

荷物を漁《あさ》ってみたが、他に日記やアドレス帳といった重要な手掛かりになりそうなものは入っていなかった。警察に押収されたのかもしれない。

「恵さんは東京でずっと看護師をされていたんですか」

「はい。事件のあった時は、足立《あだち》区の竹《たけ》の塚《つか》というところに住んどったようです」

「マレーシアにご友人がいたって話を聞いたことがありますか？」

「いや……。あの子は、昔から自分のことは何も話したがらないものですから……。マレーシアって国にしても、あの子の口から一回聞いただけです」

「なぜ、恵さんはマレーシアの話を？」

「ある日、マレーシアから恵が電話をかけてきたんです。恵の男友達からもらったプレゼントがあるので送りたいって。ペルシャ絨毯《じゅうたん》っていうんですか。大きなカーペットでした」

恵にはマレーシアに男の友達か恋人がいたのがはっきりとした。

「その男友達の名前はわかりますか」

「外国人だってことしか知りません。送ってきた時の伝票なら、今回持ってきた荷物に入っているはずです。おらは英語なのでさっぱり読めねんですが」

駒子はバッグの中を漁って、一枚のしわくちゃな伝票を取り出した。そこには、ブルーのボールペンで青森の住所、駒子の名前、そして差出人の欄にはマレーシアの住所が記されていた。差出人の名はなぜか記されていなかったが、住所は「Ampang Point」とあり、その先の細かい住所まで記されている。集合住宅のようだ。

リーがのぞき込んでつぶやいた。

「アンパン・ポイントは、イラン人がたくさん住んでる町ですよ」

「イラン人？」

「韓国人街とイラン人街が近くにあるんです。日本人、あまり近寄らないエリアですね」

イランは中東にある国だ。彼女はアラブ系の人から荷物を預かったと言っていた。厳密に言えば、イラン人は中東で多数派を占めるアラブ人には属さないが、中東のイスラーム教徒という意味では同じだ。

「事件と関係あるのかな」

「どうでしょう。ホテルからそんなに離れていないので寄ってみましょうか」


アンパン・ポイントは、巨大なショッピングセンターが中心となって構成されている商業エリアだった。きちんと区画整理された道路に、旅行代理店、携帯電話ショップ、美容室、スポーツジムなどが集まっている。砂埃《すなぼこり》が舞い、トラックが走り抜ける音がする。

駐車場に車を止めて、幸介はリーと駒子とともに歩くことにした。中東風の顔つきをした男性や、黒いヒジャブを被った女性などが頻繁に目につく。ペルシャ料理の看板があちらこちらにある。

リーが言った。

「マレーシアでは年々イラン人が増えていますね。不法滞在者も含めれば十万人近くいるんじゃないかな。クアラルンプール全体でいえば、日本人より多いと思いますよ」

イラン人にしてみれば、同じイスラーム教の国なので、ハラルフードやモスクがあって親しみやすいのだろう。

「マレーシアでイラン人ってどういうイメージ?」

「よくないですね。イラン人がらみの犯罪がよく起きているんです。アフリカならナイジェリア人、中東ならイラン人、東南アジアだとミャンマー人が事件をよく起こします」

「どんな事件？」

「ドラッグもあれば、盗み、レイプもあります。不法滞在者も多い。このあたりも日中はともかく、夜はあんまり来たくない場所です」

カフェでは若いイラン人女性のグループや家族連れが楽しそうに談笑しているが、日没をすぎれば町は別の顔を見せるのだろう。

伝票の住所をたどっていくと、商業エリアから一本奥に入った路地にある十二階建てのマンションにたどり着いた。三階までは店のテナントで、四階から上が住宅用となっている。廊下にはゴミが散乱していて、エレベーターは煙草臭かった。

八階の角に、その部屋はあった。金属のドアの横には、アニメの絵が描かれた三輪車が置かれている。リーがあたりを見回してから呼び鈴を押してみると、ドアが開いて、三十代くらいの中国人女性が顔を出した。部屋着に裸足で、背中には赤ん坊をおぶっている。

リーがここに日本人女性が出入りしていなかったかと英語で尋ねた。マレーシアでは英語が実質的な共通語なのだ。中国人女性は答えた。

「日本人なんて知らない。このマンションでは見かけないわ」

家の中からは別の子供の泣き声が聞こえてくる。中国人女性は子供に向かって何かを叫んでドアを閉めようとした。幸介が慌ててドアを押さえて言った。

「ここにはいつから住んでいるんですか」

「三年前の年末。それが何？」

二〇〇九年の年末といえば、ちょうど事件が起きた直後のことだ。その頃に前の住人は引っ越したということか。

「あんたたち誰？　警察？」

幸介は英語の名刺を出した。

「僕は日本人のジャーナリストなんです。以前この部屋に住んでいた人を捜していまして」

「ここにいたのはアラブ人よ。日本人は住んでないと思うわ」

「なぜアラブ人だとわかるんですか」

「入居した時にアラビア語の新聞とかが床に落ちたままになってたの」

イラン人はペルシャ文字をつかうが、見た目はアラビア文字とほとんど同じだ。イラン人だった可能性もある。

「前の人は、大家に黙って、家財をほとんどそのままにして出ていったみたい。新聞以外にも、汚れた靴とか、洗面器とか、あと哺乳瓶とかもあった。大家さんは売れるものは全部売り払って、残ったゴミだけ放置した。私たちは入居する際に、一カ月分の家賃をタダにしてもらう条件で、ゴミの片付けをしたの」

なぜ住人たちは家財を置いて出ていったのか。哺乳瓶まで置いていったのは、よほど緊急な事情があったと推測できる。

四軒隣の部屋のドアが開いて、インド系の格好をした女性がこちらを一瞥してから顔を引っ込めた。

「この階に、三年以上前から住んでいる人はいませんかね」と幸介は尋ねた。

「わかんない。ここに住んでいる人は国籍がバラバラだから、他の住人とはまったくかかわりがないのよ。うちの隣はインド系だけど、しゃべったこともないもん」

逆に言えば、どんな人間でも潜り込みやすいということなのだろう。

その時、中国人女性がおぶっていた赤ん坊が顔を真っ赤にして泣きだした。彼女は舌打ちした。

「さあ、もういいでしょ」

彼女は幸介の手を払い、ドアを閉めた。かび臭い廊下に、静寂が広がる。

駒子だけが一歩離れたところで、会話の内容がわからずに二人の顔を交互に見ている。リーが頭をかきむしった。

「なんか、モヤモヤが残りますね。前の住人は誰だったんだろ」

前の住人の正体はわからないが、事件の直後に引っ越しをした中東系の人間であることはまちがいない。偶然というには、事件との関連性も感じられる。

幸介は唇を嚙みしめて言った。

「ひとまず、次はメモにあったヴィラ・インターナショナル・ホテルに行ってみようか。何かしら手がかりがつかめるかもしれない」

クアラルンプールの中心街には、ペトロナスツインタワーという超高層タワーがそびえている。二十世紀につくられた建造物としては世界一高く、夜にはライトアップされて幻想的な姿を浮かび上がらせる。観光ポイントの一つだ。

ヴィラ・インターナショナル・ホテルは、そのすぐ正面に建っており、全部屋から光り輝くタワーを見られることで知られていた。最上階にある豪華なプールが有名で、スイートルームにはハリウッド俳優も泊まり、一般の部屋でも一泊四、五万円にもなる。

幸介はリーと駒子と三人でホテルに入ってみた。ロビーは吹き抜けになっていて、シャンデリアが宝石のように光っている。ロビーを素通りして、三階に入っている日本料理屋へ向かった。

フロントで尋ねたところで、外資系の一流ホテルのホテルマンが客の個人情報を漏らすわけがない。だが、レストランで雇われているコックやウエイターなら、もう少しハードルが低いだろうと思ったのだ。

三階の日本料理店は、中央にカウンターがあり、周りにテーブル席や掘りごたつの席が設けられていた。掘りごたつの席では、宴会をしているグループがあったが、カウンターには誰もいなかったので、幸介たちはそこにすわることにした。

カウンターの奥では、六十歳くらいの日本人コックが調理をしていた。胸の名札には「梶山《かじやま》（KAJIYAMA）」とある。宴会用の料理は出し終わったらしく、一息ついているように見える。奥の厨房では若い従業員たちがデザートの盛り付けをしている。

幸介は飲み物と簡単な料理を頼んでから声をかけた。

「大将は、クアラルンプールで働いてどれくらいになるんですか」

「七、八年ですかね。昔の知り合いに誘われて、五十代の前半でこっちに来たんです。それからずっとですわ」

関西なまりだ。

「ご出身は？」

「兵庫県です。三宮《さんのみや》と尼崎《あまがさき》で計四店舗持っていたんですが、今のご時世大変でしょう、いろいろあってダメになりましてね。それで知人にこっちに来ないかって言われて、家族を置いて一人で来たんです。この蒸し暑い気候は何年いても慣れないですけどね」

「店のお客さんは、日本人の駐在員が多いんですか」

「ええ、企業や官庁の仕事でこっちにお住みになっている方が半分。あとは、取引先とか出張の人が二、三割。残りがホテルのお客さんか、現地のお金持ちの人です。マレーシアは景気がいいので、企業も金持ちもアホみたいに金を払ってくれますわ」

言葉に棘《とげ》があったが、そういう人の方があけすけに話をしてくれるものだ。幸介は刺身をビールで胃に流してから言った。

「僕は東亜新聞の記者です。三年前に起きた、日本人女性の覚醒剤の密輸事件って知ってます？」

「ああ、あの子ね、小河なんちゃらって子」

梶山の目つきが変わったのを見逃さなかった。幸介は一か八か調べたふうを装って尋ねた。

「小河恵です。あの事件の裁判が明日開かれるんで取材しているんです。彼女、このホテルに泊まっていて、店にも来てましたよね。いつも一人でしたか」

梶山は包丁を置いて、水を一杯飲んだ。和服を着たマレー人のウエイトレスが通りすぎていく。

「頻繁には来てません。ごく稀《まれ》にですわ。日本人や外国人の友達と一緒で、その友達の方が常連さんだったから覚えてるんです」

「友達っていうのは？」

「女性も男性もいました。女性は日本人、男性は外国人で中東系の顔立ちをしてましたわ。詳しい関係までは知りません。小河恵って名前だってニュースになって初めて知ったんですから。それまではてっきり水商売の子たちだって思ってました」

「水商売？」

「バケーションでもない時期にこんな高級ホテルに泊まりにくる女性なんて、一流企業のビジネスマンか、水商売の子くらいです。特に観光目的でホテルにやってくるのは、水商売の子が多いですね。遠出はせずに、最上階のプールやスパを楽しんで帰る感じです。私としては、外見などからそっちの子たちだろうと思ってたんです」

「観光客がこっちでドラッグをやるってことはあるんですか」

「まぁ、あるでしょうね。詳しくは知りませんけど、日本よりもドラッグは安く簡単に手に入るでしょう。お客さんから聞いた話では、日本人女性の中には、こっちに友達や恋人をつくって、そこからドラッグを手に入れて遊んでいる人も多いみたいですよ」

駒子は食べ物には手をつけずにうつむいて話を聞いている。宴会客たちの声がやかましい。

幸介は咳払《せきばら》いして言った。

「事件の後、小河恵さんはキャリーケースの中身が覚醒剤だったとは知らなかったと主張してます。本当だと思いますか」

「そんなん言い訳でしょ。捕まった人はみんなそう言うんですよ。あれだけの量を持っていたってことは、何らかの組織が絡んでいるはずですよ。マレーシアはドラッグの中継地点になっていて世界中から犯罪組織が集まってるって話です。持ち込めば、ここから陸路で中国やタイに運んでいけますしね」

「税関のチェックは緩いんですか」

「これもお客さんから聞いたんですが、空港に麻薬捜査犬がいないので素通りしやすいそうですよ。イスラーム教では犬が不浄とされているので、犬に荷物のにおいをかがせるのはご法度《はっと》だとか。そういう事情もあって捕まりにくいそうです」

「ずいぶんお詳しいですね」

「ここだけの話、うちにはそっち関係の人もよく来ますからね。クアラルンプールにはドラッグだけじゃなく、コピーブランドや人身売買なんかのブローカーも大勢出入りしているんです」

東南アジアの都市には、大企業だけでなく、犯罪組織も金の臭いを嗅《か》ぎつけて集まってくる。

ここから様々な闇商品が日本へと送り出されているのだろう。

掘りごたつの席にいた客たちが宴会を終えてゾロゾロと出てきた。日本企業の親睦会のようだ。梶山は「失礼」と言い残して見送りに行った。

カウンターに、幸介たち三人が取り残された。リーが卵焼きを口に放り込んで言った。

「メグミさんは、なんでこんなホテルに泊まれるだけのお金を持っていたんですかね」

独身の看護師とはいえ、航空チケット代などを含めればそれなりの額になっただろう。頻繁に遊びに来られるようなところではない。

幸介は駒子に言った。

「恵さんはどこの病院で働いていたのかわかりますか？」

駒子はナイロンバッグを漁って一枚の紙を出してきた。雇用契約書だった。事件の年、恵は派遣会社を通して、都内の小さな病院でパートとして働いていたようだった。正職員ではないので、高い給料をもらっていなかったことは想像に難くない。ますます不思議になってきた。

「恵さんはずっと派遣看護師だったんですか」

「わがらねです……。おら、恵が東京で何やってたかまったく知らねんです」

「どうしてですか」

「恵は、おらのことあんまり信頼してくれてねくて、連絡を取ることもほとんどねがったんです。それにおらに言ってもわがんねって思っていたんでしょう。仕事の話はしたことがねがったです」

親子関係に何かがあったということなのだろうか。

宴会客が帰り、梶山が見送りからもどってきたが、幸介たちの横を素通りして厨房へと入っていってしまった。

恵が、准看護婦として東京に出てきたのは二十一歳の時だった。

中学校を卒業した後、彼女は五所川原市の家を離れ、群馬県にある准看護婦学校に入学した。そこで二年間勉強して資格を取得した後、県内の山間《やまあい》の病院で四年間働いたことで奨学金の返済義務を免除してもらっていた。

東京の病院への転職を決心したのは、群馬県の病院が五所川原の雰囲気とほとんど変わらなかったためだ。最寄りの駅から車で五十分以上離れていて、通院してくるのはお年寄りばかり。休日もアパートにこもって悶々とする中で、一度でいいから華やかな都会に住んでみたいという気持ちが膨らむのを抑えきれなかった。先に上京した来栖に会いたいという思いもあった。

そして契約通り四年の勤務を終えた後、足立区の病院の求人に応募し、ピンクの縁の眼鏡を新調して春から移り住むことにしたのである。

北千住《きたせんじゅ》駅近くにある愛心中央《あいしんちゅうおう》総合病院が新しい職場だった。建物は六階建てで、主要な診療科は一通りそろっていて、ベッドも三百床以上あった。福利厚生が手厚く、病院の裏には家賃一万五千円で住める看護婦寮や、職員用の保育園まで完備されていた。

そのぶん、病院での仕事は地方の病院とくらべると厳しかった。制度上、准看護婦の仕事は、正看護婦のサポートとされているが、実際は夜勤の回数がわずかに少ないだけで、労働条件はほとんど同じだった。入院患者も重篤な症状の者が多いばかりか、言葉の通じない外国人や、異臭を放つホームレスが運ばれてくることもあった。

そんな職場の雰囲気は戸惑うことばかりだった。地方の病院では医師の機嫌をとっていればよかったが、ここでは婦長をトップとするピラミッド型の指示系統があり、一糸乱れぬ働きぶりが求められる。少しでも和を乱すようなことをすれば、先輩から呼び出されて厳しく叱責され、嫌われれば露骨ないじめを受けることになる。

勤務時間外でも、診療科ごとの看護婦同士の付き合いが頻繁にあった。自主学習会、退職や産休に伴うお別れ会、トラブルの度に開かれる反省会……。

恵はできるかぎり集まりには出席するようにしていたが、いつも先輩の顔色をうかがってビクビクしていた。意見を求められても凍りついて通り一遍のことしか答えられない。先輩たちから、「眼鏡の田舎者」と言われたこともあった。

彼女の唯一の気晴らしは、ゲームセンターへ行くことだった。電子音が鳴り響く中、ゲーム台の前にすわって画面に向き合っていると、何もかも忘れて別世界に浸れるような気がした。東京に友人がいなかったことから、休日ともなればコンビニでおにぎりを買い込んで、朝の開店時刻から夜までずっとゲームをしていることもあった。

恵は同僚に会うのを避けるため、地元ではなく、何駅か離れた繁華街のゲームセンターへ行くのが常だった。その日も、彼女は朝から王子駅《おうじ》にあるゲームセンターで午後六時まで遊んだ後、帰路に就いた。駅前まで来ると、若い女性がプラカードを掲げて叫んでいるのを見かけた。

「風《かぜ》シアターで、劇団・流星雨《りゅうせいう》の新作ミュージカルやってます！　当日券まだ残ってますのでぜひご来場ください！」

小劇団の公演らしい。ミュージカルと聞いて小学校の時に公民館で一時期夢中になって聴いたのを思い出し、立ち寄ってみることにした。

駅から徒歩三分ほどのところに風シアターはあった。こぢんまりとしたコンクリートの建物で、一階が受付や事務所、二階が小劇場になっていた。舞台を取り囲むように客席があり、百名弱が入れるようになっている。席の八割は埋まっており、年齢層は私服姿の二十代がほとんどだ。

照明が落とされて舞台にスポットライトが当たると、巨大なスピーカーから音楽が流れてきた。舞台袖から役者たちが歌声を響かせながら現れた。

実際に観る本物のミュージカルは想像していたよりはるかに臨場感に満ちていた。数メートル先の役者の激しい息遣いや、飛び散る汗、髪のにおいなどが感じられ、手の血管の陰影まで見えた。まるで自分が一緒に舞台に立っているような緊張感がこみ上げ、気がついたら手に汗を握って夢のような劇の世界に吸い込まれていった。

公演は九十分にわたって休憩なくつづけられ、拍手喝采の中で幕が下りた。会場のライトがついて、観客が立ち去っても、恵は全身に鳥肌が立ったまましばらく座席から動くことができなかった。魂を奪われていた。

恵は劇の興奮が忘れられず、次の日も、また次の日も風シアターを訪れた。最前列にすわって同じ劇をくり返し観ていると、回によって微妙なちがいがあることに気がついた。役者がちょっとしたアドリブを入れたり、声の調子が悪かったり、時には舞台でぶつかってよろめくこともあった。そういうのを見つけるのもまた一つの楽しみだった。

結局、一週間の公演期間中、恵は仕事で行けなかった二日以外はすべて劇場を訪れ、最前列で手を握りしめて劇を観た。これほどまでに夢中になるものに出合ったのは、生まれてから初めてのことだった。

公演期間が終わった後、恵は劇団・流星雨のことを調べた。ここは、三田都志郎《みたとしろう》という主宰者を中心に学生時代からのメンバー四名からなる劇団だった。都志郎は恵より三歳年上で、演出家・劇作家として業界では少しずつ名前が知られはじめていた。いつもは年に二回の新作公演を行っていたが、この年はたまたま前年に演劇賞の奨励賞を受賞した作品が再演されることになっていて、三カ月後にも五日にわたる公演が行われた。

恵はシフトの休みを合わせて公演に通った。前作とはちがって、音楽が激しく、踊りのテンポも軽やかだったため、すぐに夢中になり、一日を除いてすべての劇を観た。

最終日が終わった後、恵はトイレの鏡の前で昂《たかぶ》る気持ちに一呼吸置いてから劇場を後にしようとした。すると、主宰の都志郎が長い髪を後ろに結わえ、ダメージジーンズにブーツといった格好で現れた。恵が緊張して目をそらして通りすぎようとすると、都志郎が声をかけてきた。

「ねえ、君、毎回観に来てくれてるよね、サンキュー」

恵が驚いて口ごもっていると、都志郎が笑顔で言った。

「君、劇団運営の手伝いって興味ある？」

「う、運営？」

「うちの劇団、サポーター制度をつくっていて、いろんな人に公演の手伝いをしてもらってい るんだ。ボランティアのスタッフみたいなもの。よかったら、やってもらえない？」

劇団の運営資金はメンバーのアルバイトで成り立っていたが、それでは到底足りないため、ボランティアのスタッフにチラシ作りから小道具の仕事までいろんなことを手伝ってもらっていたのだ。

「私でいいんですか」

「もちろん。興味があればぜひ！」

恵は都志郎に顔を覚えてもらっていたことに感激し、その場で引き受けた。

恵が任されたのは、公演で使用する役者の衣装製作だった。戯曲ができ上がり、都志郎や役者たちがアイディアを出し合って衣装のイメージを固める。それを恵ら衣装担当のサポーターたちがつくるのだ。

恵は仕事が終わった後、寝る間も惜しんで看護婦寮にこもってミシンを動かした。きらびやかな衣装をつくっていると仕事の嫌なことを忘れることができたし、数日に一度稽古場や喫茶店で打ち合わせをしていると劇制作に携わっているという実感を得ることができた。

衣装代は最低限の経費は出たが、恵には自分が担当する衣装は最高のものにしたいという思いがあり、自腹を切って高価な生地やアクセサリーを購入した。そうしてできた衣装は自分の分身のようで、ライトに照らされて、喝采を浴びるのを見るのが何よりの楽しみだった。

恵はメンバーからの信頼を得て、衣装製作だけでなく、チケット販売やスケジュール管理などを任せられるようになっていった。やがて劇団のホームページに「協力」として名前が掲載されると、他のサポーターからは「恵だけ特別扱いされている」とやっかみの声が上がるようになった。恵は周りの目を気にして、稽古や公演に顔を出していいものかどうか悩みはじめた。

そんな時に矢面《やおもて》に立ってくれたのが、都志郎だった。都志郎はミーティングの中で恵に冷ややかな意見が出ると、「恵のおかげで劇団が回っているんだ」とかばってくれたり、飲み会の時には意地の悪いサポーターに囲まれそうになると隣にすわってくれたりした。

二人が男女の関係になったのは、年末のことだった。忘年会で三次会まで飲んだ帰り、都志郎に「話したいことがあるから別れた後アパートに来て」と囁かれた。恵はみんなの前ではいったん帰るふりをしてから、町屋《まちや》にある都志郎の部屋を訪れた。家賃四万五千円の古い二階建てのアパートだった。

都志郎はドアを開けた途端、玄関先で恵を抱き寄せてキスをしてきた。男性にそんなことをされるのは初めてで恵は戸惑ったが、心のどこかでは期待していたことだった。

都志郎は耳元で「責任を持つから安心して」と言ってもう一度キスをし、手を引っ張って五畳の部屋へ引き入れると、服の上から体をまさぐりはじめた。荒い呼吸が耳元で聞こえる。恵は体を密着させているうちに言いようのない温かさに体が溶けてしまうような気持ちになり、そのまま身を委《ゆだ》ねて床に敷かれていた布団に横たわった。都志郎が上から乗ってきた。

窓から見える街灯が白く光っていた。

年が明けてから、恵は週のうち半分は都志郎のアパートに通うようになった。二人で愛を育《はぐく》む他に、掃除、洗濯、料理、それに日用品の買い出しなども自ら行った。都志郎はアルバイト料のすべてを演劇に費やしていたため、生活の面倒をみてあげたいと思った。

都志郎の頭の中は演劇のことだけで、付き合いはじめてからもデートらしいデートはしたことがなかった。夜に駅前で落ち合い、隅田川《すみだがわ》の川辺の芝生にすわって、恵がコンビニで買ってきたビールを飲んで夜風をあびる。そんな時でも、都志郎は熱心に演劇のことを語っていた。

「アメリカのミュージカルのパクリじゃなく、日本特有のミュージカルをつくるんだ。それを演劇だけじゃなく、映画なんかにも広げていきたい。日本の映画シーンに、ミュージカルという新しい形を持ち込みたいんだ」

「すごいね。私は静かに見守ってるよ」

「そんなこと言っているからダメなんだよ。恵も本格的に衣装の勉強とかして、デザイナーとか目指してみたら？」

都志郎はあらゆることに意識が高かった。恵はそんな男性の傍《そば》にいられるのが幸せだった。

やがて劇団の仲間内で、都志郎は恵と交際していることを公言し、経理まで任せるようになった。恵は信頼されていることをありがたく思う一方、気苦労も増えた。一番は金銭的なことだった。

経理の収支表を見て初めて、劇団の資金が底をついて首が回らない状況になっていることを知ったのだ。公演の経費はチケット代だけでは回収できず、赤字の大半は主宰者の都志郎が補《ほ》塡《てん》していたのだが、消費者金融への借金が重なって、これ以上借りられなくなっていた。

恵は責めないように言葉を選んで度々お金のことを指摘したが、都志郎はその話題になると眉間にしわを寄せ、「もういいよ」と話を遮った。そして、荒々しく恵を引き寄せて、眼鏡を外させてキスをし、体を求めてくるのだ。そうされると恵も何も言えず、身を預けるしかなかった。

恵は自分の貯金を劇団の経費に充《あ》てていたが、それだけではどうにもならなくなった。都志郎は相変わらず現実から目をそらしていたが、このままいけば予定していた公演さえ中止になる。恵は都志郎の努力と夢を壊したくないとの思いで、気がついたらカードローンに手を出していた。

劇団のメンバーやサポーターは、そんな実情を知らず、恵のことをあまりよく思っていなかった。彼らの目には都志郎を奪い、劇団を勝手に取り仕切っているように映ったのだ。一部のメンバーからは、「都志郎の女だからって調子に乗っている」とか「劇団を乗っ取ろうとしている」という中傷の声が上がった。

表向きは我慢していたが、気苦労で押しつぶされそうだった。それが祟《たた》って胃潰瘍で入院することになり、その後も不眠や原因不明の発熱に悩まされた。体重も六キロほど落ち、小さかった体が一回り縮んだようになってからは、近所の心療内科に通うまでになった。

ある日、アパートで、恵は抱えていた悩みを都志郎に打ち明け、自分は劇団を辞めた方がいいのではないかと言った。心療内科の医師からも一時的に距離を置くべきだと助言されていた。都志郎は長い髪を結わえ直して言った。

「あいつらは、才能を開花させる根性がないからお前や俺の悪口を言ってるだけだ。俺たちが成功すれば、あいつらがまちがっていたことははっきりする。気にするなよ」

「でも……」

「ここまでやってきたんだ。何かあっても俺が解決してやる」

都志郎にそう言われて、恵は信じようという気持ちになった。彼女にとって都志郎の存在だけが支えだった。

そんな冬のある日、病院の看護婦寮に一通のハガキが届いた。来栖亮一からだった。数年前から音信が途絶えていたが、突然ハガキを五所川原の実家に送ってきたらしく、母親からそれが転送されてきたのだ。

平日の夕方、恵は早出の勤務を終えて、新小岩《しんこいわ》にある来栖のアパートへ赴いた。ハガキに載っていた電話番号にかけてみたところ、家に来るように言われたのである。ドアをノックすると、来栖がくわえ煙草で顔を出した。

恵は数年ぶりに来栖の顔を見て驚いた。頬がこけ、髪は伸び切り、顔には吹き出物が浮かんで別人のようだったのだ。来栖は弱々しい声で言った。

「久しぶり。入って」

玄関には焼酎の空き瓶やゴミ袋が山積みになっていて、床にも煙草の吸殻などが散らばっている。病院に運ばれてくるホームレスのようなアルコール臭の混じった饐《す》えたにおいが漂う。

「散らかっててごめん、あんまり具合が良くなくて」

ワンルームの部屋は照明が切れていて、キッチンのライトだけがついて薄暗い。来栖は、床のゴミを足でどけ、煙草の焦げ跡だらけのクッションを置いた。恵は戸惑いながらすわり、体の具合を尋ねた。来栖は頭をかきむしってはにかんだ。

「実は一年前に性転換手術受けたんだ。それ以降、体調が悪くて仕事ストップしてるの」

「手術したの？」

「うん。タイで全財産つぎ込んでやった」

来栖は上着をめくり、「ほら」とシリコンで形成した乳房を見せた。痩せた体にお椀のようなきれいな胸ができている。

「ようやく本当の自分になれたって感じ」

来栖はそう言って、上京してから今までのことを語った。東京では夜の街の店を転々としながら少しずつ貯金をしてきたのだという。詳しいことは教えてくれなかったが、つらいこともたくさんあったにちがいない。ようやくお金を貯め、タイで手術を受けたのだ。

話をしているうちにだんだんと饒舌《じょうぜつ》になっていき、恵もちょっとした冒険談を聞いているような気になって、つい自分の話も打ち明けた。劇団の運営に携わっていて、都志郎と付き合って、メジャーになる夢を抱いているのだ、と。

来栖は話を聞いて目を丸くした。

「そんな大恋愛してんだ。すごいじゃん！」

「すごい？」

「すごいよ。彼氏、いつか有名になって映画監督とかになっちゃうかもよ」

「でも、お金ないよ」

「恵が病院で正職員として働いているなら問題ないよ。それに、『責任を持つ』とか『俺が解決してやる』なんて言える人なんてそうそういない。そういう男って憧れる！」

これまで都志郎のことをそんなふうに言ってくれる人はいなかったから新鮮だった。自分が今いる状況は人から羨《うらや》まれるべきものなのだ。

来栖はゴミの山の中から焼酎のパックを出して汚れたコップに注いで言った。

「オカマの私には夢みたいな話。ねえ、彼氏の話、聞かせてよ」

恵は少し照れ臭くなりながら「うん、いいよ」と言って都志郎のことを話しはじめた。

この晩、恵は生まれて初めて他人にのろけ話をし、歩けなくなるくらいに酔った。これまで自分から恋愛のことを他人に語ったことがなかったから、人に赤裸々に話すのがこんなに楽しいものだとは知らなかった。

早朝五時を回って、ようやく恵は来栖と同じ毛布にくるまって眠ることにした。台所の蛍光灯を消すと、穴だらけのカーテンから月の明かりが射し込んできた。来栖は酒臭い息を吐いて言った。

「天の川みたいでしょ」

「いつか五所川原のススキ林で二人で夜をすごした時のことを思い出すね。あの夜も二人で並んでこんなふうに見上げてたっけ。長い月日が経って大人になって、東京でこんなふうにしていられるなんて……。あの頃の私に教えてあげたい」

「なんて？」

「今は家のことでいろいろと大変だけど、辛抱したら看護婦になって東京で彼氏もできるし、来栖さんとも再会してお酒を飲めるんだよ。人生いいこともあるんだよって」

来栖は何も答えず、毛布を頭からかぶった。嗚咽する声が聞こえてくる。

「どうした？　泣いてるの？」と恵は訊いた。

来栖は答えずに肩を震わせている。恵は「どうした？」と背中をさする。来栖は毛布で顔を覆ったまま言った。

「恵が羨ましい。私、恵みたいに幸せじゃないから……」

「何があったの？」

「女性ホルモンが合わなくて体がボロボロになっちゃって働けなくなったの。それでも女性ホルモンを打たなきゃ体が男性にもどっちゃうから闇金で借りてたんだけど、二進《にっち》も三進《さっち》もいかなくなっちゃって……」

　女性ホルモンの薬は、保険適用外であるため月に何万円もかかると聞いたことがある。生活費も含めれば相当な額の出費にちがいない。

「いくら借金してるの？」

「九百万……。自己破産するにしても弁護士に相談するお金がないし、その後食べていくこともできない。ここを逃げなきゃいけないんだけど、お金もない……。もう、死ぬしかない。死ぬしかないよ……」

　嗚咽が子供のような泣き声に変わる。きっと五所川原の実家とも縁が切れて助けを求められないのだろう。恵はかつて自分も同じように絶望の底に叩き落とされた時のことを思い出した。

「死ぬなんて言わないで」

　恵は来栖の背中を抱きしめた。痩せて骨と皮だけになった体が小刻みに震えている。

「私ができることはするから。お願い。死んじゃダメ」

　暗い部屋で、来栖は答えずに、ただ毛布にくるまって泣き声を上げつづけていた。


　毎年、桜の咲く春になると、愛心中央総合病院の職員たちは舎人《とねり》公園に集まって花見をするのが習わしだった。看護婦たちが診療科ごとにチームになって手作りのお弁当をつくったり、子連れでも参加できるスペースを設けたりと準備に奔走する。事務員から理事長までが参加し、豪華な景品の出るビンゴ大会やダーツ大会なども催されていた。

シフトの入っていない看護婦は全員参加が決まりだったが、恵は体調不良を理由に休んだ。月々のカードローンの返済があったのに、来栖に対して夜逃げと新生活に必要なお金を百万円ほど用立ててあげていた。そのせいで、さらに返済に困るようになり、治療中だった胃潰瘍が悪化して食事が喉を通らなかったのだ。

そんなある日、劇団・流星雨のもとに吉報が舞い込んできた。前年の末に上演した作品によって、都志郎が岡山県で開かれた演劇祭で新人戯曲賞を受賞することが決まったのである。自治体が主催しているイベントの一つだったが、地元紙やタウン誌でいくつかインタビューを受けることになった。

都志郎はこのチャンスを何が何でも活かそうと考え、企画書や脚本の概要を用意して何度も岡山まで行って、地元のメディア関係者に売り込みを行った。恵は都志郎の気持ちが痛いほどわかっていたので、費用を「経費」として認めて支払ってあげていたが、地方のメディア関係者は都志郎を飲み屋へつれていくことはあっても、大きな企画につながることはなかった。

月に二度も三度も東京と岡山を往復する生活をしているうちに、都志郎は劇団とのかかわりが疎《おろそ》かになっていった。稽古にも顔をほとんどださなかったし、賞を受けたことでメンバーを見下すような発言が多くなった。メンバーの方もそんな都志郎に批判的な意見を持つ者が増えていった。

恵は都志郎とメンバーとの板挟みになった。劇団の運営を任されている立場としてはメンバーの不満もわかる一方で、都志郎のチャンスをつかみたいという思いも理解できる。恵は自分の立場が悪くなることを承知で、どっちつかずの態度をとることしかできなかった。

あの日、恵は稽古場に行き、久々にメンバーと次回公演の予定について話し合った。都志郎は岡山に行っていて不在だったため、恵は用件だけつたえると、逃げるようにその場から去った。建物から出たところ、女性メンバーの一人が追いかけてきた。劇団創設メンバーの神野明奈《かんのあきな》だった。

明奈は恵を呼び止めて言った。

「お願いがあるんだけど、これ以上都志郎を甘やかさないで。都志郎は周りが見えなくなって突っ走っているだけで、劇団やあなたのことなんてまったく考えてない。このままだったら、彼も劇団も共倒れになる。もう一切余分なお金は渡さないで」

「で、でも、彼にとってはチャンスだし」

「そんなこと言ってるから、つけ上がるのよ。都志郎は才能はあるけど、自分のことしか考えてないのよ。もし本当にチャンスをつかんだら、あなたは簡単に捨てられるよ」

「そんな……」

「あなたは何も知らないだけだよ。これまでだって、都志郎は身勝手に女や友達をいくらだって捨ててきたんだから。自分だけが特別だなんて思わないで！」

都志郎が成功のためにすべてを犠牲にする姿は容易に想像できた。明奈は、これは脅しじゃないからね、と念を押してもどっていった。

この日以来、恵は都志郎が自分のことを含めて今後の将来についてどのように考えているのかが気になった。だが、それを言葉にして投げかける勇気はなく、悶々としているうちに日数がすぎていった。

夏の初め、恵は久々に都志郎と会った。近所のファミリーレストランで食事をしていると、岡山のラジオ局でラジオドラマの脚本を書くことになったと打ち明けられた。この仕事にかけるつもりなのだろう、バイトを辞めて二カ月間だけ岡山のウイークリーマンションで暮らすという。

恵は長い沈黙の後、こう言った。

「岡山に行くのは応援する。でも、終わって帰ってきたら、私の誕生日に五所川原の実家に行ってくれないかな」

都志郎は意外な様子だった。恵は勇気をふり絞ってつづけた。

「私のお母さんに紹介したいの。お母さん、私が東京でどういう人と付き合って何をしているのかってわからなくて不安だと思うから」

「お母さんびっくりしない？」

「平気よ。将来のこともあるから、会ってちゃんと話した方がいいと思う」

恵から頼みごとをしたのは初めてだった。都志郎は困惑しながらも、断り切れないと考えたらしかった。

お盆が終わったばかりの八月の中旬、恵は東北新幹線に乗って都志郎とともに五所川原に帰った。准看護婦学校を卒業して以来六年ぶりの帰省だった。伯父の土地は売れず、実家は未だに同じところにあった。

プレハブ小屋は、子供時代の印象より小さく粗末だった。壁の塗料は剝げて苔《こけ》むし、窓の下には蛾《が》の死骸が重なっている。奥にある伯父の家は長年放置されてきたことで廃屋《はいおく》同然になって瓦がいくつか落ちて割れたままだ。

母親の駒子は仕事を早く切り上げ、スーパーで食べきれないほどの料理を買って並べてくれた。だが、恵はテーブルを一目見て実家につれてきたことを後悔した。寿司はスーパーのパックに入ったままだったし、唐揚げ、パスタ、キムチ、プリンと和洋に関係なく無秩序に置かれている。田舎者の非常識さを露呈しているようだった。

恵はビールを開けて駒子に言った。

「この人が三田都志郎君。今、私が東京でお付き合いしている人。流星雨って劇団を主宰しているの」

都志郎が挨拶をすると、駒子も「お世話になっています」と深々と頭を下げたが、気まずいのか、目を合わせようとせず、早口で身の回りのことを話しはじめた。恵と同級生の女の子が結婚しただの、仕事仲間が脳梗塞で運ばれただのといった話だった。

都志郎は気をつかって相槌《あいづち》を打っていたが、恵は途中で割り込んで言った。

「お母さんの話なんてどうでもいいから、都志郎君の話を聞いてよ。せっかく東京から来てくれたんだから」

駒子は口をつぐんだ。恵は言った。

「私、都志郎君の劇団のサポーターをしてて、それで知り合ったの。今は劇団の経理をやって公私ともにかかわらせてもらってるんだ」

「そう……」

「最近、都志郎君、岡山で開催された演劇祭で新人戯曲賞を獲ったのよ。その時は、岡山の新聞に写真入りでインタビューが出たし、今度はラジオドラマの脚本も手掛けるの。いつかは映画の世界に進出するっていう目標を持ってて、私もサポートしようと思ってる」

駒子は想像がつかないらしく黙りこくった。恵はいら立ちがこみ上げてきた。

「ねえ、意味わかってる？　私たち付き合っているわけだから、これから先、結婚の話が出たりするかもしれないんだよ。だから、ここにつれてきて紹介してるんだけど」

都志郎が、えっ、と驚いた顔をする。恵は構わずにつづけた。

「ちゃんと状況をわかってよ。大人の対応をして」

駒子は申し訳なさそうに、寿司にたかるコバエに目を落とした。

この日の食事会は、駒子と都志郎は一度もまともな言葉を交わさないままお開きとなった。夜、都志郎だけが青森駅へもどってビジネスホテルで一泊することにした。プレハブ小屋が狭かったのと、翌日に東京で打ち合わせがあるために早朝に出発しなければならなかったのだ。恵は二泊する予定だったので、彼を五所川原駅まで見送ってから、実家にもどった。

家では、駒子が背中を丸めて片付けをしている最中だった。恵を見ても「お帰り」と言っただけで、先ほどのことには一切触れずに、布団を敷きはじめる。恵は無視されているような気がした。

「ねえ、なんで今日、都志郎君と話さなかったの？　目も合わせなかったじゃん。私たちの関係を壊したいの？」

「そんなつもりじゃ……」

「じゃあ、どうして私に恥かかせたのよ。都志郎君、忙しい中わざわざ来てくれたんだよ。向き合って話をしてくれたっていいじゃない」

「おら演劇なんて観たごとねし、恵たちだって結婚が決まってるわけじゃないんだろ？　おらだって、何をどう話せばいいがわがねよ」

たしかに自分はなぜ都志郎をつれてきたのだろう。彼を自分の傍に押しとどめるために母親に会わせただけかもしれない。

「そんなの言い訳だよ！　娘のことがたいせつなら、ちゃんと気をつかってくれてもいいじゃない！　もういい、頼まないよ！」

恵は自分の言葉に矛盾を感じながらも駒子に背を向けた。

東京にもどって間もない八月の終わり、恵は妊娠していることに気がついた。お盆の前から体調がすぐれなかったのだが、急に嘔吐《おうと》をくり返すようになり、まさかと思って市販の妊娠検査キットで調べたところ発覚したのである。

妊娠が明らかになった時、恵は都志郎が五所川原にまで来てくれていたことから、これで一緒になれるかもしれないと思って喜ぶ気持ちが大きかった。彼女は浮かれた気持ちですぐに電話をかけて、事実を告げた。都志郎は外出先だったらしく、声を潜めて答えた。

「今仕事中で立て込んでいるから、また後で電話する」

「うん、お願い。今日は夜勤だから、できたらその前に連絡ちょうだいね」

その日、恵の携帯電話に都志郎からの連絡はなかった。

翌朝、夜勤が終わって早朝に帰ってくると、恵は九時きっかりにマタニティー・クリニックの予約をした後、区役所へ行って婚姻届を取ってきて戸籍謄本を故郷の役所から取り寄せる手続きをした。妊娠が確かなら、赤ちゃんのためにもできるだけ早く籍を入れておきたかったのだ。婚姻届をもらう際、担当者が微笑《ほほえ》んでくれたような気がして心が躍った。

恵は都志郎からいつ電話があってもいいように携帯電話を肌身離さなかった。だが、電話はかかってこなかった。次の日も、また次の日もこちらからかけても出てくれないのだ。

恵は不安を募らせ、自転車に乗って町屋のアパートへ行ってみた。アパートの電気は落とされていて、ドアの外から電話をかけても鳴っている気配はない。劇団のメンバーに連絡しても、「知らない」と冷たく突き放された。

ようやく連絡が来たのは、五日後のことだった。電話で都志郎の声を聞いた途端、恵は血の気が引いていくのがわかった。声のトーンがこれまで聞いたことがないほど沈んでいたのだ。

都志郎は言った。

——いろいろと考えたけど……やっぱり子供は無理だと思う。

——む、無理って？

——劇と家庭の両立なんてできない。子育てなんて考えられないんだ。

——じゃあ、都志郎君は劇をやって、私が一人で育てればいいじゃん。病院は福利厚生もしっかりしてるから、借金があっても無駄遣いしなければ何とでもなるよ。都志郎君だって自分のことを気にしなくて大丈夫だから。

——大丈夫って何が？

——都志郎君が収入がないまま劇の仕事をつづけること。失敗したって子供一人くらいなんとかなるから、私に悪いって思わなくていいよ。

都志郎が舌打ちして言った。

——収入がないとか、失敗するとか、何が言いてえんだよ。悪く思わなくていいって俺が無意味なことでもしてるって言いたいのか。

——そんなつもりじゃ……気に障《さわ》ったらごめん。でも、今も借金があるし……。

——借金とかうるせえよ！　カードローンは恵が勝手に組んだんだろ。俺は頼んだ覚えはねえぞ。

——で、でも……。

——俺を馬鹿にするんじゃねえよ。俺は劇団をここまで大きくして、賞だってもらったんだぞ。収入がねえとか、失敗するとか、借金とか、見下してんじゃねえ。

——それは誤解だよ。

——誤解もクソもあるかよ！　とにかく、俺はおまえと結婚なんてしねえからな。

——子供はどうするの。

——知るかよ。おまえの責任だろ。俺を馬鹿にするくらいなら、看護婦なんだから自分で考えろ！

それだけ言うと、都志郎は乱暴に電話を切った。ツーツーという音が聞こえてきた。恵は電話を耳に当てたまま、都志郎の名前を何度も叫んだ。

翌日も、そのまた翌日も、恵が電話をかけても都志郎は応じなかった。留守番電話に、もう一度話したい旨を残しても音沙汰がない。四日目にはついに着信拒否にされた。

恵は劇団のメンバーの神野明奈に電話をした。事情を説明して、都志郎に話し合いがしたいとつたえてくれるように頼んだのだ。明奈は突き放すように答えた。

——無理よ。都志郎、今、別の女と付き合ってるから。

——え、なに、それ……。

——こうなったから言うけど、都志郎はいろんな女と同時に交際してたの。今だって、たぶん他に二、三人女がいるはず。そういう奴なのよ。

——そんな……。

——私、忠告したはずだよ。あいつを甘やかすな、捨てられるかもしれないぞって。それでもあなたは付き合いつづけてたんじゃない。あなたのために言うけど、これを機会に別れた方がいいと思う。

これまでカードローンまでして劇団を支えて、五所川原の実家にまでつれていったのは何だったのか。恵は信じていたものを根こそぎ奪い去られたような気持ちになった。

上野《うえの》のクリニックで中絶手術を受けたのは、翌週の火曜日の夕方のことだった。受付の女性も医師も余計なことは一切訊かず、無表情で淡々と手続きをこなしていった。手術室では麻酔の注射を打たれ、冷たい器具を膣《ちつ》に挿《さ》し込まれ、小さな命が消え、すべてが終わった。

寮の部屋に帰ると、出かける時に消し忘れたらしく、暗い部屋の中でテレビがつけっぱなしになっていた。バラエティー番組の笑い声が狭い室内に響いている。

テーブルの上には、婚姻届と郵送されてきた戸籍謄本の入った封筒が置いてあった。用のなくなった紙切れ同然の書類。恵はバッグを投げ捨て、それらを手に取ると、真っ二つに引き裂いた。封筒の中の書類が床に散らばる。

恵は床にすわり込み、あらゆるものをいっぺんに失ったことを思い知らされ、目から涙をポロポロとこぼした。

どれくらい泣いていただろうか、気がつくとテレビはニュース番組に変わっていた。恵が何気なく床に落ちた戸籍謄本に目を落とすと、見慣れない字が飛び込んできた。自分の名前の隣に、「(養女)」と書かれていたのである。破れたもう一枚と合わせると、駒子の欄には「(養母)」とあり、なぜか叔母の花香が「(母)」になっている。

意味がわからず、恵はしばらく言葉を失ったままだった。得体の知れぬ不安がこみ上げてくる。恵は我に返ると、携帯電話を取り出して青森の駒子のもとへ電話をかけた。駒子はちょうど仕事から帰ってきたところだった。

恵は言った。

――ねえ、戸籍謄本の私の名前の横に『養女』って書かれているんだけど、これどういうことなの？

電話の向こうで駒子は押し黙った。

――母っちゃのところには『養母』ってあって、花香おばさんのところには『母』ってあるんだけど……。

駒子はしばらく沈黙を守った後、しぼりだすような声で言った。

――いつか、ちゃんと説明しようと思ってたんだけど、恵はおらの実の子じゃねんだ。

今度は恵が口をつぐむ番だった。

――本当の母っちゃは花香なんだ。いろいろ事情があって、おらだぢが養子としてもらって育てることになったんだ。

――な、何よ、それ……じゃあ、ずっと私をだましてたわけ？

――そうじゃねえ。きちんと説明するつもりだったんだ。でも、なかなか二人で会う機会がねがったから、つい。

――ついじゃないよ！　なんで、そんな重要なこと黙ってたのよ！　ふざけないでよ！

恵は電話を切り、テーブルの上にあったコップを壁に投げつけた。大きな音を立てて、ガラスの破片が床や布団の上に散らばる。二つに破れた戸籍謄本も丸めて床に叩きつけた。なんで自分だけがこんな目に遭わなければならないのか。恵は助けを求めるように来栖に電話をかけた。彼女なら受け止めてくれるはずだった。コール音が十回鳴ってから、来栖の声が聞こえてきた。

——もしもし、恵？

恵は言葉が出なかった。来栖は心配するように言った。

——どうしたの？　何かつらいことがあった？

来栖は何度も何度も声をかけてくる。恵は感情が決壊したように電話を握ったまま号泣した。

二〇一二年

控訴裁判所と連邦裁判所が入るパレス・オブ・ジャスティスは、イスラーム様式の荘厳な建造物だ。モスクのような丸い屋根が特徴的で、大きな国旗が風にはためいている。床や壁には大理石がふんだんにつかわれ、幾何学模様の装飾が施《ほどこ》されている。

この宮殿のような建物の階段を上がった先に法廷はあった。黒い衣装を身に着けた裁判官、バッジをつけた弁護士、カメラを首から下げた記者などが忙しく歩き回っている。この一室で、恵の覚醒剤密輸の罪に対する二審が開かれていた。

法廷の正面の席に裁判官がおり、左側に被告人席が設けられている。恵は赤と白の囚人服を着てすわっていた。女性警察官四人が前後左右を取り囲み、傍らには日本語通訳の女性もいる。

裁判はマレー語で粛々と行われ、幸介は傍聴席で駒子とリーとともに固唾《かたず》を呑んで見守っていた。リーが訳してくれたところによれば、弁護士の主張は一審と同じだった。新たな証拠を提出するわけではなく、前回の判決を不当だとして見直しを求めたのだ。

裁判官も検察官も、無表情で弁護士の言葉に耳を傾けていた。幸介は、傍聴席に駒子がいることに気づいてもらおうと、何度か咳払いをしたが、恵は余裕がないのか足元に目を落としたままだった。

午後三時過ぎに審議が終わった。裁判長が言い渡したマレー語の判決文は驚くほど短かった。検察官たちが勝ち誇ったように立ち上がって握手を交わしている。リーに訳してもらわなくても、幸介は一審の死刑判決が支持されたのだろうと察した。

恵は傍聴席に目を向けることなく、警察官たちに引っ張られるようにして法廷を後にする。表情はうかがえなかったが、後ろ姿から落胆がつたわってきた。

リーは判決を訳さずに立ち上がった。

「法廷を出て、下のカフェに行きましょう」

駒子を慮《おもんぱか》ったのだろう。

混雑する廊下を抜けて階段を下りていくと、一階の奥にカフェスペースがあった。小さな売店があり、学食のようにテーブルと椅子が置かれている。夕方だったため、人影はまばらだ。

三人は売店でコーヒーを買って、隅のテーブルにすわった。中国製の巨大な冷房機が音を立てて冷風を吐き出している。重い空気の中、誰もコーヒーに口をつけようとしない。

駒子は不安そうな面持《おもも》ちで切りだした。

「判決は、どうだったんでしょう」

リーは口をとがらせて答えた。

「ダメでした。一審と同じ死刑判決です」

駒子の顔が凍りつく。覚悟をしていたとはいえ、死刑という言葉があまりに重かったのだろう。

幸介がつけ加えた。

「まだ最高裁があります。これで終わったわけじゃありません」

駒子は一点を見つめているだけだ。幸介もリーもかける言葉が見つからなかった。

弁護士がカフェにやってきたのは、五分ほどしてからだった。事前に裁判が終わった後、今後のことについて話を聞かせてほしいと頼んでいた。恰幅の良いマレー系マレーシア人で、事件発覚後に大使館の職員が見つけてきて、駒子が方々からお金を借りて雇ったのだ。

弁護士は椅子にすわるとネクタイを緩めた。リーが気を利かせてコーヒーを運ぶ。幸介が英語で言った。

「今日の裁判の結果は、残念でした」

弁護士は黙ってコーヒーを一口飲む。幸介はつづけた。

「上告はするんですよね」

「メグミはそうしたいと言ってました。でも、検察の主張を覆す証拠がなければ結果は同じです」

「新しい証拠は出せないのでしょうか」

「メグミは一貫して荷物を預けたアラブ人が誰でどこにいるかわからないと言いつづけていますが、裁判官は信じていません。裁判で勝つためには、誰もが納得する新しい証拠を提出する必要があります」

弁護士自身も恵の話を頭から信じていないのだろう。

「新しい証拠って、どうすればいいんでしょうか」

「彼女の主張が本当ならば、荷物を渡したというアラブ人を法廷につれてくるか、最低でも身元を明らかにしなければなりません。メグミがそれをできない以上、第三者がやるしかありません」

「マレーシアの警察がその捜査をしてくれることはないんですか」

「警察は捜査を打ち切っています。警察や検察にすれば、このままメグミの有罪が決まれば勝利なわけですから動くことはないでしょう」

幸介は駒子を一瞥して言った。

「明日、刑務所に面会に行ってきます。その時、お母さんもつれていくつもりです。恵さんもお母さんを前にすれば、気持ちが変わって何か話してくれるかもしれません。そうしたら、何かしら動くかもしれないので、どうか今後もご協力ください」

「もちろん、私だってメグミを死刑にさせたくはありません。みなさんも証拠を集めてください。できることはします」

「お願いいたします」

幸介は深々と頭を下げた。

その日の夜、幸介は町にあったファストフード店でハンバーガーをテイクアウトし、ホテルの駒子が泊まる部屋を訪ねた。

裁判所から帰った後、駒子は死刑判決のショックから「食欲がない」と言ってホテルにこもった。幸介はリーと二人でレストランへ行った帰り、駒子の食事を買って様子を見に行くことにしたのである。

何度かノックすると、駒子がゆっくりとドアを開けた。泣いていたのだろう、化粧が落ちて、しわくちゃになったハンカチを握りしめている。幸介はハンバーガーの入った紙袋を渡して言った。

「ちょっとだけお話しできますか」

駒子は涙を拭いてから、「どうぞ」と中に招いた。

ホテルはビジネスマン向けの中級ホテルで、シングルベッドに、小さな机と椅子が一つずつあるだけだ。エアコンの操作の仕方がわからないのだろう、室内の空気は冷蔵庫のように冷え切っていた。ホテルの裏は屋台街になっていて、スピーカーから流れる音や客の声が響いている。

駒子は幸介を椅子にすわらせ、自分はベッドに腰かけた。部屋の隅に着替えの洋服が丁寧に畳んで置かれている。幸介はエアコンの温度を上げてから切り出した。

「明日の面会のことなんですが、裁判の後に弁護士が話していたように、今後は恵さんに全面的な協力を約束してもらわなければなりません。恵さんと話したいこともたくさんあると思いますけど、面会時間は二十分しかないので、明日は事件の話を優先していただきたいと思っています」

「恵が死刑でなくなるなら、何でもさせてください。おら、なして恵がこんなことになったのかまったくわがねですが、死刑だけは避けさせてやりたくて……」

また目に涙が浮かぶ。

「明日はお母さんに恵さんへの説得をお願いしたいと思っています」

「やれと言われればやりますが、あの子が聞いてくれるかどうか……」

「といいますと」

「おら、長い間恵と話をしてきませんでした。特に二十四歳の時、あの子が我が家の秘密を知ってからは、年に一度連絡を取るかどうかの関係になってまったんです」

「秘密っていうのは何なんでしょう」

「言いにくいことなんですが……恵は、おらの実の子じゃねんです。養子なんです。そのことを知ってから、おらを避けるようになったんです」

二十一歳で結婚した駒子は、子供を熱望していたが、三回した妊娠はすべて流産に終わってしまい、十年にわたって夫との間に子供ができなかったという。いくつかの病院にもかかったが、どの医師からも出産が難しい体だと言われた。

三十歳を過ぎてからは、駒子も夫も子供を諦め、夫婦だけで生きていくことを覚悟していた。

そんな時に、義妹の花香が、望まない子供を妊娠した。

小河家では、かねて花香は問題児とされていた。幼少期から落ち着かず、身勝手なふるまいをしたり、人とぶつかったりすることが頻繁にあった。小学校の高学年になると、より粗暴な行動が目立つようになり、お腹がすいたと言って他人の家に上がって物を盗むとか、注意してくる先生を逆恨みして靴を切り裂くなどした。

両親は厳しく対処し、花香の素行を正そうと手を上げたこともあったが、花香は言うことを聞かず、家を飛び出して何日も帰ってこないこともあった。中学に進学してからは、地元の同級生や先輩と誰彼かまわずに肉体関係を結んだ。父親はちょうど心臓の病気をわずらったこともあって、花香を見放すようになり、帰ってこない日がつづくと、「あんな奴はどこかで事故にでも遭って死んでまればいいんだ」と言い捨てた。

中学卒業後、花香は青森県内の温泉街や歓楽街を転々として水商売をした。たまに家に現れては、高そうなネックレスや指輪をひけらかしたが、行く先々でトラブルを起こす癖は直らなかった。客の財布を盗む、店で酔って暴れるといったことをくり返す。警察に捕まる度に、未成年なので家に連絡が来るが、父親は「知ったごとでね」と警察署に迎えに行こうとしなかった。

二十九歳の時、そんな花香が恋愛のもつれから元恋人の家に放火するという事件を起こした。逮捕後、彼女のお腹に元恋人の赤ん坊が宿っているのが判明した。すでに中絶可能な時期をすぎていたことから、獄中出産して施設に預けるしかなかった。

駒子と夫はその話を聞いて、それなら自分たちが引き取って育てたいと申し出た。養子にして子供を持つという夢を叶えようとしたのだ。花香が承諾してくれたことで、駒子は赤ん坊をもらい、「恵」と名づけたのである。

駒子は言った。

「恵がそれなりの年齢になれば養子であることを打ち明けるつもりだったんです。でも、夫が病死し、花香が市議の先生と心中事件を起こしたことで、どう言えばいいがわがらねぐなってまって……。恵は東京へ行ってまるし、会えねしで、そうこうしているうちにバレてまったんです」

幸介の脳裏に、家の敷地内に建てられたプレハブ小屋の光景が浮かんだ。小河家の中で、恵は花香の子としてひそかに遠ざけられていたのかもしれない。

「恵は、おらが真実を隠していたことを今も恨んでいると思います。だから、明日おらの話を聞いてくれるかどうか」

「ご家族の中でいろいろとあったのでしょうが、前回僕が刑務所で面会をした際、恵さんはお母さんに会いたいと言っていました。彼女にとって頼れる人はごくわずかです。きっと大丈夫ですよ」

「そうだといいんですけど……」

駒子は声を落とした。

外から聞こえてくる音楽が窓ガラスを震わせている。天井の蛍光灯の周りを、巨大な蛾が飛んでいる。駒子は言った。

「幸介さん、おらの子育てが間違ってたから、恵は捕まったんでしょうか」

「どういうことですか」

「事件の後、集落の人たちから『おめが腹を痛めて産んだ子でねえから、恵は死刑囚になったんだ』って罵《ののし》られて来たんです。教えてください。恵は、本当にそんな悪い子だったんでしょうか。おらはそんな子に育ててしまったんでしょうか」

小さな集落では、中傷も絶えないのだろう。幸介は唾を飲んで答えた。

「お母さんは心から恵さんを愛していたんですよね」

「もちろんです。誰にも負けねぐらいかわいがりました」

「じゃあ、胸を張って恵さんに会いましょうよ。恥じることはないんですから」

うなずく駒子の肩を、幸介はさすった。

この日、カジャン刑務所の面会室のブースは、外国人たちで混み合っていた。前日の晩にかなり雨が降ったせいだろう、いつにもまして蒸し暑く、小さな虫が飛び交っている。

アクリル板の前に、幸介と駒子は椅子を並べてすわっていた。恵はなかなか姿を現さなかった。駒子は身を縮めるようにして口をつぐんでいる。ここに来る途中、駒子は緊張で気分を悪くして二回も嘔吐していた。

十五分が経って、恵が刑務官につれられてようやく姿を現した。彼女はアクリル板の前に来て、幸介の隣にいる駒子の顔を見た途端、口に手を当てて棒立ちになった。母親との再会を想像していなかったのだろう。駒子が思わず「恵！」と呼びかけたが、声は届かない。

幸介は受話器を手に取って恵に言った。

「裁判お疲れ様。体調は大丈夫？　見ての通り、お母さんをつれてきたよ」

恵は涙目になって駒子を見つめている。

幸介は二人に話をさせた方がいいと判断し、駒子に受話器を渡した。駒子が恐る恐る言う。

「恵、お、おめ、大丈夫が。少し痩せたな。ご飯食べれてんのが。こっちの味に慣れたのが」

恵はうなずく。

「刑務所は、家とは全然ちがうんだろ。蒸し暑いし、虫もたくさんいる。言葉だってちがう。おら、おめがこっちで病気になって倒れてねが、心配で心配でならなかったんだ。洋服でもご飯でも送ってやりてと思ってたけど、どうやっていいがわがらねで……」

駒子は両手で受話器を握り、これまでの思いを順に吐露するように言葉を口に出していた。

恵は眼鏡を外して手で涙をぬぐい、一つひとつにうなずく。

幸介は二人の時間をたいせつにしてあげたかったが、面会時間は限られていた。彼は駒子に受話器を代わってもらい、話に割り込んだ。

「本当はお母さんとずっと話をさせてあげたいんだけど、今日はもう一つ目的があるんだ。少しだけ僕がしゃべっていいかな」

恵は眼鏡をかけ直してうなずく。

「弁護士の話では、最高裁に上告しても、君に覚醒剤を渡した人間の身元を明らかにしなければ、死刑判決が覆ることはないそうだ。もし君が協力してくれて、僕とお母さんがその人物を特定することができたら、弁護士はそれを新たな証拠として裁判所に提出してくれることになっている」

幸介は言葉を区切ってつづけた。

「くり返しになるけど、アラブ人の身元を教えてほしい。わからなければ、ヒントになることでいいから教えてもらいたいんだ」

恵は目をそらした。

「アラブ人の写真、メールアドレス、電話番号、何でもいい。忘れてしまっていたら、お母さんが君のラップトップを持ってきたからパスワードを教えてくれれば開くよ」

「………」

「ラップトップに、不利になることがあっても、表に出さないと約束する。お母さんにも立ち会ってもらう。だから信用してくれないか」

恵は喉の奥に何かがつまったように口を真一文字に結んで言葉を発しようとしなかった。幸介は腕時計を見て言った。

「僕は新聞記者としてネタがほしくて言っているわけじゃない。昨日、お母さんが事件によってどれだけ苦しい思いをしてきたかを聞いた。集落の人は『お腹を痛めた子じゃないから事件を起こした』なんて非難しているらしい。お母さんは今もそんな中で暮らしているんだ」

「………」

「この事件で悲しい思いをしているのは君だけじゃなく、お母さんを含む周りの人みんなだ。

その人たちのためにも、君には生きて日本に帰ってきてほしいと願っている」

刑務官が日本語での会話を怪訝《けげん》そうに見つめている。幸介は声を上げた。

「お願いだ。お母さんの今の状況を変えられるのは君しかいない。お母さんは君のことを思ってここまで来てるんだよ」

恵は静かに目を閉じた。時計の針は刻一刻と進んでいく。答えるつもりはないのだろうか。

その時、駒子が受話器を奪い取って叫んだ。

「恵！　この人を信じねで、誰を信じるつもりなんだ！」

声が天井にまで響く。

「この人は、小学校の時の同級生ってだけで、ここまでやってくれてるんだぞ。面会だけでねぐ、こっちにおめの知り合いがいないか尋ね回ったり、弁護士さんに頭を下げたりしてくれてるんだ。そんな人の厚意を裏切るのか」

「………」

「おらが生まれのごとで恵につらい思いをさせたのは謝る。何べんだって膝をついて謝る。だけど、おめはおらの一人娘なんだ。自慢の娘なんだ。おめのためなら死んだって構わねと思ってる。お願いだ。この人の言うごと聞いて、無事に帰って来てくれ。おら母親としておめに生きてもらえねど困るんだ。お願いだ！」

駒子は「お願いだ！　お願いだ！」とアクリル板を叩きはじめた。警備員が騒ぎを聞きつけて駆けつけてくる。

幸介が駒子を押さえて椅子にすわらせたが、刑務官はこれを問題行動と見なしたのか、手錠を出して恵に腕を出すように命じた。面会が強制的に終了させられてしまう。

もうダメだと思った時、恵が刑務官の手をふり払って受話器に向かって何かを言った。幸介が受話器を耳に当てると、もう一度口を開いた。

「社長とカヌマヨシエに連絡を取って！」

「社長とカヌマヨシエ？」

「あの人たちなら助けてくれるかもしれない」

刑務官が面会を止めるように注意する。

「社長の本名や連絡先は？」

「ラップトップに入っている。パスワードは五所川原の家の住所！」

そこまで言った時、刑務官が受話器を取り上げ、恵の手首に手錠をはめた。腰縄を引っ張って無理やり歩かせる。

駒子がアクリルの板に手を当てて叫んだ。

「恵！」

恵は首根っこをつかまれ、ふり返ることさえ許されずに、奥へと引っ張られていった。

邂逅

アメリカでワールドトレードセンターなどを標的にした同時多発テロ事件が起きた二〇〇一年の晩夏、恵は愛心中央総合病院の職を辞して、南千住《みなみせんじゅ》にある泪橋《なみだばし》病院へ転職した。

泪橋病院は建物の老朽化が目立ち、前の病院に比べれば設備も病床数も格段に乏しかった。医師も大半がアルバイトで、看護婦も半数以上が派遣。周辺には簡易宿泊所が林立し、アルコール依存症で路上で倒れて緊急搬送されてくるような高齢の患者が多かった。

恵がこの病院に転職したのは、生活環境を早く変えたかったからだ。中絶をしてから、劇団の関係者とは一度も連絡を取っていなかった。都志郎からは着信拒否されていたし、劇団のメンバーが自分を嘲《あざけ》っているのはわかっていた。恵は彼らとのつながりを絶ち、何もかもリセットしたかった。

恵に残されたのは、カードローンによる多額の借金だけだった。劇団に押しかけて請求したところで、返してもらえるわけがないし、適当にあしらわれるか言い負かされるかして、みじめな思いをするのは明らかだ。

恵は自力で返すことに決め、大学ノートに返済計画を書いたが、利子が思ったより高く、順調にいっても五年間かかることがわかった。困って来栖亮一に相談したところ、こう助言された。

「バイトで水商売すればいいじゃん。上野には昼キャバも多いから、日勤の日は夜に、夜勤の日は昼に働けば、結構稼げるんじゃないかな」

バイトをすることで一年でも早く返済できるなら、それに越したことはない。恵は来栖の勧めに従ってキャバクラで働くことにした。

泪橋病院では仕事のかけもちは禁じられていたが、勤務時間外の寮での生活は自由だったことから、内緒にしていれば知られることはなかった。

上野の仲町《なかちよう》通りはキャバクラやスナックがひしめく繁華街だ。呼び込みの男が立ち、あちらこちらにいかがわしいネオンが点滅している。通りから一本奥に入ったキャバクラが軒を連ねる八階建てのビルに、恵が働きはじめた「ピンク・オーシャン」はあった。

分厚いドアを開けると、中央にはクリスタル製のピアノが置かれていて、それを取り囲むように黒いテーブルと紫のソファーが配置されている。四方に取り付けられたスピーカーから大音量で流されているのはトランスだ。

ここでは五十名ほどのホステスが在籍していて、昼と夜の二部制になっていた。基本給は業績によって上下し、指名を取ればその分の手当が入るシステムだ。恵が働いてすぐに痛感したのは、自分の性格がホステスに合っていないことだった。引っ込み思案で周りの目を気にする性格なため、同僚を押しのけて自分をアピールしたり、客を盛り上げたりすることができない。

支配人は売り上げにこだわり、ホステス用の待機室の壁には売上表が点数化されて貼りつけられ、それぞれ売り上げのノルマが課せられていた。毎日開店前にミーティングが行われ、成績が悪ければ名指しで叱咤《しった》され、低成績がつづけば容赦なく基本給が減額されていく。

ミーティングの際、支配人は恵をよくこう罵った。

「病院の仕事で収入があるからって仕事を舐《な》めるな。指名を取れないなら色仕掛けでもなんでもやれ。くだらないプライドを捨てて客をつかんでこい」

正業を持っていれば、片手間でやっていると見られてしまう。支配人はそこをついて発破をかけたのである。

恵はお金を稼いで店を一日でも早く辞めようと、一生懸命に客の話に合わせようとするが、迫られると拒むことができず、好きなように体を触られ、時には下着の中に手を入れられたり、キスをされたりすることもあった。

同席した同僚のホステスたちからは「この子、青森出身でネクラだから」とか「農家の出身だから足が臭いのよ」と笑いのネタにされることもあった。さらに陰ではバッグの中身を床にまき散らされるなどの嫌がらせをされた。

こうした日々を送る中で、恵はストレスから髪を引き抜く癖が止まらなくなった。眠っている最中も無意識にやっていて、起きると髪が枕元に散らばっていることもあった。

彼女にとって数少ない気晴らしは、東向島《ひがしむこうじま》に暮らす来栖に会うことだった。来栖は前のアパートを夜逃げ同然に出てからも、精神疾患のせいで気分の浮き沈みが激しく、相変わらず定職にはつかずに引きこもりの生活をしていた。生活費は恵の差し入れに頼るか、水商売をしていた時の客にちょくちょく会って「援助」してもらっているという。

恵は来栖に貸したお金を返してもらっていなかったが、寂しさから毎回レジ袋一杯に食べ物やお酒を買い込んでアパートへ遊びに行った。来栖は酒を持っていくと、仕事の愚痴にも延々と付き合ってくれた。彼女は髪をかきむしりながら言った。

「ムカつく客がいたら、唇に真っ赤なグロスを塗ってワイシャツにキスマークつけちゃえばいいのよ。襟の後ろにつければ本人には気づかれないけど、家に帰って奥さんにバレるでしょ。それで復讐するの」

「へぇ、襟首にするんだ」

「同僚ホステスに嫌がらせされた場合は、その子の店の名刺をたくさん集めておきな」

「名刺？」

「そう、それを街で声かけてくるホストとか風俗のスカウトとかに『忙しいから後で連絡ちょうだい』って渡すの。そしたら、そいつのところに連絡がいくでしょ」

「へぇ、よくそんなこと知ってるね」

「私が水商売してた時に考えついたストレス発散法なんだ。恵もやりなよ。バッティングセンター行くよりスカッとするよ」

恵は突拍子もない話を聞いているうちに笑いがこみ上げてきて止まらなくなった。やっぱり来栖が好きだ、と思った。

年末年始の繁忙期が終わった後、同じビルに新規開店のキャバクラが二軒つづけてオープンしたこともあって、店からは客足がぱったりと途絶えた。さらに№1と№2の女性を他店に引き抜かれたことで、支配人はピリピリして恵に当たり、店の看板を持って外で呼び込みをするように命じられたこともあった。

来栖が体調を崩したのは、ちょうどそんな時期だった。一週間ほど連絡がとれなくなったので、心配になってアパートへ行ってみたところ、来栖が寝込んで苦しそうにしていたのである。強引に病院へ行かせたところ、肺炎や髄膜炎、それにヘルペスを併発していることがわかった。

恵は毎日のように東向島のアパートへ通って、来栖の看病をした。自腹を切って食事や薬を買っていってあげた。時には、病院で余っていた栄養剤を黙って持ってきて注射してあげた。そのかいあって、来栖の体調は少しずつ元にもどり、「寝すぎでおっぱいのシリコンがズレた」と冗談を言えるまでになった。

三月のある夜、来栖が珍しく自分から散歩に行かないかと誘ってきた。恵はコートを羽織り、出かけることにした。

向かったのは荒川《あらかわ》だった。土手に立つと、来栖は河川敷を指さして言った。

「いいもの見せてあげる。下りよ」

川辺まで歩いていくと、夜の底で水は黒く光って流れていた。ひんやりとした冷気がつたわってくる。来栖はコートのポケットから懐中電灯を取り出し、水面を照らして何かを探しはじめた。

少しして来栖が声を出した。

「いた！　こっち来て」

照らされた水面を大きな魚のような影がよぎった。鯉よりも大きい。恵が目を凝らしていると、生き物の正体が見えて「キャッ！」と悲鳴を上げた。小型のワニのようなものがこちらを見ていたのである。

来栖は笑った。

「びっくりしたでしょ？　これ、ワニじゃなくて、アリゲーターガーっていう生き物なの」

「ア、アリ……ゲーターガー？」

言われてみれば、口は長いが、体は淡水魚のようだ。手足がない。

「外来種で最近日本で増えているんだって。飼い主が捨てたんでしょ」

「たくさんいるの？」

「私が見つけたのは、こいつだけ。いつも夜になると、このあたりに潜んでいるんだ。一年ちょっと前から、ちょくちょく会いに来てるの」

心を病んでからは、仕事に行くことも友人と会うこともほとんどなくなった。たまに出かけて会うのは、アリゲーターガーだけだという。恵の脳裏に五所川原の岩木川で出会った時の記憶が蘇る。

「岩木川のススキ林のことを思い出すね。子猫飼ってたじゃん」

「そんなことあったね。結局、東京に来てもやっていることは一緒なんだよね。誰もいない川に行って、生き物に癒してもらう。今は、子猫がアリゲーターガーになっただけ」

アリゲーターガーは逃げようとせず、ゆっくりとエラを動かしている。

「あのね……黙っていたけど、私、ＨＩＶなの」

「え？」

「ＨＩＶ。わかるでしょ。今回、体調を崩したのは薬を服《の》まなくて免疫力が下がったせいなんだって」

ＨＩＶ感染症は体の免疫を著しく衰えさせる病気だ。服薬していれば免疫力を維持することはできるが、怠《おこた》ればエイズを発病させて様々な疾患にかかり、最後は命を落とすこともある。

「いつ感染したの？」

「わかったのは一年前。それでメンタルを病んじゃって、仕事もうまくいかなくなって辞めたんだ。まぁ、東京来ていろんなことやってきたから自業自得なんだけどね」

「なぜ薬服まないの？」

「何を目標に生きていけばいいかわかんなくなっちゃって……。中卒のＨＩＶのオカマなんて誰も必要としてくれないじゃん。恋人はつくれないし、実家にだって帰れない」

「そ、そんなことない。私は必要としているよ」

来栖は懐中電灯を握ったまま苦笑した。

「あんた、いつもやさしいね。そんなんだからだまされてばっかりなんだよ」

「……」

「あんたは、私みたいにならないように気をつけてね」

来栖はもう一度苦笑して川に目をもどした。アリゲーターガーは丸く飛び出た眼球でじっとこちらを見ていた。


その年の六月は、梅雨が例年より少しだけ早く訪れた。雨が降りはじめると、アスファルトは熱気とともに埃っぽいにおいを漂わせる。恵はべとべとしたそれが体や衣服にまとわりついてくる感じがして東京の梅雨が苦手だった。

雨音が激しくなる中、恵は病院での日勤を終えると、そのまま「ピンク・オーシャン」に出勤した。コンビニで買った栄養ドリンクを飲みながら、エレベーターについているミラーに目をやる。水たまりを踏んだ時にはねたのか、レースのスカートに泥水がついていた。

店の出勤カードに打刻して、更衣室へ向かおうとすると、支配人に呼び止められた。整髪料の香りがむせ返りそうなほど漂っている。

「話がある。着替えは後でいいから、ついてこい」

恵はスカートの汚れが気になったが、後を追って店を出た。

支配人が向かったのは、繁華街の中にあるファミリーレストランだった。テーブルにつくなり、支配人は煙草をくわえて厳しい口調で言った。

「丸光《まるみつ》商事の課長、おまえの指名客だろ。あいつ、飛んだぞ」

「飛んだ？」

「逃げたんだ。ツケを払わずにバックレたんだよ」

丸光商事の課長は、恵の数少ない指名客だった。支配人にせき立てられて何度も電話をして、通ってもらっていたのだ。先月は財布に余裕がないということで、ボーナスで支払う約束でツケにしていた。ところが、六月のボーナスの日以降、ぱったりと姿を現さなくなったため、支配人が調べてみたら、会社を辞めてマンションからも消えていることが発覚したという。

「飛んだ客の支払いはホステスの責任になるっていう店のルールは知ってるな」

「……」

「これが借用書だ」

テーブルにプリントアウトされた紙が投げ出された。そこには、四百五十五万円という金額が記されていた。

「こんなに？」

「そうだ。内訳はここにある」

書類を見ると、一度の飲食費自体はそこまで高くはないのだが、ツケにしたことで利息がついて額が膨れ上がっていた。利率は闇金同然の高さだ。

「今後はおまえの給料を返済に充ててもらう。早く返さないと、利息でどんどん高くなるぞ」

「私の返済分にも利息がつくんですか」

「当たり前だろ！　おまえのせいで店がいくら損害を被ったと思ってんだ！」

恵は下を向いた。

「わかったら、さっさとサインしろ！」

恵は震える手で署名欄に名前を書いた。支配人はそれを奪い取って店へもどっていった。

それから三週間、恵は支配人の言いなりになり、病院での勤務以外はずっとキャバクラに出勤して働きつづけた。日勤が終わったらキャバクラに直行して明け方までアフターに付き合い、駅のトイレで嘔吐してから病院へ向かう日々で、寝るのはわずかな休憩時間や移動時間、もしくは夜勤明けの午前くらいだった。

恵は、支配人に言われるままに働きさえすれば何とかなると思っていた。だが、給料日の八月初旬、恵は給与明細を受け取って青ざめた。これまでの三倍近く稼いだはずなのに、利息のせいで借金はほとんど減っていなかったのだ。カードローンの支払いは別にある。

事情を知っていた店の同僚は、嘲るように言った。

「あんたの稼ぎじゃ、返済できないでしょ。店を辞めて、支配人にフーゾクの仕事でも紹介してもらえば？」

底なし沼に突き落とされたような気がした。

その晩は台風が迫っていて大粒の雨が降っていたが、恵は勤務を終えた後にいても立ってもいられなくなり、タクシーをつかまえて来栖のアパートへ向かった。ここ一カ月間ずっと仕事に忙殺されて会えていなかったが、こんな時に相談できるのは彼女だけだった。

タクシーから降りてビニール傘を開いた瞬間、金属の骨が強風で折れてしまった。びしょ濡れになってアパートの部屋の前に立ったところ、恵は目を疑った。ドアに「入居者募集」の貼り紙があり、ポストがガムテープでふさがれていたのである。たしかに来栖の部屋のはずだ。部屋の呼び鈴を押したが、中から来栖の返事は聞こえてこなかった。ドアを叩いても、呼びかけても、部屋は静まり返っている。

「ねえ、来栖さん！　私！」

部屋はしんと静まり返っている。電気メーターも止まったままだ。

「来栖さん、家にいないの？」

雨が吹き込んでくる。

「いたら出てきて！　私、大変なことになっちゃったの！　お願い！」

何度も呼びかけているうちに、涙が雨粒とともに頬をつたっていた。

恵は携帯電話を取り出し、震える指で来栖へかけてみた。呼び出し音もせず、機械的なアナウンスが流れてきた。

――おかけになった電話番号は、現在つかわれておりません。

稲妻が光り、恵はドアの前にくずおれるようにすわり込んだ。雨は容赦なく降りかかってきた。

お盆の期間、泪橋病院は外来が休診になるため、多くの看護師たちは休みを取って旅行に出かけたり、帰省したりするが、恵は夏季休暇を返上して働いた。支配人から一日でも多くキャバクラに出勤するようにと強く言われていたからだ。

その日も、恵は先が見えないまま明け方近くまでアフターに付き合った後、二時間だけ仮眠して病院に出勤していた。来栖は行方不明のままで、一カ月で体重が五キロも落ち、口の中は口内炎だらけで帯状疱疹まで出ていた。

午後六時に病院の仕事が終わると、恵は休憩室のソファーで一時間だけ仮眠を取り、私服に着替えて「ピンク・オーシャン」へ向かった。ビルの一階のエレベーターのボタンを押そうとしたところ、後ろから呼びかけられた。立っていたのは、サングラスをかけた三十代後半から四十歳そこそこの女性だった。

「泪橋病院の小河恵さんでしょ」

「どなた、ですか」

「私、鹿沼好江《かぬまよしえ》。話したいことがあるから、ちょっといい？」

サングラスを外した顔に見覚えがあった。同じ病院の別の科で働く看護師だったのだ。好江は恵の返事を聞こうともせずに歩きだした。

カフェに入ると、好江はチョコモンブランとロイヤルミルクティーを注文した。恵はアイスティーを頼んだものの、キャバクラでの勤務がバレたのかと気が気でなかった。

好江は運ばれてきたチョコモンブランを口に運んで言った。

「そんな険しい顔で見ないで。ケーキがまずくなるでしょ」

彼女はもう一口食べてから言った。

「うちの科の患者さんが、あなたがホステスをやっているのを知ってナースに言っちゃったのよ。それで師長に調べろって言われて、後を追わせてもらったの。悪く思わないで」

やっぱり、と思った。

「でも、黙っててあげるから、安心して。ＡＶならともかく、ナースがキャバで働くなんてたいしたことじゃないわよ。私の方から患者の勘違いだったって報告しておいてあげる」

「あ、ありがとうございます」

「あんたも間抜けよね。こんな近くで働いていたらバレるよ。せめて池袋《いけぶくろ》あたりの店に移れば？　まだ若いし需要はあるでしょ」

好江は残りのチョコモンブランを食べてから、マールボロ・メンソールを取り出した。バッグはエルメス、左手の指にはブルガリのリングが二つもはめられている。右手のリングのブランドはわからなかったが思わず見返すほど大きなダイヤが光っていた。

「お店は辞めたいんですけど、今はムリなんです」

「どうして？　黒服と付き合ってるとか」

「ち、ちがいます。お店に借金があって、返済するまで無償で働かなきゃならなくて」

「なにそれ、どういうこと？」

恵は言おうか言うまいか迷ったが、好江からもう一度尋ねられ、カードローンの返済のために働きだしたことから客のツケを背負わされたことまでを打ち明けた。気がつくと、涙がこぼれていた。

好江は煙草を吸いながら冷静に言った。

「大変ね。実家に援助してもらえないの？」

「連絡取ってないんです。縁が切れちゃってるっていうか……」

「どうして？　嫁入り前の娘が困ってるんならちょっとくらい助けてくれるでしょ」

「実は、母とは血がつながってないんです。あることがきっかけで養子だってわかって、それから気まずくなっちゃって。それに、うちは貧乏だから」

「なんだ、私と同じじゃん」

「え？」

「私も大人になって父親がちがうことがわかって大喧嘩したんだ。二十歳の時かな。パスポート発行のために戸籍謄本を取ったら、三人きょうだいで私だけが母の連れ子だったことがわかったの。それで家を飛び出しちゃった」

まさかこんな近くに、同じ悩みを抱えている人がいたなんて。

好江は言った。

「ねえ、あなた東北の出身？」

「青森です」

「やっぱり。東北の子はだまされやすいのよ。私も山形の出で、カードローンの返済のためにクラブやスナックでバイトしたことあるんだ」

「そうだったんですか。ご結婚はされてるんですか」

「息子が一人いるけど、とっくの昔に離婚したわ。絵に描いたようなＤＶ男だったの」

恵は、好江の笑顔を見て、頼りがいのありそうな人だと感じた。

好江は煙草を灰皿に押し付けて言った。

「来週の日曜日って暇?」

病院のシフトは入っていなかったが、キャバクラの仕事はあった。それをつたえると、好江は言った。

「キャバクラなんて適当に理由つけてサボっちゃいなよ。知り合いの家でホームパーティーがあるんだけど、借金のことを相談できる人がいるから紹介してあげる」

「いいんですか……」

「どうせ今のまま働いたって返済できないんでしょ。だったら、専門家に相談して何とかするしかないじゃん。とにかく、日曜日の午後は空けておいて」

恵は押し切られるように「わかりました」と答えた。


翌週の日曜日、青く晴れわたった空には、一筋の飛行機雲が通っていた。広尾《ひろお》駅の改札口には、迷い込んだモンシロチョウが宙を舞っている。

恵がバッグを抱えて立っていると、一台のタクシーが止まり、中からグッチのサングラスをかけた女性が降りてきた。結婚式で着るようなドレスに身を包み、高いヒールをはいていたので、地元のお金持ちだろうと目をそらすと、手をふって声をかけてくる。よく見ると、好江だった。

恵は言った。

「誰かと思いました。す、すごいきれいです……」

「そんなに目を丸くしないでよ」

「いいえ、あっ、でも、私、ホームパーティーって聞いたから普通の服装で来ちゃいましたけど、大丈夫ですか……」

恵はホワイトジーンズに黄色のシャツといったいで立ちだった。好江は苦笑いした。

「若いんだから、そのままで平気よ。むしろ、素朴な感じで喜ばれるんじゃない？　あと、私には敬語つかわなくていいからね。これからは友達ってことで」

は、はい、と恵は答えた。

ホームパーティーの会場は、駅から徒歩十分ほどの住宅街にあった。緑の生け垣に囲われた邸宅で、芝に覆われた広い庭には金色の体毛のゴールデンレトリバーが放し飼いになっている。車庫に止められているのは、スポーツカー二台と高級セダン一台だ。

恵が呆気にとられていると、建物の屋上から声が聞こえてきた。グレーのパンツに、金のネックレスをした五十代くらいの男性が柵に肘をついて見下ろしていた。薄ピンクの麻のシャツを着て袖まくりをしている。

「おーい。こっちに上がってきてくれ」

この邸宅の持ち主だという。好江は門を入り、建物の横にある螺旋《らせん》階段を上っていった。

屋上は恵が想像していたよりずっと広かった。屋上全体がパーティー会場のようになっていて、ソファーやテーブル、それにバーベキューセットが並べられていた。色違いの大きなパラソルが四つ立てられている。グラスを片手に談笑する二十人ほどの大人の中には外国人の姿もあった。平服の人もいるが、みんな一見してわかるようなブランド物の服を着ている。恵は場違いな服装で来たことを恥じた。

好江がワインクーラーからボトルを取り出し、グラスに注いで渡してきた。キャバクラのガラスのショーケースに飾られているのと同じ銘柄の高級赤ワインだった。恵は恐る恐る受け取って尋ねた。

「あの、参加費っていくらなんですか」

「敬語つかわないでって言ったでしょ」

「はい、あっ、う、うん」

好江は赤ワインを一口飲んで微笑んだ。

「この家の持ち主の社長さんが開いてるパーティーなの。費用は全部社長さんが持ってくれてるから安心して。二週間に一度くらいやってるんだ」

「社長さんって？」

「彼」

指を差した先には、先ほど屋上から声をかけてきた男性がいた。近くで見ると、百八十センチはある長身だった。鬚《あごひげ》をきれいにカットして、シャツの襟を少し立てている。顔の彫りが深く、モデルのような風貌だ。

「銀座《ぎんざ》で貿易会社を経営しているんだ。他にもＮＰＯの理事とかいろんな肩書を持ってて、パーティーに来ているのはビジネス関係の人たち」

だから外国人もいるのか。

「好江さんは、社長さんとどこで知り合ったんですか」

「あの人、元患者なの」

好江は笑った。

「前に勤めていた病院に胆石で入院してきたの。その縁でパーティーに呼ばれるようになったんだ。もう五、六年の付き合いになるかな」

好江は派遣看護師として数年おきにいろんな病院を転々としているという。

社長と呼ばれる男性が、笑顔でゆっくりと歩いてきた。開かれた襟もとから筋肉質の胸が見える。彼は三台の携帯電話を手にして、好江に話しかけた。

「今日も来てくれたんだね、嬉しいよ。この子、友達？」

社長は恵を見た。

「同じ病院のナースで、小河恵さん。同じ東北出身でいい子だからつれてきたんだ」

社長は微笑んで握手を求めてきた。コロンのいいにおいが漂ってくる。ごつごつした大きな手だった。

「ねえ、社長、いきなりで申し訳ないんだけど、この子の相談に乗ってあげてほしいんだ」

社長は首を傾げる。

「彼女、借金があってキャバで働いているんだけど、客のツケを押し付けられたんだって。これってどうにかならないかな」

　まさか初対面で借金の話を明かされるとは思っていなかった。社長は落ち着いた素振りで、顎に手を当てた。

「そりゃひどいな。恵ちゃんが飲み食いしたわけじゃないんでしょ」

「は、はい……」

　恥ずかしさで顔が赤くなる。社長は恵の肩に手を当てて言った。

「大丈夫。うちの弁護士に頼んでおくよ。すぐに解決する」

「解決って」

「恵ちゃんに支払い義務はない。しかるべき法の手続きを取れば大丈夫だ」

「私、書類にサインしちゃいましたけど……」

「そんなのどうにでもなる。明日にでも、弁護士の方から好江ちゃんを通して連絡させるから、これまでのことを説明して。一日で片付くはずだから」

　恵が何か言おうとすると、社長の持っていた携帯電話が鳴りはじめた。彼は、ごめんね、と言って電話に出ると、その場を離れていった。

　好江は赤ワインを飲み、得意げに言った。

「いい人でしょ。困ったら助けてくれるよ」

「でも、弁護士に頼むのってお金が必要なんですよね」

「敬語つかわないでって言ったでしょ。社長の顧問弁護士だから心配はいらないわ。私も昔、社長の弁護士に頼んで、病院での残業の未払い分を支払ってもらったことあるから」

好江も世話になっているようだった。恵は声を潜めて言った。

「変なこと訊くけど、社長とはどういう関係なの？」

「一応、いい仲なんだ。できれば、ゆくゆくは結婚したいって思ってる」

「恋人ってこと？」

「まあね」

好江は少し得意げだった。彼女に子供がいることを考えれば、それなりに真剣な交際なのだろう。

背後から背中を指でつつかれた。ふり返ると、青い瞳をした外国人男性が笑顔で立っていた。鼻が高く、整えられた鬚が特徴的だった。ぴったりとしたデニムにワインレッドのアルマーニのTシャツを着ている。四十歳前後だろうか。

恵が戸惑っていると、好江が日本語で言った。

「トニーじゃん。元気してた？」

彼も流暢な日本語で答える。

「いつも元気だよ。これ、君たちのために持ってきたよ」

料理を盛った皿を差し出してきた。焼きたてのステーキにバーニャカウダ、それにチーズが載ったクラッカーが置かれている。

好江が紹介した。

「この人、社長の友達でトニーっていうんだ。もう十年以上日本にいて日本語ペラペラだから安心して。私なんかより日本のことわざ知ってるし」

トニーはいたずらっぽい口調で好江に言った。

「〝馬子《まご》にも衣装〟」

「え？　なに、それ」と好江が訊く。

「誰でも豪華なドレスを着ていれば、それなりに美しく見えるってこと」

「えー、それって私のこと？　ひどい！」

好江はそう言ってトニーの腕を叩く。

トニーは笑いながら恵に名刺を渡してきた。社名の横に「President」と肩書が記されている。彼もまた経営者のようだ。

「ヨシエさんのトモダチね。名前は？」

「小河恵っていいます」

「メグミ、いい名前。今からダチョウの目玉焼きつくらない？」

「ダチョウ？」

「土産に買ってきたんだ。ほら、これ」

トニーはそう言ってテーブルに置いてある巨大な卵を指さした。鶏の卵の三十倍ほどの大きさだ。

「これがダチョウの卵なの？」

「ビッグな目玉焼きつくろう！」

トニーはそう言って恵の手を引っ張った。恵は、自分が久しぶりに心躍る楽しい場所に引き込まれていくような感覚になった。

二〇一二年

ゴールデンウィークがはじまった日、幸介は東京駅で駒子と待ち合わせてから、タクシーに乗って広尾を目指していた。海外赴任以来初めての帰国で、東南アジアと比べると風が乾燥していて心地よかった。

皇居のお堀の周りには、ポロシャツやワンピース姿の人たちが皇居へと向かう列をつくっていた。皇居の庭園に植えられた三万五千株のつつじが満開になっていることから、見物に行くのだろう。家族連れも多い。

隣にすわっている駒子は、タクシーに乗ってからずっと下を向いていた。気分が悪いのかと尋ねると、彼女は弱々しく言った。

「都会に来ると人が多すぎて目が回るんです。人間に酔うっていうか……」

早朝に五所川原を発《た》って先ほど新幹線で到着したばかりだった。

駒子は訊いた。

「恵が話していた鹿沼好江さんからは返事はありましたか」

「まだ来ていません。刑務所なので手続きに時間がかかっている可能性もあります」

「やっぱり刑務所だったんですね」

「ええ、栃木刑務所にいるようです。送った手紙には返信用封筒も添えてあるので、好江さんがその気になってくれれば返事は来るはずです」

「助けてくれるといいんですが……」

駒子はそうつぶやいてため息をついた。幸介は窓の外の人波に目をもどした。

幸介が東南アジアから日本に帰国したのは、一年ぶりのことだった。二週間前、マレーシアのカジャン刑務所で面会をした際、恵から事件の関係者として「カヌマヨシエ」と「社長」の存在を教えられていた。その後、恵のラップトップから鹿沼好江を見つけ、新聞社のアーカイブで検索をかけてみたところ、驚くべき事実が判明した。恵がマレーシアで捕まる半年ほど前に、彼女は成田国際空港で逮捕されていたのだ。

記事には次のようにあった。

■45歳看護師、覚せい剤密輸で逮捕
東京税関成田税関支署と千葉県警は、覚せい剤6キロ（末端価格約3億7千万円）をスーツケースの底に隠して持ち込んだとして、都内在住の看護師の鹿沼好江（45）を覚せい剤取締法違反と関税法違反の疑いで逮捕したと発表した。

成田税関支署によると、女性はマレーシアに滞在した帰り、空港で見知らぬ外国人からキャリーケースを預かっただけだと供述し、容疑を否認しているという。ただ、キャリーケースが巧妙に加工してあったことから、警察は引き続き取り調べを行うとしている。

好江がマレーシアから日本への覚醒剤の密輸で逮捕されたことを知って幸介は動揺した。密輸量に加えて、「覚醒剤の密輸」「マレーシア」「外国人から預かった」「キャリーケースの加工」など恵の事件との類似点が多数あったからだ。

さらに詳しく調べると、その後の裁判で好江は懲役十一年の実刑判決を下されていた。幸介は連絡を取るために、全国九カ所の女子刑務所すべてにハガキを送ってみたところ、栃木刑務所に送ったものだけは返ってこなかった。つまり彼女はそこにいることになる。幸介は改めて恵の裁判に協力してほしい旨を手紙にしたためて送ったが、返事はなかった。

一方、「社長」については、恵のラップトップのアドレス帳に「鈴木《すずき》社長」と記された住所が載っていた。この人物だという確証はなかったが、わざわざ社長と記していることからすれば、当人である可能性はある。そこで幸介は好江と社長を捜すために日本に一時帰国することを決め、駒子にも合わせて東京に出てきてもらったのである。

タクシーが止まったのは、広尾の中でも特に大きな家が集まる高級住宅地だった。ナビを頼ったものの、住所にそれらしき家が見つからなかったため、幸介と駒子はタクシーを降りて徒歩で捜してみることにした。

十五分ほどかけて周辺の家をつぶさに見て回ったが、「鈴木」という表札の家はなかった。古くからありそうなレンガ造りの家のインターホンを押して、訊いてみることにした。ドアが開いて出てきたのは、六十代の女性だった。毛の長い小型犬のヨークシャーテリアを抱いている。

幸介は名刺と社長の住所を記したメモを出して言った。

「突然お邪魔して申し訳ありません。このへんに鈴木さんという方はお住まいでしょうか」

女性はヨークシャーテリアの柔らかな毛を撫でながら言った。

「鈴木さんのご自宅はもうないですよ。道を挟んだそこにあったけど、今は取り壊されて別の家が建っているわ」

道の向こうには、新しい分譲住宅が数軒並んでいた。かなり広い土地を割って売りに出したのだろう。

「ちょっと鈴木さんのことを調べていまして、彼の下の名前はご存知ですか」

「さぁ、表札には鈴木としか書かれていなかったからね」

「どういう方でしたか」

「五十代くらいかな。背が高くてカッコいい人でしたよ。建設中はあんな大きな家だから、大家族が引っ越してくるのかなって話してたら、独り暮らしだったので驚きました」

「奥さんも子供もいなかった？」

「日中は御手伝いさんが来ていましたね。平日はよくその人が庭や家の前の掃き掃除をしているのを見かけました。あと、休日は結構お客さんが来ているようでしたよ」

「お客さん？」

「会社の取引先の人か、会社の従業員なんですかね。月に何回かは庭や屋上でホームパーティーをして、楽しげな声がよく聞こえていました。貿易会社を経営しているとかで、外国の人も頻繁に出入りしていました」

「どこの国の人ですか」

「中東の人だったみたいですよ。商社に勤めている主人が話し声を聞いてそう言ってました」

「鈴木さんはいつ頃、家を売ったのでしょう」

「二年くらい前かな。何の前触れもなく引っ越し業者が家具を運び出したと思ったら、数日後には取り壊しがはじまったんです。更地にして分譲住宅として売られてしまいました。あっという間の出来事だったので、会社が倒産したんじゃないかって噂でした」

二年前といえば、恵が逮捕された翌年だ。高級住宅地であっても、事件のあった年から話を進めなければ、そこまで早く売却することはできないだろう。

ヨークシャーテリアが長い毛の中から丸い目をこちらに向けている。幸介はバッグの中から恵の写真を取り出した。

「この女性はご存知ですか」

彼女は首を傾げた。

「わからないわね。鈴木さんの娘さん？」

「僕の知人で鈴木さんと親しかったようなのです。家に出入りしていたという記憶はございませんか」

「女の人はしょっちゅう来てたから、覚えてないわ。とにかく、いろんな人がいたから」

「もう一つだけ教えてください。パーティーを頻繁にやっていたということですが、引っ越しの直前もやっていたんでしょうか」

「どうかな……。あ、やってたわ。十一月三日の文化の日にすぐそこの高校の文化祭が開かれるんだけど、同じ日に鈴木さんの家でもパーティーをしていたの。それで主人と両方でうるさいねって話していたから、その頃まではやっていたはずよ」

幸介が頭を下げて謝辞を述べると、女性は「役に立ったかしら」と上品に微笑んで、ヨークシャーテリアを抱いたまま家に引っ込んだ。

レンガ造りの家を離れ、幸介は道路の隅から鈴木邸の跡地を見つめた。五軒の新築の家は一般的な分譲住宅だが、土地の値段を考えれば一軒あたり一億円超はするはずだ。それだけの敷地に邸宅を建てていたとすれば、少なく見積もっても四億円相当の家だったはずだ。

気になるのは、どうして恵が逮捕された翌年に、それだけの邸宅を取り壊して売却しなければならなかったのかということだ。よほどの事情があったにちがいない。

駒子が言った。

「この鈴木さんというのが、恵の言っている『社長』なんでしょうか」

「可能性はあります。引っ越しの時期が、クアラルンプールのアンパン・ポイントの家から住人が消えた時期とほとんど同じです。引っ越しの仕方も何かにおう」

「どういうことですか」

「もし会社が倒産して邸宅を売りに出したのだとしたら、その数カ月前にホームパーティーを開く余裕なんてなかったはずです。つまり、会社の経営とは別に、すぐに引っ越さなければならない理由があったということになる。とにかく、社長についてはもうちょっと調べてみましょう」

次に恵が働いていた泪橋病院へ行くため、広尾駅から東京メトロ日比谷《ひびや》線に乗って、南千住駅で降りた。

恵が泪橋病院に勤務していたことは、事件の後に実家に送られてきた書類から判明していた。ラップトップにも、事件の五年ほど前に書かれた辞表が見つかっており、その後は派遣看護師をしていたらしい。正職員として最後に在籍していたこの病院の関係者なら、東京での暮らしを知っているかもしれない。

駅から徒歩十分くらいのところに、泪橋病院は建っていた。古めかしい四階建ての建物だ。休日であるために外来用の正面玄関は閉まっていたが、東側の夜間・休日玄関は入院患者の見舞客用に開けられている。

幸介は見舞いに来たふりをして病院に入り、エレベーター前の院内フロア図を見てから、売店や食堂のある地下一階へ下りることにした。病院に取材依頼をかけたところで、元従業員の個人情報を教えてくれるはずもないため、休憩中の従業員に直接当たって尋ねようと考えたのだ。

地下に行くと、売店や食堂は閉まっていたが、自動販売機コーナーには明かりがついていた。大小様々な自動販売機があり、ジュース、パン、アイスクリーム、カップラーメンなどが売られている。休憩中の看護師が数人、自動販売機の前に立って買い物をしていた。

幸介は彼女たちのもとへ歩み寄り、恵と同じくらいの年齢の女性に声をかけた。

「すいません、ちょっとお尋ねしたいのですが、前にここで働いていた小河恵さんってご存知でしょうか」

看護師たちは顔を見合わせてから不審そうな表情をした。

幸介は駒子の背をそっと押して言った。

「この方は、恵さんのお母様なのです。事情があって、恵さんのことを調べるために、今日青森からわざわざ東京にいらっしゃったんです。ほんの少しでいいので、お時間をいただけないでしょうか」

駒子が「恵の母です。どうかお願いいたします」と頭を深々と下げる。看護師たちの顔がこわばった。マレーシアの事件を知っているようだ。

眼鏡をかけた三十代の看護師が幸介に言った。

「あなたは警察の方ですか？」

「僕は小河恵さんの同級生の新聞記者で、裁判の支援をしています。彼女は無実を訴えているんですが、日本での生活や友人関係が明らかになっていないので、非常に不利な状況にあります。それで僕らが代わりに彼女の足跡を追っているんです」

「病院の広報の承諾は取りましたか」

「本来はそうするべきですが、広報を通して必要な情報が得られるとは思えません。僕らは彼女のプライベートの人間関係を調べて、なんとかして協力者を見つけて死刑を回避させたいと思っているんです。恵さんも同意してくれています。どうかお願いできませんか」

看護師は少し考えてから身分証明書を見せてほしいと言った。幸介は新聞社の社員証を、駒子は保険証を出した。看護師はそれを見てから答えた。

「わかる範囲でいいなら、お答えします。その代わり、私が答えたということは内密にしてください」

彼女はそう言って周りにいた看護師たちに休憩室へもどるようにつたえた。

幸介たちが向かったのは、食堂のテーブルだった。壁のスイッチを一つだけ押して、四人掛けのテーブルに腰を下ろす。

「私は加地恵美《かじえみ》といいます。何を知りたいのでしょうか」

「僕らは彼女がこの病院で何年くらい、どのような立場で働いていたのかさえわからないのです。そのことからまず教えていただけないでしょうか」

加地は質問の内容に少し安心したようだった。

「うちにいたのは、三、四年ですかね。准看護師としてでしたが、寮に住んでいて普通に夜勤とかもこなしてました。眼鏡をかけたおとなしい感じの子で、ちょっと青森訛《なまり》があったのが印象的かな。病院や寮での人付き合いはほとんどなくて、いつも疲れていて眠そうだったから、プライベートで何かやっているのかなって思ってました」

あまり記憶に残らないタイプだったのだろう。先ほどまで一緒だった同僚の看護師たちが何度かふり返りながらエレベーターに乗り込んでいく。

「事件を知った時は、意外でしたか」

「彼女の事件だけだったらそう思ったかな……。でも、その半年前に別の事件があったんです。だから、びっくりするというより、なんか事情があったのかもしれないって思いました」

半年前の事件と言われて思い当たるのは、鹿沼好江の逮捕だった。

「それって鹿沼好江さんのことですか」

「彼女を知ってるんですか？」

「今、栃木刑務所で受刑していますよね。彼女もここで働いていたんでしょうか」

加地はため息をつくような仕草をした。

「そうです、鹿沼好江もうちのナースでした。私と同じ整形外科で、トラブルばかり起こしていました。遅刻や無断欠勤はしょっちゅうで、仕事もミスばかり。そのくせ口だけは達者で、平気で嘘ばかり言うんです。周りのナースからは嫌がられていました」

プライベートにも問題があったらしく、一人息子の世話をせず、何度か児童相談所から病院にまで連絡がきたことがあったという。病院内では度々彼女の行動が問題視されて、規律違反による契約破棄が院内会議の議題に上るほどだったそうだ。

「意外だったのは、そんな彼女と小河恵さんが仲良くしていたことです。寮で恵さんの部屋に度々彼女が訪れるのを見ましたし、外で一緒にいるところに出くわしたこともありました。恵さんはおとなしいタイプなんで、どうしてあんな女と付き合っているんだろうって思っていました」

「鹿沼好江は成田国際空港で覚醒剤を持ち込んで逮捕されています。それについては、どう思いましたか」

「彼女はうちの病院では一年半しか働いていないので、辞めた後のことはまったくわかりません。でも、同僚のナースからニュースになっていると教えられた時は、やりかねないとは思いましたね。他のナースたちも同じ意見でした」

「だから、半年後に恵さんが捕まった時、すぐに鹿沼好江との関係性を疑ったんですね」

「恵さんは一人じゃあんなことをしません。できるようなタイプじゃない。そう考えたら、鹿沼好江が嚙んでいるとしか思えませんでした」

加地は、恵は鹿沼好江に巻き込まれて密輸にかかわったと考えているようだ。だが、マレーシアで事件が起きた時、鹿沼好江はすでに逮捕されており、恵に指示などを出せる状況にはなかった。鹿沼好江とマレーシアの事件のラインはまだわからない。

エレベーターが止まる音がし、白衣を着た医師が聴診器を下げて出てきた。加地は口を閉じる。医師はこちらをチラッと見たものの、自動販売機で缶コーヒーを買うとまたエレベーターへと乗り込んでいった。

医師が去ってから、加地は口を開いた。

「これから先、裁判で判決を覆すことはできるんでしょうか」

「事件の関係者を見つけて、新しい証拠を提出することができれば可能性はあります。でも、なかなかプライベートで親交のあった人にたどり着けなくて」

加地は少し考えてから言った。

「豊田《とよだ》さんってご存知ですか。うちで働いていたナースの豊田あいり」

「いや、初耳です」

「もしかしたら彼女なら何か知っているかも。私、一度だけレストランであの三人が一緒にいるのを見かけたことがあるんです。まったく接点がなさそうな三人だったので、すごく印象に残ってて」

「豊田あいりさんはどういう方なんですか」

「言ってしまえば、イマドキの子です。ギャルっぽいっていうか、垢抜《あかぬ》けてる感じで、恵さんや鹿沼好江とは全然ちがいます」

まったく異なるタイプの三人の女性が集まって何をしていたのだろう。

「豊田あいりについては気になることがあるんです」

「気になること？」

「彼女、鹿沼好江の事件があってから急に病院を無断欠勤しはじめたんです。当時、同じチームにいたので大変でした。連絡もろくにとれなくなって散々ふり回された末に、恵さんの事件の直後に辞職したんです。タイミングがタイミングだったので、あの二人と関係があるのかなって思ったんです」

話が事実なら、いぶかしむのは当然だ。

「彼女の連絡先はご存知ですか」

「それがわからないんです……。プライベートの付き合いはなくて」

恵のラップトップのアドレス帳に、それらしい名前が載っていた記憶はない。幸介が額に手を当てて何か方法がないか考えていると、隣にいた駒子が不意に口を開いた。

「豊田あいりさんの住所なら、たぶんわかります」

幸介と加地が「え？」と顔を向ける。

「マレーシアで事件が起きた後、恵の友人だと名乗る豊田さんって人から連絡があったんです。恵の荷物を預かっているので返したいと言って段ボールに入れて送ってくれました。段ボールは五所川原の家にありますので、伝票を見れば差出人の住所がわかると思います」

豊田あいりから駒子に連絡があったとは予想外だった。

「彼女は何を送って来たんですか」

「恵宛ての手紙とか年賀状とかです。前にマレーシアでお見せしたものも入っています」

「あれは警察の押収品だったんじゃないんですか」

「警察から送られてきたものとは別に、豊田さんから送られてきたものもあるんです。友達だったみたいです」

二人の関係まではわからなかったが、新しい手がかりができたことはたしかだ。

その時、加地が首から下げていた病院用のPHSが鳴りはじめた。ナースステーションからの呼び出しだろう。加地は時計を見てから言った。

「すみません、もう、私、仕事にもどらなきゃいけなくて」

幸介は頭を下げてお礼を言った。加地はPHSをしまって言った。

「どうか恵さんを助けてあげてください。あの子は、死刑になるような悪い子じゃありませんから」

それだけ言い残すと、加地は小走りにエレベーターの方へ駆けていった。

海外旅行

広尾の邸宅で開かれるホームパーティーに、恵は好江とともに月に一、二回参加するようになった。

最初にホームパーティーに行った翌日、社長が紹介してくれた弁護士から連絡があり、キャバクラの支配人と交渉して法律の上では借金の返済を肩代わりする義務はないことを示してくれた上、これまで支払った金まで取り返してくれた。後日改めて、恵がお菓子を持ってお礼に行ったところ、社長は笑顔でこれからもパーティーに遊びに来てほしいと言って好江を介して誘ってくれたのだ。

屋上や庭で行われていたパーティーは、秋風が肌寒くなってからは屋内で行われた。リビングルームはゆうに三十人くらいが入れるほどの広さがあり、出張料理人を招いて豪勢なスペイン料理がふるまわれたり、寿司が握られたりする。並べられるお酒は毎回贅《ぜい》をつくしたもので戸惑うばかりだったが、通っているうちに知り合いが増えて次第に溶け込んでいった。

パーティー会場で真っ先に声をかけてくるのはトニーだった。彼は恵の顔を見ると駆け寄ってきた。

「姫、今日も来てくれたんだね」

色白で日本人らしい顔立ちから「姫」と呼んでいた。からかわれているようで恥ずかしかったが、トニーは恵への好意を隠そうとせず、会う度にファッションやヘアスタイルを褒めたり、頻繁に電話をくれたりした。恵もまんざらでもなくなり、気がついたら、トニーに会うのが楽しみになっていた。

トニーは日本語や英語など五カ国語を話すことができ、毎月のように海外へアクセサリーなどを買い付けに行っていた。明るく奔放な性格で、いつも恵が知らない外国の話をして楽しませてくれた。

恵はトニーといることは苦ではなかったが、デートとなると気が引けて断ってばかりいた。トニーはそんな性格を察して、社長の名前を出して誘った。

「社長とヨシエさんも誘ったから、みんなでドライブに行かない？」

社長の名前を出されれば断るわけにいかなかったし、好江も喜び勇んでついてくる。よく四人で出かけた。

トニーは酒を飲まなかったので、社長の所有するメルセデスベンツを運転して大井町《おおいまち》や川崎《かわさき》の東京湾沿いの公園までドライブをした。社長はよく途中で車を止めさせ、スーパーで買い物かごにワインやフルーツやチーズ、時にはクッションなんかを手当たり次第に放り込んで買った。

公園に到着すると、芝の上にレジャーシートを敷いて寝ころび、ワインを飲みはじめる。トニーが会社で輸入しているというドライフルーツやピスタチオなどを持ってきてくれることもあった。特にザクロは片手ではつかめないほど大きく、甘酸っぱい果肉がつまっていた。

トニーのザクロの食し方はユニークだった。まず皮をむかずに両手でしっかりと揉《も》んで実をつぶす。それからナイフで一カ所だけ穴を開け、グラスに向けて中身を絞るようにすると、真っ赤な果汁が滴り落ちてあっという間にいっぱいになる。これに少しだけワインを混ぜるとザクロのカクテルのでき上がりだ。

「オリジナルカクテル『クレオパトラ』。飲んでみて」

クレオパトラがザクロで美貌を保っていたことから命名したらしい。口にすると、すごく甘いのに、驚くほどさっぱりとしていた。

社長は酔うと、よくいたずらをした。川辺で若いカップルが身を寄せ合っていると、「驚かせてやろう」と言ってすぐ近くで焚き火をし、突然そこに買ってきた何十本ものロケット花火を投げ込む。花火は点火して一斉に四方八方に飛び散る。社長たちはベンツに逃げ込み、慌てふためくカップルたちを見てお腹を抱えて笑う。カップルは怒ろうにも数千万円はする高級車に怖気づいて黙って立ち去っていくのが常だった。

トニーも遊びでは負けていなかった。彼がよくやったのは「ファイヤー・アート」だ。ライターオイルで道路に絵を描いておいて、それに火を点ける。絵は一本の線でできているので点火されると火が走りだして一つの形をつくる。最初は何かわからないのだが、大きな白鳥になったり、豪華客船になったりするのを見ているのが楽しかった。一度、何になるかと思ってじっと見ていたら、こんな文字が浮き上がったことがあった。

〈I love Megumi!〉

恵は照れくさかったが、胸の高鳴りをたしかに感じた。

一通り騒いで疲れると、好江は甘えるように社長にしなだれかかり、首に手を回したり、キスを求めたりするのが常だった。そんな時、社長はトニーに一万円札を何枚か渡して離れるように促した。トニーも、気をつかって恵とともに公園を離れた。

トニーは恵と二人きりになれたのが嬉しいらしく、すぐに駐車場へは向かわずに寄り道をした。静かに語り合うというより、はしゃぐのが好きで、川崎の海辺に来ていた時は、自転車で通りがかった高校生を呼び止め、その場で社長にもらった五万円を払って自転車を買い取ったことがあった。

「サイクリングしよ!」

唐突にそう言って、トニーは恵を自転車の後ろに乗せて走り出した。

向かった先は川崎の工場地帯だった。巨大な工場に挟まれ、人影のない通りを猛スピードで走っていく。巨大なパイプが張り巡らされた工場は青や橙《だいだい》色のライトに照らされて輝き、煙突からは月に向かって真っ白い煙が立ち上っていく。たまにすれ違うのは、デコレーションされた大型トラックだ。恵はまるで未来都市に迷い込んだような気持ちになった。

「すごいでしょ! 海はもっときれいだよ!」

海辺の道を進むと、大型のコンテナ船や明かりをつけた漁船が東京湾いっぱいに浮いていた。

海面には工場の明かりが映り、波に揺らめいている。潮の香りのする風が心地いい。

トニーは自転車を止めて言った。

「ねえ、今度社長に船を借りて海からこの工場の景色を見に来ようよ！　路上で見るよりもっときれいだよ！」

沖から船の汽笛が聞こえてくる。恵は自転車の後ろに乗ったまま言った。

「トニーは本当に社長と仲がいいんだね。トニーにとって社長はどういう人なの？」

「恩人だよ。僕が日本でビジネスがぜんぜんなくて困ってた時、社長が助けてくれた。何とかしてやるからって一から十まで面倒みてくれた。社長がいなかったら、買い付けてきた商品は今みたいに売れなかったね」

ホームパーティーに来ている人たちも、同じように社長に引き立ててもらった経験があるのだろう。

「トニーも苦労してきたんだね」

「貿易の仕事は、国際情勢とか国の政権によって状況が変わるし、今だって大変だよ。でも、もっとビジネスを大きくしてメグミと幸せな家庭をつくるのが夢」

恵は戸惑いながら言った。

「トニーのそういう言葉って本気なの？」

「もちろん、本気。僕、独身よ」

「……」

「僕、メグミと付き合いたいと思ってる。返事はまだでいいから、真剣に考えてね」

返答に困っていると、トニーはふり返り、恵の頰に軽く口づけをした。

恵はキャバクラでのアルバイトは辞めたものの、カードローンの返済が残っていたため、病院の仕事の合間にサンプリングや仕分けの副業をやっていた。時給は安く、休日はほとんど埋まってしまったが、一日でも早く返し終えて肩の荷を下ろしたかった。

彼女にとっての楽しみは、平日の昼間に好江とお茶をすることだった。診療科がちがったことから院内で顔を合わせることは滅多になかったが、月に一、二度早出の勤務が終わった後にケーキを食べに行き、社長やトニーのことを話すのが息抜きになっていた。

こうした日々に変化が訪れたのは、好江と出会ってから一年近くが経とうとする七月のはじめだった。その日、恵は少し前に借りていた折り畳み傘を返すために、仕事が終わった後に好江のいる診療科のナースステーションに赴いた。

ナースステーションにいたのは、同じ寮に暮らす先輩看護師の加地だった。好江に会いに来たとつたえると、こう言われた。

「鹿沼さんは、二日前に病院を辞めたよ。知らなかったの?」

「ど、どういうことですか」

「これまでも何度も欠勤があったんだけど、少し前に病気だって偽って海外に行っていたことがわかったの。調べたらこれまで同じようなことが何度もあったって。それで病院と派遣会社の間で話し合いが行われて退職してもらうことになったんだ」

家庭の事情で有休をつかって休むと聞いていたが、海外旅行の話は初耳だった。

四日後の日曜日、恵は綾瀬《あやせ》駅で好江と会って話をすることになった。この日、好江は二十代の子が着るような黄色のチェックのワンピースにサングラスという格好で、近くの中華レストランを知っているというので、そこへ行くことにした。

ランチのセットを食べている間、好江は病院を辞めたことには触れず、社長とのデートについて語っていた。食事が終わって恵が切り出していいかどうか迷っていると、彼女はマールボロのメンソールに火をつけて言った。

「聞いてると思うけど、私、泪橋病院辞めたから」

「そうなんだ」

「次に働く病院も決まってるの。今度の病院は、二週間おきにシフトが組まれるし、シングルマザーには支援制度もあって、スケジュールの融通が利くんだって。勤務は十二月から」

「五カ月も空くんだね。それまでの生活は？」

「貯金はあんまりないけど、バイトしてるから平気」

「バイト？」

「言わなかったっけ。社長に頼まれて、トニーの買い付けの手伝いをしてる。トニーが買った商品の梱包を手伝って日本に運ぶの。前から有休と連休を合わせて一、二カ月に一回くらいのペースでやってたんだけど、次の仕事がはじまるまでは定期的にやらせてもらうことになった

に嫉妬した。

海外旅行というのはこのことかと思うと同時に、好江がトニーとよその国で会っていたこと

んだ」

好江は煙を吐いて言った。

「トニーとは何にもないから心配しないで。私の心は社長にしかないし。トニーは、海外でも恵のことばっか話してるよ。早く会いたい、デートしたいって。あんたへのプレゼントだって、私が選ばされてるんだから」

たしかに最近、出張の土産として、ネックレスや化粧品などをもらうことがあった。

店員が空いた皿を片付け、水をグラスに注ぐ。恵はいく分落ち着きを取りもどして言った。

「好江が外国行ってるなんて考えもしなかったな。子供もつれていってるの？」

「家で留守番させてる」

「小さいんでしょ」

「過保護の親みたいな心配しないでよ。小学生の男子だから大丈夫。昔から私が夜勤の時とか、一人で留守番しているのが当たり前だったし」

好江は舌打ちして煙草をもみ消した。息子の話はしたくないらしい。恵の脳裏に、プレハブ小屋で夜遅くまで母親を待った子供時代のことが蘇る。

「恵は、海外、どこか行ったことある？」

「ないかな」

「相変わらずのド田舎者ね。あのさ、これトニーから渡しておいてって言われたの」

好江がバッグから封筒を取り出した。中には、航空チケットが入っていた。成田とクアラルンプールを結ぶ便だ。

「トニー、恵と一度でいいから海外ですごしたいんだって。オープンチケットだから日程は好きなように変えられる。年末でも年明けでも、今からならシフトはいくらでも調整できるでしょ」

「トニーと二人きりで？」

好江は大げさにため息をついて、お茶を飲んだ。

「いつまでも子供みたいなこと言わないで、そろそろ自分の幸せをつかむために生きなよ。若いうちはいいけど、三十代になって恋愛で大ゴケしたら、五年、十年泥沼でもがくことになって、気がついたら四十路《よそじ》よ」

「………」

「先輩として言うけど、二十代のうちに目の前の幸運に飛びつけるかどうかが人生を決めるからね」

ふり返れば二十歳を超えてからは、恋愛の失敗、カードローン、キャバクラでの借金と不運ばかりがつづいていた。ここで人生を変えなければ、また少し前のようなどん底に逆戻りしてしまうかもしれない。

「トニーと二人が不安なら、私もバイトがてらついていくよ。絶対行きなよ、こんなチャンス滅多にないんだから」

「う、うん」

好江はやれやれというように煙草をもう一本取りだした。


翌年の二月、恵は生まれて初めて飛行機に乗って、マレーシアのクアラルンプール国際空港に到着した。正月勤務の代休をつかって四泊五日。好江も同じ日程で休みを取ってついてきてくれた。

空港に降りた途端、南国のむっとした熱気が押し寄せてきて眼鏡のガラスが曇った。風にはのかに甘い果実の香りがまじっている。同じ飛行機に乗っていた日本人の若い女の子たちが、どこで着替えたのか、いつの間にか短パンとタンクトップ姿になってタクシー待ちの列に並んでいた。空港の売店で瓶ビールを買って飲みはじめている欧米人観光客もいる。

好江は、曇った眼鏡を拭いている恵を見て笑った。

「旅行やデートの時くらいコンタクトにすりゃいいのに」

小学生時代に花香に眼鏡をつくってもらって以来、眼鏡一筋だった。

「まー、今回の旅行で恵もいろいろと変わるよ」

日程を決めるだけで何カ月もかかったが、こうして空港に降り立って異国の風を浴びると、胸は高揚感につつまれた。

タクシーに乗って到着したのは、ペトロナスツインタワーの正面にあるヴィラ・インターナショナル・ホテルだった。シャンデリアの吊るされたロビーは明るく、行き交う人たちはハリウッドのセレブのような外国人ばかりだ。制服姿のボーイがやってきて、上手な日本語でしゃべりかけてくる。

「ここ、五つ星ホテルなんだよ。仕事で来る時は、いつも社長が予約してくれるの」

「宿泊費、高いんじゃない？」

「経費だから大丈夫なんだって」

エレベーターの方から声が聞こえたので顔を上げると、サングラスを頭に載せたトニーが手をふっていた。買い付けのために先に来ていて、ホテルで合流することになっていたのだ。

「姫、よく来てくれたね。これ、プレゼント」

トニーは一輪の花を差し出した。真っ赤なハイビスカスだ。好江が「ヒュー」とからかう。恵はこんなことをされたことがなかったので嬉しさと恥ずかしさで顔を赤らめた。

「ハイビスカスはマレーシアの国花。赤い色は『勇気』の意味だよ」

五枚の花弁がライトに輝いて見える。トニーはボーイに声をかけ、荷物を部屋に運ぶように指示し、慣れた手つきでチップを渡す。

「最上階へバーベキュー食べに行くから、部屋で水着に着替えてきて」

「水着？」

「持ってきたでしょ。先に上で待ってるから」

トニーが好江に向かって、まかせた、というようにウインクすると、好江は親指を立てた。

部屋で着替えてホテルの最上階へ行くと、そこは見事にライトアップされたプールになっていた。水底の照明が点滅し、水は七色に光っている。プールサイドにはヤシの木が植えられており、三角屋根のスタンドバーや、売店がある。スピーカーから流れるのは、アップテンポのダンスミュージックだ。

東側にバーベキューレストランがあり、コックが焼いたものをビュッフェ形式で好きなだけ食べられるようになっていた。恵と好江はトニーと同じテーブルについて、パイナップルを丸ごと一個削ってカクテルを注いだお酒を飲みながら食事をした。牛肉はもちろん、エビやホタテなど魚介類も多い。

カクテルを二本のストローで飲みながら、好江は言った。

「マレーシアって経済発展がすごくて、こういう高級ホテルがじゃんじゃん建っているんだ。外資のホテルチェーンがこぞって進出して競い合っているから、レベルがものすごく高いんだよ」

好江は水色のボーダーの水着にレースのサマーカーディガンを着ている。恵は紺の水着にパーカーといった格好だ。

「ショッピングは、ペトロナスツインタワーでできるからね。一日かけても回り切れないくらいのお店があるけど、日本の伊勢丹《いせたん》も入っているし、有名ブランドの店なら店員は日本語をしゃべれるよ」

「ペトロナスって？」

「目の前のそれよ。キラキラ光ってる建物」

ホテルの正面には、天まで届きそうなほど巨大なツインタワーがライトアップされて宝石の塔のように輝いていた。クアラルンプール随一の観光スポットであり、発展の象徴なのだという。

「東京タワーの一万倍きれいでしょ」

「すごい……。好江はいつもどこを観光してるの？」

「観光は飽き飽き。行くとしたらスパかな。このホテルだけで四店入ってるんだ。毎日通っているとお肌がモチモチになるから、止められないんだよね」

「ホテルのスパは高いでしょ？」

隣でステーキを食べていたトニーが口を挟んできた。

「部屋の料金につけてもらえば経費で落ちるよ」

「え？」

「ルームナンバーとサインを求められる。それ書いたら終わり」

恵が戸惑っていると、トニーは苦笑した。

「旅行に来ている時くらいはお金のことなんて考えちゃダメ。経費で落として税金の節約にするから気にしないで」

「でも……」

「〝金は天下の回り物〟ね」

トニーはいつもの明るい笑顔を見せた。

その時、ふっとレストランの照明が落ちた。スピーカーから響いていたダンスミュージックがバースデーソングに切り替わり、ボーイが大きなケーキをワゴンに載せて運んでくる。客の一人の誕生日らしい。

見ていると、ボーイは真っすぐにテーブルにやってきて、恵の目の前にケーキを置いた。ロウソクが灯《とも》されて火が揺れている。トニーと好江が恵に向かって拍手をしてくる。

トニーが言った。

「ハッピーバースデー！」

「え？　私の誕生日八月だよ」

「初の海外旅行って意味のハッピーバースデーだよ！　これでメグミも世界に羽ばたいたんだから！」

トニーの思いが伝わってきて、胸の中が幸せな気持ちで一杯になった。海外旅行につれてきてくれたばかりか、こんなことまでしてもらえるなんて。

「吹き消して」とトニーが言う。

恵はうなずき、ロウソクの炎を息で消した。ボーイや周りの外国人客までもが盛大な拍手をしてくれる。涙がこぼれそうだった。

トニーはポケットの中から指輪を出してきた。

「これ、プレゼント」

「私に？」

「そう。もしよかったら、僕と付き合って」

真摯な眼差しだった。胸の中からこれまであった戸惑いが消えていた。

恵は頭を下げて言った。

「こちらこそ。私でよければ、お願いします」

トニーが指輪をテーブルに置いて、飛び跳ねて喜ぶ。恵は急に恥ずかしくなってうつむいた。

「メグミ、嬉しいよ。明日の夜、仕事を早く切り上げるからドライブ行こ」

「車、あるの？」

「レンタカーあるよ。スポーツカーだって借りられる。今から行く？」

好江が苦笑して口を挟んだ。

「トニー、焦らないでよ。恵は水着だし、食事中でしょ。強引すぎると嫌われるよ」

トニーが「ごめんなさい」と頭をかく。

「それに、あともう一人合流するんだから」

恵は首を傾げた。

「誰か来るの？」

「あいりよ」

「あいり？」

「豊田あいり。泪橋病院のナース」

聞き覚えのない名前だった。

「噂をすれば来た来た」

好江がプールサイドを指さす。ライトに照らされながら、スタイルのいい日本人女性が歩いてきた。黄色い花柄のビキニを着て長い髪を下ろしているのは、たまに病院で見かける女性だった。

「夜勤だったから、私たちの後の便で来たんだ」

「彼女と仲良かったんだ」

「うん、時々バイトを手伝ってもらってるの」

好江が豊田あいりに向かって手をふった。彼女も気がついたらしく手をふり返す。恵はあわててテーブルに置かれていた指輪をバッグにしまった。

二〇一二年

東京丸《まる》の内《うち》にあるビジネスホテルの窓は、分厚いベージュのカーテンで覆われていた。カーテンの隙間から外を見ると、道を挟んだ向かいに朝陽を浴びたガラス張りのオフィスビルが建っている。

備え付けの空気清浄機の音が響く中、幸介はベッドに腰かけて、タブレットの画面に目を落とした。そこには、鹿沼好江からの手紙が映し出されていた。昨日、栃木刑務所から東亜新聞バンコク支局に届いたもので、支局の同僚にスキャンして送ってもらったのだ。

内容は、期待していたものではなかった。中学生でも書かないような下手な字体で簡潔にこう記されていた。

手紙、読みました。わたしが前に、恵さんと同じ病院で働いていたのは本当です。

マレーシアの事件は、こっちのニュースで知りました。でも、わたしはあの子より前に逮捕されているので、連絡つきませんし、あの子の事件のこともぜんぜん知らないです。

なんで、恵についてきかれてもこまります。すごくこまります。めいわくです。

あの子のことに、関係したくないのです。

あなたからの手紙も、受け取らないことにします。二度と送らないでください。

文面からはつよい拒絶感がつたわってきた。

幸介はタブレットを手に、深いため息をついた。受刑者である好江が手紙の受け取りの拒否を申請すれば、今後は本人には届けられずに返送されてしまう。手紙の文面は、好江との接点が切れたことを意味していた。

ホテルの部屋のドアをノックする音がした。タブレットの右下には、午前九時半という時刻が表示されている。ドアを開けると、隣の部屋に泊まっている駒子が立っていた。

駒子はメモ書きを差し出してきた。

「豊田あいりさんの住所がわかりました。これです」

メモ帳には、ボールペンで東京都文京《ぶんきょう》区の住所が記されていた。知人に頼んで、五所川原の家に入ってもらい、あいりから送られてきた荷物の伝票を捜し出してもらったという。

「荷物の伝票には、連絡先と名前しか書いてありませんでしたか」

「すいません、そこまでは聞きませんでした」

「実物を見たいので、ご友人の方に頼んで、伝票を東京に送ってもらえないでしょうか。着払いでいいので、このホテルへお願いします」

駒子は「わかりました」と答えた。幸介が携帯電話の地図アプリであいりの住所を検索にか

ける と、白山《はくさん》駅の近くだった。

「ここから地下鉄で十分くらいですね。行ってみましょう。十時の出発でいいですか」

「はい。今夜もここに泊まるんですよね」

「そうです。十時ちょうどにロビーで待ち合わせましょう」

駒子はおじぎをして部屋にもどりかけたが、思い出したように紙袋を渡してきた。

「つまらないものですが、今回のお礼です」

中には子供用のお菓子と玩具が入っていた。昨夜、ホテルにチェックインした後にデパートへ買いに行ったようだ。

「恵が起こした事件のために日本に帰国してくださってすみません。久しぶりの日本なのにご自宅に帰らずにホテルに泊まっていただいて……。ご家族に申し訳なくて」

「家に帰らないのは、僕の勝手な都合なんで気になさらないでください」

「でも、お子さんもいらっしゃるんですよね」

「一応……でも、なんていうか、別居中みたいなものなんです。だからホテルに泊まった方が気楽なんで……。ともかく、ありがとうございます。子供に送るようにしますね」

幸介は一礼してドアを閉めた。

再びベッドに腰かけると、脳裏に小学五年生になる息子の春志《はるし》の顔が浮かんだ。仕事がら転勤が多く、春志は引っ越す先々で友人をつくることができず、何度かいじめにも遭って不登校になっていた。そのことで妻とも散々口論になったし、ここ数年は転勤の辞令がある度に険悪な雰囲気になっていた。

妻から別居を申し出てきたのは、海外赴任が決まった一年半前のことだ。自分は春志と東京に残って二人で暮らすので、タイへは単身赴任で行ってきてほしいと言われた。幸介にとっても、三十代の今が記者として勝負時であるため、家族に足を引っ張られてライバルの同僚たちに抜かれるのは避けたいという気持ちから別々に暮らすことを選んだ。

今回、家に帰ろうと思えば帰ることはできたが、これまで妻と散々言い合ってきたせいで顔を合わせるのが気まずかったし、春志もまだ不登校がつづいていて、どう接していいかわからなかった。それで家族には帰国を知らせず、ホテルですごすことにしたのだ。

幸介はタブレットの電源を消した。そして頰を叩いて気を引き締めてから取材用のバッグを肩にかけて部屋を出た。

白山駅から徒歩五分、白山通りに面した場所に、そのマンションは建っていた。

デザイナーズマンションらしくエントランスはガラス張りになっていて、駐輪場にはマウンテンバイクが止めてある。ファミリー層というより、若いカップルや、子供のいない夫婦が多く住んでいるようだ。カフェ&バーとフラワーショップに挟まれている。

ちょうど出てくる住人がいたのでオートロックのエントランスを抜け、エレベーターで三階へ上がっていった。伝票にあった三〇二号室のドアが半開きになっていた。隙間から声をかけると、背の高い女性が顔を出した。三十歳前後だろう。外出の準備をしていたのか、ジーンズにTシャツ、首には橙色のストールを巻いている。

幸介は一礼して名刺を出して言った。

「はじめまして。小河恵さんの友人の東木幸介と言います。豊田あいりさんでしょうか」

彼女は「はい」と言って顔を引きつらせた。家の中からはテレビの音がしている。

「恵さんについてお訊きしたいことがあって来ました。事件についてです」

「事件って？」

「マレーシアの事件はご存知ですよね。こちらにいらっしゃるのは、恵さんのお母様です。恵さんを助けたくて青森からはるばる東京までいらしています。あなたにぜひ教えていただきたいことがあるんです」

あいりは室内を気にする素振りをした。同居人がいるらしい。あいりは声を抑えて「用意するので外で待っててください」と言った。

三分後、あいりは携帯電話を手にして下りてくると、無言でマンションから五分ほど歩いたところにある公園へ向かった。休日の午前中ということもあって、若い父親たちが子供をつれて遊びに来ている。二つあるテーブルベンチのうち一つが空いていた。

「ここでいいですか」

幸介はうなずいてすわった。正面にあいりがすわる。左手の薬指には結婚指輪がはめられている。

「あなたは恵さんと親しくしていて、事件後もご実家に荷物を届けたりしましたね。マレーシアの事件について知りたいことがあるので、質問に答えていただいてもよろしいですか」

「わ、私は事件とは無関係ですよ」

狼狽《ろうばい》する姿から、逆に何かを知っていると確信した。

「協力していただけるなら、僕たちはあなたの不利になるようなことはしません。情報の出所は秘密にしますし、事件や裁判にも巻き込みません。もちろん、旦那さんにも秘密にします。だから知っていることを教えていただけないですか」

あいりは夫について言われたことで目を泳がせた。公園内には子供たちの遊ぶ声が響いている。幸介は返事を待たずに言った。

「まず、鹿沼好江さんのことはご存知ですね」

「は、はい」

「あなたと好江さん、そして恵さんの三人は仲良くしていたと聞きました。どういうきっかけだったんでしょう」

「私と好江さんは泪橋病院の同じ整形外科でした。好江さんは派遣でしたけど、一回り年上なんでいろいろとお世話になりました。次第に病院の外でも会うようになって、知人のホームパーティーにつれていってくれたり、友達を紹介してくれるようになったりしたんです。恵さんと知り合ったのもそんな流れでした」

幸介は「社長」が頻繁に自宅に人を招いていたという話を思い出した。

「パーティーは広尾で開かれていたものですか。鈴木という社長の自宅で行われていましたよね」

　あいりは観念したように「そうです」と答えた。

「あなたは、好江さんから社長や恵さんを紹介されたんですね。最初に恵さんと会ったのはどこだったんでしょう」

「マレーシアです。クアラルンプールのホテル」

「ヴィラ・インターナショナル・ホテルですか」

「はい……」

「なぜ、あなた方はマレーシアへ？　病院のお仕事はお忙しいでしょう」

　あいりは答えずに目をそらした。風で茶色い長い髪が揺れている。

　幸介はゆっくりと言った。

「恵さんも好江さんも、マレーシアを拠点とした覚醒剤の密輸で逮捕されています。あいりさん、あなたも関係しているんですか」

「ち、ちがいます！　私はちがいます！」

　指が震えている。

「何がちがうんでしょう」

「私は、好江さんから仕事の手伝いを頼まれただけです……。マレーシアに行ったのはそのためです。覚醒剤なんて知りません」

「仕事の手伝いとは？」

「アルバイトです……。ちょっとお金に困っていたので好江さんに相談したら、じゃあいいバイトを紹介するよって言われたんです……」

あいりは静岡県の看護専門学校を卒業した後、泪橋病院に就職したそうだ。仕事の合間ではじめたマリンスポーツにはまってカードローンや学生ローンの利子が増えていった上、買ったばかりの車で高級車相手に事故を起こして多額の借金を抱えてしまった。

年上の恋人との間に結婚の話が出たのは、そんな矢先だった。恋人はお金に厳しく、常々借金をする人に対して批判的な意見を持っていた。あいりは結婚するには借金の返済をしなくてはと焦った。

そんなある日、病院の休憩室で好江とお茶を飲んでいた際に、借金の悩みを打ち明けた。すると、好江が言った。

「知り合いが貿易関係の仕事してるんだ。そこでバイトを募集してるから手伝わない？」

それで紹介されたのが、社長だった。バイトの中身は、彼のビジネスパートナーであるトニーが海外で買い付けた商品をマレーシアに取りに行って日本へ運ぶというものだった。シフトを調整すれば三連休をつくれる上、バイト料も良かったので、やってみることにした。

恵と知り合ったのは、三度目にマレーシアを訪れた時だった。クアラルンプール国際空港に到着したところ、好江から突然電話がかかってきて「今すぐ会わせたい人がいる」と言われ、ホテルの最上階のプールサイドで紹介されたという。

あいりは言った。

「バイトをする前に何度か社長やトニーに会いましたが、二人ともしっかりとした印象でした。好江さんもたまにバイトをしているってことだったので、それなら大丈夫だろうって思ってはじめたんです。事件になって初めて好江さんたちが覚醒剤を運んでいたことを知ってびっくりしました。何も聞いてませんでしたから、どういうことか意味がわからなかったくらいでした」

彼女は身の潔白を訴えるように言った。公園の花壇にあるチューリップの上をミツバチが飛んでいる。

幸介は言った。

「話を整理させてください。あなたは好江さんから持ち掛けられ、マレーシアから日本への荷物運びのアルバイトをしていたわけですね。社長のビジネスパートナーだというトニーは、どういう人物なのでしょう」

「トニーはイラン人です。毎月のように海外へ行って、いろんな商品を買い付けて日本に運んでいました。社長がそれを国内で販売していたみたいです」

「なぜ、あなた方がそれを運ぶんですか」

「個人用として持ち込めば、税金をごまかして、コストカットできるんだって言われました」

「荷物の中身は何でしたか」

「渡されたのはキャリーケースですが、中身はわかりません」

「自分で運ぶのに、中身が気にならない？」

「アクセサリーとか置き物だと言われていたので、考えたことなかったです……。他人の荷物だし、勝手に開けるわけにいかないし……」

だんだんと歯切れが悪くなってくる。幸介は近くに人がいないのをたしかめてからつづけた。

「バイト料はいくらだったんですか」

「え？」

「マレーシアへ行っていたのはバイトのためだったんですよね。一回いくらもらっていたんですか」

「二十……いや、よ、四十万円かな……。出発前に十万円。帰国後に三十万円の約束でした」

今度は幸介が言葉につまった。

「四十万円って。あなたは、それだけの額をもらっておきながら、荷物の中身をアクセサリーや置き物だと信じていたんですか」

「人の仕事のことだから、あまり突っ込んではいけない気もしたし。お願いです、知らなかったということは信じてください！」

幸介はもう一度あたりを見回してから言った。

「それで日本に持ち込んだ荷物はどうしていたんですか」

「別々の飛行機だったので、日本に着いてから足立区にあったトニーの事務所に送ってました」

なぜ同じ高級ホテルに全員が宿泊しておきながら、帰りは別々の便に乗るのか。バイト料といい、帰国の仕方といい、不自然なことばかりだ。

「いつまで、そのアルバイトをつづけていたんですか」

「ど、どうだろ……。正確には覚えていません」

あいりは震える手を太ももの間に挟んだ。幸介は冷静を装ってつづける。

「僕が聞いたところでは、好江さんが逮捕された頃から、あなたは急に病院を休みはじめたそうですね」

「……」

「なぜ好江さんが逮捕されたことを知って病院を欠勤するようになったんでしょう。やましいことがあったからですか」

「そうじゃないです。怖くなったんです……。好江さんの持っていたキャリーケースは、トニーから渡されたものでした。そこに覚醒剤が入っていたなら、私も同じものを運ばされていたのかもしれないって思ったら恐ろしくなって」

「もう一度訊きます。一回につき四十万円をもらっていて、中身が非合法のものだという考えは浮かばなかったんですか」

「覚醒剤だとは思いませんでした……。ダイヤモンドとかすごい高級品かもしれないと考えたことはありましたけど」

「あなたは覚醒剤だとわかって、自分も捕まるという恐怖に駆られた。それ以降、アルバイトは止めたんですね」

「はい。借金も返済してましたから、すぐに止めました。これは絶対です。誓って真実だって言えます」

あいりの携帯電話が鳴りはじめた。彼女は一度液晶画面を見たが、出ようとしない。

幸介は、電話の呼び出し音が止むのを待ってから尋ねた。

「恵さんもアルバイトをしていたんですね」

「はい。ただ、好江さんや私よりはずっと回数は少なかったはずです」

「彼女は好江さんの逮捕後もつづけていたんですか」

「そ、それはわかりません……。好江さんが逮捕されてから、一度も会っていませんから」

「会ってないと言いながら、あなたは、マレーシアでの事件があった後に恵さんの所持品を青森のご実家に送ってますよね」

「それは誤解です！　恵さんは泪橋病院を辞めた後にマンションを借りて住んでいたのですが収納スペースが狭いというので、寮を出る際に私が一部を預かっていたんです。たまたま広い家族寮が空いていて、私はそっちに一人で住まわせてもらっていたんです。その後、マレーシアの事件が起きたので、それを青森の住所にお返ししたんです」

再び携帯電話の呼び出し音が鳴った。彼女は少し躊躇《ちゅうちょ》した後、電話に出て小さな声で「もうちょっとで帰るから」と言って切った。

「旦那さんからですか」

「この話を夫に言わないという約束は絶対に守ってください。彼は何も知らないんです」

「約束するので、その代わりに、トニーの住所を教えてくださいませんか」

「え……」

「足立区にあるという事務所です。荷物を送っていたならわかるはずですよね。恵さんを助けるためなんです。お願いします」

あいりは狼狽するような表情をした。幸介はじっと目を見つめる。走り回る子供たちの声だけが公園に響いている。

しばらくして、横にいた駒子が言った。

「あいりさん、お願いします。娘のために教えてください。なんとか助けたいんです」

あいりは覚悟を決めたようにうなずいた。教えられた住所は、竹の塚だった。

息子

二月に初めて海外旅行へ行ってから、恵は三月、四月と病院のシフトを調整して立てつづけにマレーシアを訪れた。トニーの買い付けの出張に合わせていたので、好江とあいりもバイトで来ていて一緒だった。

クアラルンプールでは、毎回ヴィラ・インターナショナル・ホテルに泊まった。一度目の時は個別に部屋を取ってもらっていたが、二度目からは恵はトニーと一緒の部屋に泊まるようになった。ミニバーに加えて、バーベキューができるほど広いバルコニーを備えた部屋だった。

ホテルから見下ろすクアラルンプールの夜景は、ネオンにつつまれて幻想的だ。街路樹のヤシの木にクリスマスさながらの電飾がつけられ、噴水や高層ビルは七色にライトアップされる。カフェやバーは世界中の人たちでにぎわい、深夜までビーチサンダルをはいた地元の子供たちが遊んでいる。

トニーは一日の仕事を終えるとレンタカー店でアルファロメオのオープンカーを借りてきて、ドライブにつれていってくれた。南国の暖かい風を切って高速道路を突き抜けると、高原リゾート「ゲンティン・ハイランド」があった。丘の上にホテルやテーマパーク、ゴルフ場、コンサートホールが林立し、「マレーシアのラスベガス」と呼ばれていた。

トニーは車に積んでいたスーツに着替えてからカジノへ遊びに行った。天井が高く、ワインレッドの絨毯が敷き詰められたホールには無数のゲーム台が置かれていた。アジア系のお年寄りから、欧米の観光客までもがチップを握りしめて夢中になっている。

トニーのお気に入りはルーレットだった。

「姫のために勝つよ！　一攫千金！　十億円のダイヤを買ってあげるね」

彼はギャンブルをやりはじめるとどこまでものめり込むタイプだった。当たれば「よっしゃ！」と日本語で叫んでガッツポーズをとり、負ければ悲壮な顔で天井を見上げて神に祈った。周りにいる客にも気さくに声をかけ、一緒になって喜んだり、勝った時にはチップをプレゼントしたりする。恵は賭け事に興味がなかったけれど、トニーの一喜一憂する姿を見るのが好きだった。

カジノから出ると、トニーは恵をつれて高台にある神殿を模したレストランへ行った。レバノン人が経営していることから、アルコール以外の飲み物も豊富で、ラム料理が評判だった。トニーは七色に光る噴水を見下ろすことができるバルコニーがお気に入りで、事前にテーブルを予約していた。

トニーはいつも恵の隣にすわり、食事の最中も手を握ったり、太ももをさすったりしてきた。恵はそんなことにもだんだんと慣れて、人前でキスをされても恥ずかしがらなくなった。

ただ、噴水の周りに集まっている地元の貧しい子供たちが冷やかしてくることもあった。トニーは彼らに気がつくと、ポケットからお札を出してこう叫んだ。

「ヘイ、キッズ！」

そしてお札を噴水に向かって投げるのだ。子供たちは歓喜して、ヒラヒラと舞い落ちてくるお札の取り合いをはじめる。トニーが紙ナプキンを一緒に投げると、お札かと思ってそっちへも走る。時には、日本円で千円以上の価値のある五十リンギット札を投げることもある。子供たちは噴水に飛び込み、必死の形相《ぎょうそう》でお札を取ろうとする。

「いいぞ！　がんばれ！」

トニーは盛り上げるようにさらにお金を投げる。すると、バルコニーや噴水の周りにいる観光客たちがそんな様子を笑いながら写真に収めたり、真似したりする。

彼は隣にいる恵にもお札を握らせて、投げるように言う。恵は取りやすいところに落としてあげようと、思い切って投げる。だが、お札は思ったより飛ばず、ゆっくりと舞って噴水に落ちる。ずぶ濡れの子供たちはお金欲しさに殴り合いになることもあり、そんな姿をまた観光客が笑った。恵は、今度こそは、と思って力一杯投げる。

トニーはそんな恵に言った。

「うまい、うまい！　いい肩してるよ」

持っていたお札がなくなる。トニーは恵の肩を抱き寄せて言った。

「メグミのおかげで、子供たちも幸せになったね」

「そうなの？」

「今夜、彼らは君に感謝してお腹いっぱいご飯を食べられるよ」

言い終わるや否や、トニーは恵に口づけする。噴水の周りの子供たちはお金の取り合いに必死でもうこっちを見てはいなかった。

ヴィラ・インターナショナル・ホテルにもどってからも、夢のような時間はつづいた。大きな窓の正面には光り輝くペトロナスツインタワーがあり、眼下にはクアラルンプールの宝石箱のような夜景が一望できる。部屋に帰るなり、トニーは恵をベッドに横たえ、何度もやさしく、そして積極的に求めてきた。彼の体は筋肉質で体毛が濃く、独特の体臭があって、日本人とはちがったが、外国人と付き合っているのだという実感がこみ上げて、大胆な冒険をしている気持ちにさえなった。

ことが終わっても、トニーは後ろから恵の華奢な体をつよく抱きしめ、首や背中に口づけをして離れようとしなかった。シャワーへ行こうとするだけで、寂しそうな表情をしてキスを求める。

そんな時トニーは甘えた声で得意な四字熟語をつぶやいた。

「〝一日千秋《いちじつせんしゅう》〟ね。早くもどってきて」

少し前に寝物語で聞いたところによれば、トニーが日本に来たのは留学がきっかけだったそうだ。イランは長らく景気が良くなかったことから、二十代の時にアジアの好景気に沸いていた日本へ行くことを決めた。都内の大学に入って経済学を学んだ後は、国内の商社でエネルギー関係の事業に携わった。そんな中でたまたま鈴木社長と出会い、独立することを決めたのだという。

トニーは商社時代に一度だけ日本人女性と結婚したことがあった。結婚生活は二年間つづいたが、子供ができる前に別れたらしい。トニーは少し言葉を濁しながら言った。

「僕も彼女も若かったし、出張、出張で忙しくてほとんど顔を合わせることができなかった。言葉や文化の壁は乗り越えられても、会えなかったことでうまくいかなくなったんだ」

トニーはさらにこう言った。

「次の結婚が最後だと思ってるし、絶対に相手の人を幸せにしたい。それはメグミでなきゃダメなんだ」

トニーから親族を紹介されたのは、三度目にマレーシアを訪れた時のことだった。

その日、トニーは早めに仕事を終わらせてホテルにもどってきた。彼は市内で食事をしようと言って、珍しくペルシャ料理店へつれていってくれた。

店内は広かったものの少し時間が早く客はまばらだった。静かな店の奥にトニーより少し若い男性が二人すわっていて、大きな笑い声をあげていた。ジーンズにシャツというラフな格好だ。それぞれ派手な格好をした現地の女性を横にすわらせ、肩を組んでいる。女性は二十歳そこそこという若さだったが、ブランドもののバッグを持っていて煙草を吸っており、一目で水商売の女性だとわかった。

トニーは彼らに声をかけると、同じテーブルについた。一人ひとりと握手をしてから恵に言った。

「この人たち、僕の弟といとこね」

店に来る前に人を紹介したいとしか言われていなかったので、親族だと聞いて意表をつかれた。女性二人は厚化粧の顔を一度上げただけで返事もせずに携帯電話をいじくっている。

トニーは弟たちに言った。

「これが、姫のメグミさんね。僕の恋人」

弟は煙草を消して日本語で言う。

「メグミさんのことは聞いてます。会えて嬉しいです」

よく見ると、目元や鼻の形がトニーとそっくりだ。

「メグミさんの写真は、兄から見せてもらってましたけど、実際に見るともっと美しいです。驚きました。本当に美しいです」

「ありがとうございます。でも、お隣の女性の方がきれいですよ」

「この子たちに気をつかわなくてもいいです。クラブで働いているビッチですから」

いとこがおかしそうに笑う。女性は「ビッチ」という言葉を聞きとったのだろう、弟を睨《にら》んで体を離した。

トニーは何事もなかったかのように言った。

「弟といとこは今、クアラルンプールに住んでいて、僕の仕事を手伝ったり、小さなビジネスをしたりしている。こっちに来てもう五年くらいかな。日本語の他に、英語、マレー語、中国語もペラペラだよ」

二人ともイラクとの国境に近い南西部の町で暮らしていたが、トニーが日本でうまくいっているのを見て触発され、クアラルンプールに移住してきたそうだ。現在はこちらに貿易関係の事務所を設立して中東の商品の輸入をしたり、トニーの買い付けのコーディネイトをしたりしているらしい。一族で力を合わせているのだろう。

「こっちに来たばかりの時はすごく苦労したけど、最近はうまくいっていて二人とも奥さんや子供と一緒にマンションを借りて暮らしている。僕も時々二人のところに泊まらせてもらっているんだ」

「子供は小さいの？」

「まだ赤ちゃんだよ。ものすごくかわいい。こんどメグミに会わせたいよ」

家族がいるということは、やはり目の前にいる女性二人は遊び相手なのだろう。

「さ、ご飯食べようか。ここのペルシャ料理は本格的だよ。おい、その二人の女は帰らせて」

弟たちはうなずいて、マレー語で女性二人に何かを言ってお札を何枚か握らせた。女性二人は引ったくるように受け取ると、怒った顔のまま店を去っていった。

この晩、トニーは食べきれないほどの量のペルシャ料理を注文した。彼らの習慣では食べ切れないほど多めに料理を並べるのが礼儀らしい。恵にとっては初めての味だったが、ケバブ、羊肉とナスのシチュー、ひき肉とジャガイモのハンバーグ、バターをふんだんにつかった炊き込みご飯など、どれも驚くほどおいしいものばかりだった。イランでは毎日家族が全員で食卓を囲んで時間をかけて食べるのが習慣なのだそうだ。

トニーの弟やいとこは最初の印象こそ良くなかったものの、話をしているうちに日本のことが心底好きで憧れているのがつたわってきて打ち溶けてきた。

また、弟は食事の最中にいろんなイランの風習を教えてくれた。気に入ったのが、イラン風の紅茶の飲み方だった。最初に角砂糖を口に含んで、ストレートのホットティーを飲みながら少しずつそれを溶かしていく。飴を舐めながら紅茶を飲んでいるみたいで、病院の同僚たちに教えてあげたいと思った。

ペルシャ料理店で三時間近くすごした後、トニーと恵はホテルへもどった。ソファーに腰を下ろすと、恵は言った。

「親戚の人たちを紹介してくれてありがとね」

「メグミこそ弟たちに話を合わせてくれてありがと。彼らも喜んでいたと思う。イランにいるお母さんたちにも話はしているから、いつか今日みたいな感じで会ってね」

恵は恥ずかしそうにうなずいた。

「弟さんたち、日本語を勉強しているみたいだったけど、日本に住んでいたことあるの？」

「旅行で一度行ったことあるだけ。今はクアラルンプールでビジネスをやっているけど、ゆくゆくは日本に行きたがっているし、僕もそうしてほしいと思ってる。日本でのビジネスが成功してたくさん人を雇えるようになったら、すぐにそうするよ」

「もう仕事は成功してるじゃん」

「まだ社長に頼りっぱなしだよ。社長とはずっと付き合っていきたいと思っているけど、僕だけでもやっていけるくらいまでにはなりたい。そうすれば、イランから家族全員を呼び寄せて楽な暮らしをさせてあげられるからね」

恵はそれを聞いて、トニーが何を目指して異国の地でがんばっているのかを知ったような気がした。

「いつか、ご両親や親戚を日本に呼べるといいね」

「その前に、メグミのお母さんを東京に呼びたい。今度紹介してね」

五所川原にいる母親の顔が思い浮かんだ。もう何年も会っていなかった。


ホテルに泊まっている時、毎朝トニーは六時前には起きて手足を洗い、絨毯の上で祈りを済ませ、紅茶とビスケットを口にしてから仕事へ出かけていった。詳しくは聞いていないが、弟やいとこと合流して買い付ける品を選んだり、梱包したりしているらしかった。

恵はトニーを送り出してから、ゆっくりと風呂に入るのが楽しみだった。欧米風のバスタブで、泡の入浴剤がついており、壁には防水テレビが設置されていてNHKの衛星放送を見ることができた。病院の寮では節約のためにシャワーしかつかっていなかったので、長い時間お湯につかっていられるのが嬉しかった。

浴室から出ると、洋服の下に水着を着て、最上階の屋外プールへ向かった。プールサイドのデッキチェアには、好江とあいりがうつ伏せに横たわり、現地の女性のオイルマッサージを受けていた。ホテル内のスパから出張エステティシャンを呼ぶことができるため、二人はすることのない日はよくそれを利用していたのだ。テーブルには、まだ午前中なのにハーフ&ハーフとジントニックが置いてある。

好江はマッサージを受けながら言った。

「おはよう、姫！」

トニーの言い方を真似てからかってくる。恵は隣のデッキチェアに腰を下ろす。好江は言った。

「恵もエステ受ければ？」

「今日はいいかな」

「この子たちに稼がせてあげなよ、なんか田舎臭くてトロいから訊いてみたら、わざわざインドネシアから出稼ぎに来てるんだってさ。エステで働く子って、インドネシアやフィリピンから来る子が多いんだって」

「マレーシアより貧しいってこと？」

「たぶんね。けどエステの給料もあんまりよくないみたいだよ。どうせ給料だけじゃ稼げないから、夜はマレーシア人相手に体売ってるんじゃん。だったら私たちがちょっとでも稼がせてあげればハッピーに思って感謝してくれるよ」

あいりがマッサージを受けながら酔った口調で言う。

「東南アジアの貧困を救おう！　エステで貧困支援！」

インドネシア人エステティシャンがぽかんとした顔をしている。恵はそれがおかしく噴き出した。

好江は体をもまれながら言った。

「そういえば、昨晩はトニーとどこ行ってたのよ。三回電話したけど出ないんだもん」

「ごめん。トニーの家族や親戚と会って食事していたの」

「え、何それ。もう結婚見据えてる感じ？」

「うん……。なんかそんな感じで言われてる」

好江が「わおっ」と言ってあいりと笑い合った。プールでは、白人の子供たちが水着姿で遊んでいる。

「なんかトントン拍子にいっちゃって、怖いんだよね。二月に付き合うことを決めてから日本とこっちで何度か会ってるだけでしょ。それなのに、いきなり結婚の話が出て親戚まで紹介されちゃった……」

「トニーはいい年齢だから焦ってるんでしょ。若いジャパニーズ・レディーに逃げられちゃうんじゃないかって」

「いいのかな」

「あんたが決めることでしょ。ＯＫして区役所に婚姻届を出せば、夫婦になれるよ」

恵はあいりに尋ねた。

「あいりは外国人と付き合ったことある？」

「付き合ったっていうか、まぁ、遊んだことはあるかな。ダイビングで海外旅行とかよく行ってたからね」

「イランの人は？」

あいりは苦笑した。

「イラン人はないな。でも、付き合った時間とか、国籍っていうのはどうでもいいんじゃない？　結局は、その人次第だよ」

好江が「それとお金ね！」と笑う。前に聞いた話では、あいりの恋人は二年前にコンパで知り合った、七歳年上の行政書士なのだという。

「あいりも結婚の話が出てるんでしょ。借金を払い終わったら、すぐに籍入れるの？」

「前はそう考えていたけど、こうやって海外来てのんびりしていると、もうちょっと先でもいいかもって思っちゃうよね。結婚したら、さすがにこんなことしてられないじゃん」

あいりは二カ月に一度荷物運びのアルバイトをしているが、英語がしゃべれるので一人でナイトクラブやショーに行くなどして滞在を謳歌していた。外資系駐在員の集まるパーティーにも頻繁に出入りしているらしく、モデルのようにドレスを着こなして出かける姿を見る度に、恵は自分もこんなスタイルだったらと羨ましく思ったものだった。

好江が口を挟んだ。

「私は早く結婚したいなー。三秒後に入籍できるって言われたらするよ」

「社長とはうまくやってるわけ？」とあいりが尋ねる。

「もちろん。私、とことん尽くして何でもやるんだ。他の女には絶対にできないことも。だから、彼はもう私なしじゃいられないはず」

「他の女にできないことって何よ？」

「超絶変態プレイ！」

おどけた言い草に、あいりと恵は噴き出した。

たしかに好江は見かけによらず尽くすタイプで、ホームパーティーには夜勤明けでも欠かさず出席していたし、社長のお気に入りのブランドで全身を固めていた。海外のお土産だって一度たりとも忘れたことはない。

彼女にしてみれば、荷物運びのアルバイトをしているのだって社長を喜ばせたいという気持ちからだろう。少しして黙々とエステを施していたインドネシア人エステティシャンが「フィニッシュ」と言って手を止めた。終了になったらしい。

好江とあいりが体を起こして伸びをする。アロマオイルのせいで肌がつきたての餅のように柔らかく光っている。

好江が自分とあいりの分の請求書にサインをしたが、インドネシア人エステティシャンはなかなか去ろうとしない。チップを欲しているのだろう。好江はそれに気がついて眉をひそめて言った。

「ゴー・ホーム！」

「ホワット？」

「ゴー・ホーム！　インドネシアン！」

好江は立ち去れと大声で言った。インドネシア人エステティシャンはその言い方に腹を立てたらしく、英語で反論してきた。好江はそんな彼女たちの胸を突き飛ばし、近くにいたボーイに二人を出て行かせるよう命じた。ボーイは二人の腕をつかみ、無理やり引っ張っていった。

好江は二人が見えなくなると、小さくため息をついて言った。

「やっぱり、あいつら売春婦だったのよ。本当にせこい」

あいりは何も答えずにサングラスをかけてジントニックを飲んだ。恵は脇に置いていたバッグから封筒を取り出した。

「そういえば、トニーが今夜遅くなるからってこれ置いていったよ」

Kポップのコンサートのチケットが三枚あった。市内のホールで開催されるようだ。あいりが「やった、行こうぜい」と言う。好江はつづけた。

「それと、私とあいりは明日の午後の便で帰るんだけど、恵は午前の便だよね」

「そうだけど」

「今回、ちょっとだけバイトの手伝いしてくれないかな。荷物の重量がオーバーして、私とあいりだけじゃ運べないの。余った分、持って帰ってくれない？」

恵は返答に窮した。好江やあいりとちがって、自分は純粋にトニーとすごすためだけに来ていたからだ。

「トニーは恵に気を遣って何とかするって言っているけど、やってくれたら喜ぶと思う。荷物もスポーツバッグ一つだから大したことないし、帰国後に事務所に送ればいいだけだし。いつもトニーに旅費を払ってもらってるんだからいいでしょ」

そう言われれば、断る理由はなかった。

「わかった……。いいよ」

「サンキュー。助かる。私からトニーには言っておくね」

その時、プールサイドのスピーカーから響いていた音楽が変わり、英語のアナウンスが流れた。プールサイドでダンスショーが開催されるようだった。プールサイドにいた水着の白人たちが一斉に会場に向かいだした。


その夜、Kポップのコンサートが終わってから、恵と好江とあいりは三人でバーを三軒も回った。高級ホテルが並ぶ地区から繁華街までの通りには、いくつもの派手なバーがネオンを輝かせていた。どの店も女性客が少ないため、カウンターに日本人女性三人が並んですわっているだけで、花が咲いたように目立つ。スーツを着た白人ビジネスマン、南米出身の遊び人、現地や中国のお金持ちなどが五分おきくらいに話しかけてきて、話をする代わりにおごってくれるため、どこへ行ってもタダでお酒を飲むことができた。

深夜零時過ぎに三軒目を出た後、あいりは店で知り合った欧米人ともう一軒行くといって消えていったが、好江と恵はタクシーでホテルに帰って恵の部屋で一杯だけ飲もうということになった。

ホテルの恵の部屋に入ると、テーブルの上にシャンパンの「モエ・エ・シャンドン」のボトルが置かれていた。トニーからの手紙も添えてある。そこには、仕事で明け方まで帰れないことを詫《わ》びる言葉と、荷物運びを手伝ってくれるお礼としてシャンパンを置いた旨が記されていた。

好江はそれを発見すると、ボトルを手に取って言った。

「よっしゃ、これ飲んでから寝るか」

ボトルを開けると、グラスにシャンパンを注いでベッドにすわって飲みはじめる。もう味なんて感じていないだろう。

「しかし、あいりって本当にいろんな男と遊ぶよね。恵はトニー以外とは遊ばないの？」

「あいりみたいに美人じゃないから。でも時々うらやましく思うこともあるよ。会う男の人からいろんなブランドのアクセサリーとかもらってるし」

「恵だってトニーからバッグとか指輪とかもらってんじゃん。ブランドにも詳しくなってきたでしょ」

「前は興味なかったんだけど、もらっているうちに好きになってきたかな」

「わかるそれ。一つ増えると二つ、二つ増えると四つ、四つ増えると八つみたいな感じになってどんどんほしくなるんだよね。それがなければ、私ももっと貯金たまったんだけどなー」

好江はボトルを差し出してきた。恵はそれを受け取り、自分のグラスに注ぐ。金色の液体から上る泡が音を立てて弾《はじ》ける。

その時、恵の携帯電話が音を立てて震えた。メールの着信を知らせる音だった。恵も靴を脱ぎ、ベッドにすわる。携帯電話を開くと、差出人の欄に懐かしい名前があった。来栖亮一だった。東向島のアパートから失踪して以来、一度も音沙汰がなかった。

メールには次のように記されていた。


ひさしぶり。実は、今、仙台にいるの。お金も返してないのに、いきなり消えちゃってごめんね……。なんだか、自分がイヤになっちゃって。

女として生きたくて東京で一生けん命働いたのに、結局はちゃんとした恋人もできないままＨＩＶに感染しただけ。これからずっと隠れるように生きていくのかって考えたら、新しい土地に行ってゼロから人生をやり直したいって思ったの。

でも、こっちに来ても同じだった。水商売についたけど、病気のことを隠している罪悪感は膨らむし、体調も余計に悪くなっていく。それでまた引きこもりの生活にもどっちゃった。今は生活保護受けてる。申請の時に市から実家に連絡がいっちゃったから、もう五所川原にも帰れない。

恵は、今どうしてるかな。こんなこと言えた義理じゃないけど、一度でいいから会いたい。よかったら、連絡くれないかな。お願い。


恵は読んでからため息をついた。シャンパンのせいで、頭がぐるぐると回っている。来栖と会っていた頃のことがはるか昔のことに感じられて、彼女の顔がいまいちはっきりと思い出せない。

「どうしたの？」と好江が言った。

恵が簡単に来栖のことを話し、メールを見せた。好江はあぐらをかいてシャンパンを飲みながら目を通すと、携帯電話を布団の上に投げた。

「バッカじゃねえの、こいつ。同情してくれっていうのミエミエじゃん。恵は、いくら彼女に貸してるの？」

「百万円くらいかな」

「あー、ヤダヤダ。こいつ、金返すつもりないよ。近づいちゃダメだからね。返事はしないで、そのまま着拒」

「なんで？」

「こういう奴は変わらないんだよ。会ったら、また自分の不幸自慢されて、金貸してって言われるだけだよ。いちいち応じてたら、恵まで引きずり込まれちゃう。こういうのとかかわっちゃダメだからね」

好江の言葉には妙な説得力があった。好江はつづける。

「世の中に不幸な人なんていっぱいいるんだよ。要はそこから這い上がる努力をするかどうか。実際トニーは外国から来てすごいがんばってるじゃん。でも、この来栖って奴はそうじゃないでしょ」

「………」

「なら、恵はトニーのためにもこういうのとは縁を切らなきゃ。そうでないと、最終的にはトニーみたいな大切な人の足まで引っ張ってくるよ。自分の幸せをつかみな」

「わかった。ありがと。そうするよ」

好江はニコッと笑って「イエーイ！」と乾杯してきた。二人で一気にシャンパンを飲み干す。

「あー、うまい！　明日飛行機に乗る前に新しくオープンしたショップ行くんだ。ダイヤのピアスが有名なとこ。恵はフライトで間に合わないと思うから、なんか買っておいてあげよっか」

「お願い！　よかったら携帯で写真を送って」

「オッケー！」

好江はフラフラになりながら、またボトルを傾け、グラスにシャンパンを注いだ。


この年の日本の夏は、うだるような灼熱の日々が延々とつづいた。恵は冬から春にかけて東南アジアを訪れたため、暑さには慣れたと思っていたが、アスファルトからはね返ってくるような東京の暑熱はまったくの別物だった。

貿易関係の仕事は夏が繁忙で、トニーは月のほとんどをマレーシアですごしていた。荷物運びのアルバイトの人数が足りないらしく、好江とあいりは夏休みや有休をつかって頻繁に渡航していた。恵も手伝いがてら会いに行きたいと思っていたが、診療科の配置換えが重なって希望通りの休みをもらうことができず、日本に留まっていた。

ちょうどアテネ五輪が開催されていたこともあって、世間には浮足立ったような空気があった。一人で病院と寮の往復をしてすごしていると、世の中から取り残されたように感じて、マレーシアでの日々が無性に懐かしくなった。ホテルのバーで飲むワイン、香辛料がふんだんにつかわれたペルシャ料理、何よりヤシの香りのする風を肌で感じながらトニーと体を寄せ合っている時間が恋しかった。

トニーは、出張中は毎日のように連絡をしてきて、その日あった出来事や将来の夢を熱く語った。

「今年の夏は、去年の倍くらいビジネスがうまくいってるんだ。今までは日本での需要が増しても商品をうまく送れなくて在庫不足になってしまったんだけど、弟といとこがこっちでがんばってくれていることでうまくいっている。従業員を新たに三人増やしたよ」

さらに彼はつづけた。

「来年も今年くらい儲かったら、弟たちに事務所兼自宅をクアラルンプールに建てさせることも考えているんだ。ゆくゆくはみんなで日本へ渡ることが夢だけど、こっちは地価が毎月のように上がっているから、将来的に手放してもいい値で売れるはずだ」

彼の話はいつも大きく、恵はついていけなかったが、目標に向かって一歩ずつ進んでいく姿は頼もしかった。

毎晩トニーはそんな話を一時間も二時間もパソコンの前で語った。そして恵が眠そうな目になっているのに気がついてようやく話を止め、また明日話す時間を決めて切る。別れの時、トニーはかならずこう言った。

「また明日ね。愛してるよ、姫」

その言葉は耳に余韻のように残り、ベッドに入って目を閉じると、一日でも早くマレーシアに行ってトニーに会いたい気持ちが膨らんだ。

アテネ五輪が終わって一カ月近くが経って世間の熱狂が冷めはじめた頃、テレビのニュースは大型台風が東京に迫っていることを報じた。数年に一度の勢力を持つ台風で、伊豆諸島や静岡県で大きな被害を出しながら、東京へ向かっていたことから、様々な交通機関が停止を余儀なくされていた。

泪橋病院でも台風のせいで入退院の予定が変更になるなどして、医師から事務員まで従業員たちが朝から駆け回っていた。午後からは強風が吹きつけ、木の葉や枝、それに小さなゴミが巻き上げられだした。早出だった恵は、夕方には業務を終えて、なんとか家路につくことができた。

午後八時過ぎ、台風がついに東京の真上にくると、横殴りの雨が波状攻撃のように襲ってきた。閉じた雨戸はガタガタと音を立て、テレビの音が聞こえないほどだった。恵はシャワーを浴びて早めに寝ようと髪を乾かしていたところ、好江から電話がかかってきた。彼女はマレーシアへアルバイトに行っているはずだった。

電話越しに好江は困った口調で言った。

――うちの息子の純《じゅん》から連絡があって体の調子が悪いみたいなの。どうしたらいいかな。

――調子が悪いってどういうこと？

――なんか病院へ行きたいって。ただ、何を訊いてもゴニョゴニョ言っててよくわからないのよ。昔からしゃべるのが苦手な子で、問いつめたら泣きだしちゃって……。あの子には私が帰国するまで待つように言っているけど、もしがまんできなくなったら、恵のところに電話するように言ってもいい？

好江の帰国は明日だったが、台風は一日東京上空で停滞するとの予報だったためフライトは運航中止になるはずだ。早くても明後日《あさって》までは家に帰ることはできないだろう。受話器の向こうからアップテンポのダンスミュージックが響いている。バーで飲んでいる最中にちがいない。

――もちろんだよ。それより私が家に見に行こっか？　小学生が具合が悪いっていうのを放っておくわけにいかないでしょ。

――東京は台風なんじゃないの？　行ける？

――電車は止まっているけど、タクシーは走ってるから大丈夫。後で連絡するから、電話を取れるようにしておいて。

恵は電話を切った。外では雨音が地鳴りのように響いていた。

埼玉県草加《そうか》市の住宅街に、好江が借りている二階建てのハイムはあった。以前に住所を教えてもらっていたが、実際に訪れるのは初めてだった。建物は古く、苔《こけ》だらけの壁には長い蔦《つた》が絡み、ポストや階段は錆びて穴が開いている。窓ガラスが割れた空き部屋まである。贅沢な好江が住んでいる家とは思えなかった。

タクシーを降りたものの、あまりに風がつよかったため、恵は傘をさすことを諦めてハイムへ駆け込み、一〇四号室の呼び鈴を鳴らした。何度押しても、中からは何の反応もない。小学生が台風の中を出かけるはずがない。ドアノブを回してみると、鍵がかかっていなかった。

恵はドアを開けて呼びかけた。

「純君いる？　好江さんの友達の小河恵。入るね」

中に入ると、部屋の電気が消えていた。玄関を入った正面が小さなキッチンになっていて、ふすまを隔てたその奥が居間になっているようだ。キッチンの床はゴミが散乱して足の踏み場もない。

恵は「純君？」と名前を呼びながらゴミを跨《また》いでふすまを開けた。五畳ほどの部屋には何百着という洋服が山積みになっていた。好江が買い集めたブランドものの高価な服ばかりだ。押し入れの中もバッグや靴でいっぱいだ。

雷鳴と同時に、ピカッと窓の外が光った。その時、雨音に混じって「ヒューヒュー」という音がかすかに聞こえた。最初は隙間風かと思ったが、喘息《ぜんそく》の発作を起こした人の呼吸音にそっくりなのに気がついた。

壁のスイッチを見つけて押すと、天井の電気が部屋を照らす。服の山に埋もれるようにして小学二、三年生くらいの男の子が青い顔をして横たわっていた。

「純君？　どうした？」

気道がふさがっているらしく、苦しそうに「ヒューヒュー」と音を出すだけだ。恵は慌てて体を支えた。

「横になってると苦しいから体を起こして！」

喉の気道を広げるために、純の両脇を抱えてソファーにすわらせる。腕や頬が、火の玉のように熱くなっていた。病気で高熱に苦しんでいたところに、喘息の発作が襲ってきたのだろう。シャツには嘔吐した跡が残っている。

「純君！　喘息の薬はどこ？」

純は息をすることさえままならず答えることができない。

喘息持ちなら薬を常備しているはずだと考え、恵は部屋中の引き出しという引き出しを開けた。すると食卓の脇の棚の中から、吸入薬の「メプチンエアー」が出てきた。恵は、純の口の中に入れてプッシュする。

「これでよくなるからね！」

呼吸は落ち着きはじめたが、手足が痙攣《けいれん》していて目の焦点も合っていない。脱水症状に陥っている可能性もあるため、早急に病院へつれて行かなければならないが、この台風では救急車を呼んだところで受け入れ先がすぐに見つかるかどうか。

恵は好江の新しい勤め先である葉山《はやま》記念病院が自宅から自転車で行ける距離だと聞いたことを思い出した。好江の勤め先なら断られることはないはずだ。恵は純に声をかけた。

「純君、今からお母さんの病院に行くから。もうちょっと辛抱してね！」

恵が携帯電話を出して病院へ電話をかけようとすると、純がうわ言のようにつぶやいた。

「ご、ごめんなさい。ごめんなさい……」

足元で何かが割れる音がした。見ると、菓子のブラックサンダーがたくさん転がっていた。

翌日の午後、葉山記念病院の病室で純は意識を取りもどした。病院へ運ぶ途中で意識を完全に失い、そのまま入院が決まったのだ。

治療にあたった医師によれば、純はウイルス性の風邪にかかって四十一度の高熱を出し、脱水症状と肺炎を起こしていたそうだ。そんな中で、喘息の発作に襲われたことで、重態になったらしい。もし恵が駆けつけていなければ、命の危険もあったと言われた。

恵は深夜にいったん帰宅した後、好江のフライトが運休になったのを確認してから、泪橋病院に欠勤届を出して翌朝から純に付き添った。純は目を覚ました後も、青い顔をして反応がにぶかった。体はろっ骨が浮き出るほどに痩せていて、手足も枯れ枝のようだ。虫歯は放置したままで、アトピー性皮膚炎の治療もしておらず、荒れた肌のいたるところにかきむしった痕《あと》がついている。もともと栄養状態も悪かったのだろう。

点滴を打ったことで、純は少しずつ体力を取りもどして意識がはっきりしてきた。恵は声をかけた。

「純君、気分はどう?」

純は昨晩のことをまったく記憶していないようだった。恵は自分の身元を明かし、昨日の夜から今にいたるまでに起きたことを順番に説明した。

「ママが帰ってくるのは明日になると思うけど、その間は私が一緒にいてあげるから心配しなくていいからね」

「……」

「ここはママが働いている病院なの。先生も看護師さんもみんなママのお友達よ」

純は怯えるように縮こまって返事をしない。手足の爪が伸び切り、口臭が漂っている。こんな幼くてひ弱な子が、毎月のようにあの部屋で一人留守番をしていたのかと思うと、胸がしめつけられた。

「純君、ちょっと訊きたいんだけど、ママは夜勤の日とかもあるよね。小学校に入る前から、そういう日は純君一人で家にいたの？」

純はためらいがちにうなずいた。

「近所に親戚とか、友達とかいる？」

頭をふった。

「その間、ご飯はどうしてるの？」

「ブラックサンダー」

「お菓子だよね。食事は？」

純は目をそらし、首のあたりを激しくかきむしった。ハイムの床にブラックサンダーの袋がたくさん散らばっていたのを思い出した。恵は首から血が滲《にじ》んでいるのを見て、バッグからウエットティッシュを出して拭いてあげた。

「首、かゆいよね。病院は行ってる？」

「………」

「虫歯も治療してないんだね」

純は隠すように口をとじる。好江はなんでこんなかわいい子を放ったらかしにしているのだろう。

「今、小学何年生？」

「二年」

「学校にお休みの連絡してないけど、担任の先生の名前教えてもらっていいかな」

また口ごもった。きっと学校へ行ってないのだろう。かつて自分が不登校だった時の、深い穴の底に落ちて独りぼっちになったような心情が蘇る。

恵は純の細い手を握りしめ、頰と頰をくっつけた。解熱剤を投与されているとはいえ、体はまだ熱を帯びている。

「あのね、ママが乗る予定だった飛行機は台風で止まっちゃったの。帰りは明日になるから待っててくれる？」

「本当？　明日には本当に帰ってくる？」

震える声だ。

「約束する。万が一飛行機がまた遅れたら、ママが帰ってくるまでずっと私が傍にいてあげるから」

　恵が手をつよく握りしめると、純も弱々しく握り返してきた。


　台風が去り、週が明けた。月曜日の午後九時になって、葉山記念病院で純に付き添っていた恵のもとに好江から連絡があった。飛行機の到着時刻より四時間も遅れての電話だった。好江は成田国際空港に到着してから一人で自宅に帰って荷物を置いた後、近所のバルへ行き、そこから電話をしてきたのだ。純に会う前に、話したいことがあるから店に来てくれと言われた。恵は好江がどういうつもりなのか理解できなかった。

　草加駅前のバルを訪れると、クラシックが流れるカウンターに好江がぽつんとすわっていた。他にはテーブル席に若いカップルがいるだけだ。好江はマレーシアで買ったハイビスカス柄のスカートに、サングラスを頭にのせてサワーを飲んでいた。香水のにおいがする。

　恵が隣の席について、純のことを話そうとすると、好江は遮るように言った。

「なんで純をうちの病院につれていったの？」

　怒っている口調だ。

「ものすごい台風で、一刻を争ったからだよ。好江が働いている病院なら断らずに受け入れてくれるでしょ。それに、母親が日本にいない以上、少しでも純君が安心できるところに預けるのは当たり前じゃない？」

　好江は口を尖《とが》らせたままマールボロ・メンソールを出して火をつけた。

「もうちょっと考えてよ。病院側に私が子供を置いて海外へ行ってるってバレたら、面倒なことになるでしょ。台風だって、救急車なんて呼べば来るし、どっかが受け入れてくれるでしょ。とにかく、私にかかる迷惑のことも考えてよね」

今回の選択は、恵にとってはベストだったし、それを咎《とが》められるのは不本意だった。

「勝手だよ。そもそも好江は純君の面倒をちゃんとみてるの？　海外に行ってる時、純君がブラックサンダーを食事代わりにしているの知ってる？」

「は？」

「アトピーや虫歯の治療だってしてないよね。爪も伸びっぱなしだった。それに小学校だって行ってないみたいじゃん」

気がついたら、声が上ずっていた。

好江はため息をつくように煙草の煙をゆっくりと吐き出した。

「本当にあんたガキだね。子供のいないあんたには、親の思いなんて想像もできないだろうね。これでも昔の生活にくらべたらずっとマシだし、ようやくここまで来たって感じなんだよ」

「昔の生活って？」

「前の夫と結婚していた時のことよ。あの時は家じゅうに暴力的な空気があって、私も純も緊張して寝られないほどだった。食事だって三日も四日も食べさせてもらえないことだってあったんだから。私や純はそんな地獄みたいな生活からやっと抜け出したのよ」

好江の前夫は、不動産会社を経営していたが、好江が妊娠している時に会社が倒産してしまった。以来、酒浸りの生活がはじまり、酔っては毎夜のように家のものを壊したり、好江に手を上げたりした。気に入らないことがあれば、何時間も正座をさせられ、食事さえ与えられなかった。

そんな荒れた生活の中で、純は精神不安定に陥って保育園に行くことができなくなった。だが、好江が働いている間は夫が面倒をみなければならず、自《おの》ずと純にも暴力が向けられた。煙草の火を背中に押し付けられたりすることもあったらしい。

好江は我が子にまで虐待が及んでいることを知り、DVシェルターに逃げ込んだ。弁護士を立てて離婚することはできたが、好江の名義でした借金は残ることになった。途方に暮れていた時に病院で出会ったのが、「社長」だった。社長は好江に借金があるのを知って、マレーシアでの荷物運びのアルバイトの手伝いを頼んだ。これをきっかけに、彼女は社長と公私ともに支え合う関係になったが、純は虐待の影響を引きずり、小学校に上がった後も学校へはあまり行けずにいるのだという。

好江は言った。

「今の生活が落ち着いていなかったり、純に負担をかけているのはわかってる。でも、一人でそれを全部解決するのはムリ。生活を根本から立て直すには、バイトで借金を全部返済して社長と結婚するしかないの。そしたら、広尾の大きな家に暮らせるし、純をきちんとカウンセラーに通わせて学校へ通わせられる。塾や私立高校にだって行かせてやれる。そうでしょ」

いくら看護師とはいえ、借金と心に問題のある子供を抱えてシングルマザーをやっていくのは大変だ。好江は社長と結婚することで、その状況を一気に飛び越えて裕福な生活を手に入れたいと考えているのだろう。

「社長との結婚がいつになるかわからない状態で、純君をこのままにしておくつもり？」

「どういうこと？」

「純君には今すぐサポートが必要だよ。健康問題にしたって、心の問題にしたって、できるだけ早く解決しなきゃ手遅れになっちゃう。勉強だって巻き返しがきかなくなっちゃう」

「わかっているけど、一人じゃどうすることもできないじゃん。実家とは音信不通だし、助けてくれるきょうだいだっていない。それでいて3K労働の派遣やって子育てしてるんだよ」

好江の言い分にも一理ある。だが、このままにしておけば、犠牲になるのは純だ。かつて自分が忙しい母親に向き合ってもらえなかった時、寂しく苦しかったことが重なった。

恵は力を込めて言った。

「それなら、好江が海外に行っている間、私が純君の面倒をみる。今回みたいに純君を独りぼっちにさせたくない。夜勤の時はともかく、海外へ行って何日か家を空けている時は私が世話をする」

「そんな時間ないでしょ」

「正職員ではなく、派遣看護師として勤務の楽な病院に移れば、好江の渡航に合わせてシフトを組んで純君の傍にいてあげられる」

「シッター代とか払えないよ」

「お金なんていらないよ。ただ、寮を出なきゃいけなくなるから、生活をどうしていくかは考えなきゃいけないけど……」

二人の間に沈黙が広がった。好江は爪でカウンターを叩いてから、ひらめいたように言った。

「私がトニーに頼んで、正式なアルバイトとして恵に仕事を回してもらえるようにするよ。毎月じゃなくても、手が空く時にやればお給料が減った分くらいはなんとかなるでしょ」

前回はトニーに気を遣ってバイト料はもらっていなかった。好江は目を輝かせてつづける。

「いいアイディアでしょ。トニーも仕事が忙しくなったおかげで人手不足で困ってるって言ってた。もし恵が手伝ってくれるなら、トニーだって大喜びだし、私だって気兼ねなく純を頼める。ね、そうしようよ」

好江がどこまで純のことを考えているのかはわからなかったが、自分が手伝うことで寂しさを少しでも薄めてあげたかった。そう思うと、早く純に会いたくなった。

二〇一二年

足立区の竹ノ塚《たけのつか》駅からほど近い繁華街には、古びたフィリピンパブやマッサージ店、それにスナックなどが軒を連ねており、アジアの路地裏のようなにおいが漂っていた。カラスがやけに多く、電線や街路樹の枝に群れをなしてとまっている。

商店街には東南アジアの食材店もあり、エキゾチックな顔をした女性たちが短パンにTシャツといった出《い》で立ちで自転車をこいで夕飯の買い物に来る。ハーフの学生たちの姿も目立つ。

幸介は駒子をつれて、豊田あいりから教わった住所を目指して歩いていた。トニーが好江たちに日本に持ち込んだ荷物を送らせていた家だ。駒子は見慣れない町を見回してつぶやいた。

「ずいぶん、外国の人がたくさん暮らしているんですね」

「竹の塚はフィリピンの人が多くて、『リトル・マニラ』と呼ばれているんです。八〇年代から九〇年代にやってきた出稼ぎの人たちですね。ここらへんには教会がいくつかあるので、そこにクリスチャンである彼女たちが集まってコミュニティーができたって言われています」

「今も増えているんですか」

「二〇〇五年からフィリピン人に対する興行ビザの発給が厳しくなったので、最近は減ってきているようですが、こういう町は東京には多いんですよ。リトル・ヤンゴン、リトル・インディア、それに中華街やコリア・タウンまで様々です」

「想像もつきません……」

五所川原から来れば、東京そのものが巨大な異国のようなものなのだろう。

幸介たちがたどり着いたのは、歓楽街から少し奥に入った古い二階建てのアパートだった。ゴミ捨て場の注意書きには、日本語と英語が併記されていた。

二階の部屋の前に行くと、ドアの脇にはゴミ袋がつみ上げられ、窓の柵に傘が五本もかけられていた。傘の柄には「パブ・エンジェルキス」と記されたネームシールがついている。

幸介はその場で携帯電話を取り出し、店の名前を検索してみた。フィリピンパブのようだ。ここはホステスたちの寮なのだろう。検索の関連ワードに「売春」「ウリ」「本番」といった用語が並んでいるのを見ると、売春を兼ねているにちがいない。

ドアの前で気を引き締めてから、幸介はノックした。ドアが開き、東南アジア系の女性が顔を出す。四十歳前後で、色褪《あ》せたワンピースを着ている。

幸介は頭を下げて言った。

「ちょっと訊きたいことがあるんですが、よろしいでしょうか」

部屋の奥で、数人の女性の声がしている。

「あなた誰？　何の用？」

「東木幸介と言います。突然ですが、トニーという男性をご存知ですか。彼についてお訊きしたいんです」

女性はトニーの名前が出た途端に表情を曇らせて何も答えなくなった。

やがて部屋の奥から、五十代くらいの金髪のフィリピン人女性が眉間にしわを寄せてやってきた。短いシャツを着てヘソピアスを見せ、口紅やマニキュアをべったりと塗っている。肩に蝶のタトゥーがあった。

金髪の女性は睨むような目つきで「何?」と言った。幸介がここに来た目的を話すと、彼女はしゃがれた声で答えた。

「アタシ、何も知らない。帰って」

「トニーとは面識があるんでしょうか」

「ないヨ。帰って」

「トニーはここに住んでいたんですか」

「知らない。何も知らない言ってるでしょ。帰って!」

両手で押してきてドアを閉めようとする。他の女性たちも顔をのぞかせる。

幸介はイチかバチかはったりをかましてみることにした。

「騒がないでください。警察呼びますよ。僕は新聞記者です。店が違法行為をしているのを知っているんですよ。警察に訴えてもいいんですか」

急に静まり返った。

「い、違法行為って何」

「お店では売春もしていますよね。記事にすれば、警察は取り調べに乗り出しますよ」

幸介はカバンから、「ＰＲＥＳＳ」と書かれた腕章を取り出して見せた。幸介は冷静を装って言った。

「イラン人のトニーについて知りたいだけなんです。教えてくれれば、絶対にあなたを困らせることはしません」

金髪の女性は唇を噛み、腕を組んで何かを考えていた。奥の女性たちが一様に不安そうな表情を浮かべている。はったりが効いたようだ。

彼女は深くため息をついてから言った。

「訊きたいのは、トニーのことだけ？　話したら帰る？」

「約束します」

「……いいよ。何？」

幸介は胸をなで下ろし、ポケットに入れていたＩＣレコーダーのスイッチを押した。

「いま、トニーはどこにいるんですか」

「知らない」

「隠さないでください」

「本当に知らない。トニー、三年前にいなくなった」

また恵が逮捕されたのと同じ時期だ。

「事情を詳しく教えていただけますか」

「アタシ、知りたいよ！　トニー、店のお金まで持っていった！　悪人だよ！」

女性が怒っているのを見て、これはいいかもしれないと思った。仲が悪いのならば、トニーに不利なことも語ってくれるはずだ。

「トニー自身のことについてご存知ですよね。彼は、いつ日本に来て、どんな仕事をしていたんですか」

「一九九〇年頃って言ってた。二十七歳の時。初めは、現場の仕事してたみたい」

八〇年代の終わりから九〇年代にかけて、イラン人が大挙して労働目的で日本にやってきたことがあったが、トニーもそんな一人だったようだ。彼は、先に来日していた知人の紹介で埼玉県内の建設関係の会社で作業員の仕事をはじめた。景気のいい時代だったため、アルバイトでも十分な給料をもらうことができた。

竹の塚にあるパブ・エンジェルキスに遊びに来るようになったのは、来日から一年くらいしてからのことだった。トニーは酒を飲まないが、カラオケが大好きで、週末はコーラを飲みながら朝までうたってすごしていた。店のホステスと恋仲になったこともあった。

ところが、バブルの崩壊によって、国内の建設の仕事はみるみるうちに減っていく。真っ先に首を切られたのが、イラン人の出稼ぎ労働者たちだった。彼らは上野公園にあふれ、食い扶《ぶ》持《ち》を得るために偽造テレホンカードや違法ドラッグの密売に手を染めはじめた。トニーも会社をクビになってからは、そんなイラン人たちとつるんでいたようだ。

そんなある日、トニーがパブ・エンジェルキスのママにこう言った。

「就労ビザがほしいんだ。毎月お金を払うから、この店の社員として働いていることにさせてほしい」

ママにしてみればトニーからお金をもらえる上に、従業員として給料を支払ったことにもできるということで承諾した。

トニーが手掛けていたのは違法ドラッグの密売だった。イラン人の間では、違法ドラッグの顧客リストが入った携帯電話が数百万円で取り引きされており、それを買い取って街頭で密売するのだ。逮捕の危険はあっただろうが、それなりの収入を得られるようになっていたようだ。

ところが、二〇〇〇年代の前半から、トニーは「貿易《トレード》の仕事をはじめた」と言って海外と日本を頻繁に行き来するようになった。これまで以上に羽振りが良くなり、出張から帰ってくると、店に顔を出してホステスたちに焼肉や寿司をふるまう。ホステスたちの間には、トニーは違法ドラッグの密輸をはじめたらしい、という噂が流れた。

リーマンショックの影響で竹の塚の歓楽街に閑古鳥《かんこどり》が鳴くようになった後も、トニーは足しげく通ってきてくれた。大枚を落としてくれる数少ない客だったし、新規の客も紹介してくれたので、ママも頼りにしていた。

だが、二〇〇九年の秋に、事件が起こる。

その日、トニーは夜遅くに店に遊びに来て、閉店後もママと二人で何かを話し込んでいた。ホステスたちは先に帰ったが、これが二人を見た最後だった。翌日の夕方、ホステスたちが出勤したところ、店内は散らかったままでレジと金庫から売り上げが消えていたのだ。

前の晩、ママは寮に帰って来ておらず、電話をしてもつながらなかった。開店時間になってもママと連絡がとれなかったため、やむをえず日本人オーナーに報告することにした。日本人オーナーはママとトニーが売り上げを持ち逃げしたと激怒して、血眼《ちまなこ》になって捜し回ったが、結局二人の足取りをつかむことはできず、泣き寝入りすることになったという。

金髪の女性は首を横にふって言った。

「トニーとママ、どこいるかわからないネ。みんなで捜したけど、見つからなかった」

フィリピンパブの売り上げを盗んだとなれば、バックにいる暴力団が動いたはずだ。それでも身柄を押さえられなかったということは、二人が日本を離れた可能性が高い。

「ママはどこに住んでいたんですか」

「ここのアパート。あの夜は帰って来なかった。荷物も全部そのままで、トニーと一緒にいなくなったヨ。トニーのアパートからは荷物、全部消えてた」

「ママはトニーの恋人だったんですか」

「仲はいいけど、カノジョじゃない。ビジネスパートナーね」

ビジネスパートナーという言葉だけが発音よく響く。アパートの屋根に止まっているカラスの鳴き声が聞こえる。

「密輸の話がありましたけど、トニーが日本人女性にマレーシアから運び込ませた荷物を、このアパートに送らせていたのを知っていますね」

金髪の女性が気まずそうに口をつぐむ。部屋の中で誰かの携帯電話が鳴りはじめるが、取ろうとしない。

「荷物の中身はドラッグだったと思われます。アパートに送られてきた荷物はどうしていたんですか」

彼女は目をそらした。幸介は問い詰める。

「実はトニーのビジネスに巻き込まれて、今、一人の日本人女性がマレーシアで死刑判決を受けているんです。そのニュースはご存知ですよね」

「………」

「僕はその日本人女性の幼馴染《おさななじみ》で、命だけは助けてあげたいと思っています。それには、密輸のルートを知る必要があるんです。どうか教えてください」

彼女は横を向いたままだ。鳴っていた携帯電話の音が止まる。

「もし教えてくれれば、あなた方のことは黙っています。でも、教えてくれなければ、すべてを警察に言いますよ」

沈黙を破るように、最初にドアを開けた女性が金髪の女性に言った。

「話しちゃいなよ。アタシたち、何も悪くないんだから」

別の女性も言う。

「トニーのビジネスだから、アタシたち関係ない。あんな奴、守る必要ないネ」

奥にいる他の女性たちもうなずいている。金髪の女性は口を開いた。

「荷物は全部、ママが受け取ってた。どうしてたか、アタシたち何も知らない」

「アパートに得体の知れない荷物が届いて、ママがそれを受け取っている。あなた方はそれを見て気にならなかったんですか」

「ママからお小遣い渡されて黙ってろって言われてた」

「どういうことですか」

「オーナーやヤクザに言ったら、トニーやママがたかられるでしょ。だから私たちにお小遣いくれて黙っているようにって言ってた」

あくまでトニーとママのビジネスであり、彼女たちはお金をもらう代わりに見逃していたのだろう。

「社長と呼ばれていた人物はご存知ですか」

金髪の女性は冷笑した。

「うちの店ではお客さんはみんな『社長サン』よ」

「そうじゃない。鈴木という社長です。広尾に大きな家があった」

「鈴木社長サンなんて、山ほどいるネ。百人くらい知ってるよ」

他の女性たちが笑いはじめた。本当に知らないようだ。

その時、アパートの外からドスのきいた男性の声が聞こえてきた。

「おい、そこで何やってんだ！」

見下ろすと、アパートの前に金と白のジャージを着た中年男性が立っていた。サングラスをかけ、ブレスレットやネックレスをつけている。

声を聞いたホステスたちが急いで部屋の奥へと引っ込んでいく。店と関係のある暴力団員なのだろう。

幸介はとっさにごまかした。

「東亜新聞の記者でして、近所で起きた性犯罪事件の聞き込みをしている最中でした」

「性犯罪なんて知るか！　おどれ、勝手にここらをうろついてんじゃねえぞ、こら！」

「申し訳ありません。引き取らせていただきます」

幸介は金髪の女性に目配せをしてから、アパートを立ち去った。


その夜、幸介は駒子をホテルに送った後、一人で丸の内の地下街にある沖縄居酒屋「琉球《りゅうきゅう》美里《みさと》」を訪れた。

沖縄民謡が流れる中、カウンターには豆腐よう、ラフテー、海ぶどうなどが並び、棚には様々な泡盛のボトルが飾られている。店主の司幸三《つかさこうぞう》が元名物刑事だったことから、記者や警察関係者の間ではよく知られた店だった。

幸介は沖縄おでんと島らっきょうをつまみに、泡盛の水割りを飲んでいた。ゴールデンウィークということもあり、客の数はいつもよりは少ない。

三杯目に口をつけていると、携帯電話にメールが届いた。先輩の司法記者からだった。二年前に好江の裁判を傍聴して記事を書いた記者がわかったので、当時のことを教えてくれと頼んでおいたのである。

メールによれば、千葉地裁で行われた裁判で、好江は最初から最後まで黙秘を貫いたらしい。検察や裁判官からの質問には何一つ答えないまま、裁判はわずか三日で幕が下ろされた。裁判官は覚醒剤が六キロに及んでいたことと、これまでマレーシアへ複数回渡航していたことから悪質性が高いとし、懲役十一年の実刑判決を下した。

先輩はメールの最後にこう書いていた。

〈鹿沼好江の弁護士は、ヤクの裁判が専門で、その筋じゃ知られた人物だ。おそらく密輸の首謀者が、高額な弁護士費用を払って雇ったんだと思う〉

弁護士が好江に黙秘をさせたのだとしたら、社長やトニーに捜査が及ばないようにしたと考えるべきだろう。好江が自覚しているかどうかは別にしても、トカゲの尻尾のように切り捨てられたのだ。

しかし、社長たちにとっても、恵がマレーシアで逮捕されたのは想定外だったはずだ。日本での裁判のように優秀な弁護士を送り込むことができず、恵が死刑を恐れて何もかも暴露する危険がある。逮捕後、彼らがあっという間に姿を消したのは、そのためではなかったか。

幸介は携帯電話をしまって、買ったばかりの煙草を取り出して火をつけた。五年前に禁煙したのだが、妻子と別居してからは酒の席でだけは吸うようになっていた。

カウンター越しに、店主の司が言った。

「お帰りと言いたいところだけど、疲れた顔してるな」

幸介はグラスを傾けた。

「ちょっと用事があって竹の塚まで行ってたんです」

「幸介君は、今バンコク支局だろ？　なんで竹の塚なんかに？」

「マレーシアで起きた日本人の覚醒剤密輸事件を追ってるんです。裏にイラン人がいて、そいつが竹の塚に拠点を置いてたらしくて……」

「イラン人とフィリピン人でタッグを組んでドラッグの密売をやってたんだな」

「どうしてわかるんですか」

「俺が現役の頃から、フィリピーナとイランの男はセットだったよ。明け方に家宅捜索《ガサ》に入ると、イラン人の家にフィリピーナが裸で寝てるってのはしょっちゅうだった」

フィリピン人女性が日本に大挙してやってくるようになったのは、一九八〇年代の半ばからだったという。クーデターによってフィリピン国内が混乱して水商売が大打撃を受けたことで、エンターテイナーとして興行ビザを取得して日本に流れ込んできたのだ。これによって、全国にフィリピンパブが乱立するようになった。

一方、イラン人男性が日本に来るようになったのは、イラン・イラク戦争が終わった一九八八年以降だった。同じ時期に日本で不法労働をしていたこともあって、イラン人とフィリピン人は仲が良かった。建設会社の社長につれられてフィリピンパブへ行くなどして知り合い、そのまま男女の関係になることが多かったらしい。

「バブルの崩壊がすべてを変えたんだ。景気のいい時は外国人を労働力としてどんどん受け入れていたけど、バブル崩壊で不景気になった途端に、日本企業は真っ先に彼らを切り捨てた。

それによって、イラン人もフィリピン人も食っていくために、地下に潜って違法行為に手を染めるようになった。彼らが男と女の仲になってドラッグを売ったり、売春の斡旋《あっせん》をしたりっていうのはよくあったよ」

幸介は煙草を灰皿に押しつけ、泡盛を一口飲んだ。気になるのは、「社長」の存在だ。幸介は簡単に事情を説明し、司に意見を訊いてみた。司は腕を組んで答えた。

「毎月五、六キロの覚醒剤を何度も密輸してるとしたら、その世界じゃ相当な人物だろ。ただし、極道じゃねえな」

「なんでですか」

「極道なら、暴対法にしばられているから邸宅を短期間で売り買いするようなことはできねえよ。おそらくは企業舎弟ってところだろ。家が広尾なら、六本木《ろっぽんぎ》、渋谷《しぶや》、五反田《ごたんだ》あたりを根城《ねじろ》にしている輩《やから》じゃないかな」

「鈴木っていうんです。わかりませんか」

「偽名に決まってる。本名がわかれば、後輩に尋ねてみることはできるけど」

やはり偽名なのか。「社長」がまた一歩遠ざかった気がした。

午後十一時に会計を済ませて店を出て、幸介は泊まっているビジネスホテルへもどった。ホテルのエントランスはまだ電気がついていたが、レセプションには従業員が一人しかおらず、閑散としていた。エレベーター横の自動販売機の前に立ち止まり、ミネラルウォーターを買っていたところ、一人の女性が近づいてきた。駒子だった。部屋にいなかったのでロビーで待っていたという。

駒子はA4サイズの紙を差し出した。

「これをお渡ししようと思ったんです。豊田あいりさんから届いた荷物の伝票です」

ファックスで送ってもらったらしく、紙には伝票がプリントされていた。

「知人に頼んだら、急いでファックスでホテルに送ってくれたんです」

「ありがとうございます」

幸介が伝票に目を通そうとすると、駒子がおずおずと言った。

「今朝、奥様やお子さんと別居されていたのを知らずに、変なことを訊いてしまってすみませんでした」

ずっと気にしていたのだろう。幸介は苦笑した。

「あれは、僕が全部悪いんですよ。仕事ばかりで家庭を顧みることがなかったんです。夜明け前に出勤して帰宅は深夜、それで二、三年置きに転勤です。妻と息子はそんな生活に付き合えず、別々に生きていくことにしたんです」

幸介はミネラルウォーターのキャップを開けて一口飲んだ。妻や息子と一緒にすごしたくないわけではない。ただ、仕事に夢中になって、つい家庭と距離を置いてしまった。結果として、それが妻子との間に溝をつくることになったのだ。

レセプションの従業員が黙々と後片付けをしている。駒子は考え込んでから言った。

「思えば、おらもパートばかりで恵にはつらい思いをさせてきました……。あの時はよかれと思ってたんですが、今から考えてみると恵のことをかまってやれていなかったかもしれません。せめて、花香から養子としてもらっていたことだけは小さな時にちゃんと説明するべきでした。そうすれば、あそこまでおらと恵の関係はこじれなかったと思うんです」

「どうして恵さんが養子であることを黙っていたんですか」

「村の人たちは花香を悪い女だと思っていました。もし恵が花香の娘だって知られたら、変な目で見られるし、あの子もいらね心配をするようになる。夫も極力恵には黙っているべきだって考えでした」

「結果として、それが親子の関係を引き裂くことになってしまった」

「悔やんでも悔やみきれません……。あの日から、おらは罪滅ぼしのために少しずつ貯金をはじめました」

「貯金？」

「毎月七千円ずつですが、もし恵にいい男性ができたら、結婚式の足しにしてもらいたいと思ったんです。おらは貧しくて結婚式ができませんでした。だから恵にだけはやらせてあげたかったんです。もしおらのことを許してくれたら、結婚が決まった時にそのお金をあげようって思ってました」

「そのお金は？」

「信用金庫にあります」

マレーシアに来た時も、今回東京に来た時も、駒子は職場の同僚や上司に頭を下げてお金を借りて交通費をつくってきたと言っていた。結婚資金に手を付けないのは、恵が帰ってくると信じているからにちがいない。

気がつくと、レセプションからも人がいなくなっていた。そろそろ部屋にもどった方がいいだろう。

幸介はペットボトルを脇に抱え、手にしていたA４の紙を二つ折りにしようとした。その時、たまたま伝票に記された「２００９年11月15日」という発送日が目に留まった。竹の塚から青森の五所川原の実家へと送られたことになっている。到着日は「11月17日」とある。

「これ、豊田あいりさんが東京から五所川原に送った荷物の伝票でまちがいないですよね」

「そうですが、何か？」

十一月十五日は、マレーシアで恵が逮捕された日だ。日本のマスコミが逮捕を報じたのは夕刊であり、さらに実名が出たのは翌日のことだ。あいりは、事件を知ってから荷物を送ったと言ったが、発送した日はニュースで恵の名前はまだ出ていなかったはずだ。

幸介はつぶやいた。

「だまされた……」

「何がだまされたんですか」

「豊田あいりは僕たちに嘘をついていました」

「嘘？」

「彼女はニュースで事件を知ったんじゃありません。おそらく、逮捕された直後に恵さんが電話をした相手の一人が彼女だったんだ。明日の朝に、彼女に会いに行きましょう」

純

二〇〇八年の二月に入ってすぐ、好江はあいりやトニーとともに旧正月に合わせてマレーシアへアルバイトに出かけた。

マレーシアでは旧正月は「チャイニーズ・ニュー・イヤー」と呼ばれており、中国人が大勢暮らす地区では華やかな祭りが催される。通りには赤ちょうちんと桃の花が飾られ、獅子や竜の舞が披露される。悪を払うために路上で鳴らされる大量の爆竹は特に有名で、好江たちはそれを見ようと半年前から計画して中華街の近くの高級ホテルに部屋を取った。

恵はトニーから何度も誘われたが、純の面倒をみることを理由に断り、日本に留まった。四年前の台風の夜に、純が病院に緊急入院して以来、恵は好江の渡航中は家に呼んで一緒にすごしていた。旧正月を見たいという気持ちはあったが、純を一人にしておくことはできなかった。

恵は泪橋病院を辞めて、看護師派遣会社に登録してシフトの調整が楽にできる病院へ転職していた。新たに住んだのは、竹の塚にあるワンルームマンションだった。好江の家まで電車で一本だったのと、取り引き先が近くにあるトニーに勧められたからだ。

新しい病院ではシフトが自由に組めるぶん、給料は半分にまで下がった。家賃の七万円はトニーに支払ってもらっていた。何度も断ったのだが、繁忙期に荷物運びのバイトを頼んだり、マンションに荷物を置かせてもらったりしたいからと言われて押し切られた。

好江はマレーシア滞在中だけでなく、社長とのデートや夜勤の日も純の世話を頼んだため、月に七日から十日くらい純と一緒にいた。最初、純は緊張してよそよそしかったが、マンションに恵が買ってあげたゲーム機や洋服、それに食器などがたまっていくにつれて打ち解けてきた。

マンションで退屈しないようにと一緒にいろんなことをした中で、純が気に入ったのが料理だった。「お料理教室」と名づけて近所のスーパーで一緒に食材を買い込んで、特大ピザを焼いたり、五段重ねの巨大ハンバーガーを完成させたりするのだ。フルーツポンチ、ビスケット、ケーキといったデザートもかならず一からつくった。二人とも控えめな性格だったが、肩を並べて料理をしている時は話や笑いが絶えなかった。

純はお菓子作りが好きで、特にクレープが気に入っていた。クレープ・メーカーを買ってあげたところ、皮を焼いていろんなものをつつんで食べるようになった。フルーツ、団子、アイスクリーム、ケーキ……。正月に遊びに来た時は、生のマンゴーをそのまま使って巨大なクレープをつくった。

純はクレープについていろんなアイディアを出してきた。

「ミキサーでスムージーをつくって生クリームをまぜてクレープでつつんだらどうかな？　スムージーは果物でできてるからさっぱりとして冷たいけど、生クリームのおかげでしっかりした味のクレープができるかもしれないよ！」

「いい考えだね。おいしかったら、休日に露店を出して売ってみようか！　評判になって完売するかもしれないよ！」

そう言うと、純も頭にタオルを巻いて張り切ってつくるのだ。

こんなふうに日々を楽しくすごしているうちに、純は勉強にも興味を抱くようになった。恵は学校へ行けと言わない代わりに、ドリルを買って夕食後に計算や漢字を教えてあげた。純は嫌な顔一つせず、夢中になって机に向かい、朝早く起きては復習に励んだ。算数が得意らしく、掛け算や割り算を覚えると瞬く間に小学校の学習範囲を修得し、難しい問題にも挑むようになった。

「ねえ、マイナスの計算って何？　どうやるか教えてよ」

「本当にやるの？　正の数負の数は中一の問題だよ」

「中学生のところまでやりたいの。だって、そしたら学校に行っている子より早いってことになるでしょ！」

恵は純の学習意欲に目を見張り、好江が帰国してハイムにもどる時は書店でドリルを買って持たせてあげた。勉強が好きになれば学校へ行くようになるかもしれないと考えて、好江にも手伝ってあげてほしいとつたえていた。だが、純はハイムではあまり勉強が進まないようだった。彼はその理由を次のように語った。

「家にママがいないから質問ができないんだもん。いつも社長と遊びに行ってて、たまに帰ってきて僕が勉強しているのを見たら、『暗い』とか『オタク』とか言ってくる。ママは僕のこと嫌いなんだと思う」

「そんなことないよ。好江は純君の血のつながったお母さんなんだよ」

「いいんだ。僕、恵お姉ちゃんといる方が楽しいから。こっちのマンションに来た時だけ勉強することにする」

恵は自分が母親代わりにならなければと考え、子供用の勉強机を買って部屋に置き、学習教材をそろえてあげた。

旧正月に合わせて好江たちがクアラルンプールに行っている間も、純はマンションに泊まりに来ていた。初日は夕方から数年ぶりの大雪に見舞われ、翌日の朝には東京の町は真っ白に染まった。

夜明け前、純は恵に起こされてカーテンの外の光景を目にして、感動で言葉を失った。雪を見たことはあったが、膝までつもる光景は初めてだった。恵は純に言った。

「カマクラつくろうか」

「雪のお家のこと？」

「そう。お姉ちゃん、青森の出身だからつくり方知ってるんだ」

近所の公園へつれて行くと、予想通り新雪が一面につもっていた。中央にある街灯が、牡丹雪が降りつづく白銀の景色を照らしている。二人はマンションから持ってきたスコップをつかって公園中の雪をかき集め、一・五メートルほどの高さにつみ上げた。

本来は雪を固まらせるために二、三日放置しておくのだが、恵は家から持ってきたバケツに水を入れ、大量の塩をまぜ、それを雪の塊にまんべんなくかけた。

「こうすると、半日で雪がカチカチに固まるんだよ」

これは五所川原に住んでいた時に教えてもらった方法だった。本来は雪が自然に溶けて氷になって固まるのを待つのだが、食塩水をかけると溶解が早まり、そのぶん短時間で凍って硬度が増す。

カマクラが完成したのは午後の九時だった。恵がかつて来栖からもらった赤黄桃の三色のアロマキャンドルを持ってきて火をつけると、雪の壁が暖色に輝きはじめ、純が思わず感嘆の声を漏らした。炎を見ていると、心なしか寒さが薄らいだ。

純は言った。

「宇宙船みたい！　かっこいい！」

さすがの発想だなと思った。

恵はコンビニで温かいココアとシュークリームを買ってきた。純は両手にそれらを持って食べはじめる。鼻の頭を赤くし、口から白い息を吐きながらおいしそうにココアを飲む。

「恵お姉ちゃんは、青森にいた時、よくカマクラをつくってたの？」

「うん。お姉ちゃんも学校に行ってなくてすることがなかったから、時間つぶしにお庭につくってたんだ。家の中にいて寂しくなった時、カマクラに入って温かいココアを飲むとちょっとだけホッとした」

五所川原の家から伯父が出ていった後は、敷地内で何をしても怒られなかったので、冬はそんなことばかりしていた。

純はココアを飲んで言った。

「僕も青森で生まれたかったな。そしたら、独りの時にカマクラですごせたのに」

「そんなこと言わないでよ。純君は東京で生まれたおかげで、大きなお屋敷に住めるかもしれないじゃん。ママと社長さんが結婚したら、社長さんの家に住めるんでしょ」

途端に純の顔つきが険しくなった。恵は首を傾げた。

「どうした？」

「嫌……」

「え？」

「あの男の人となんて住みたくない。嫌だ……」

純は唇を噛みしめて涙をこらえているようだった。社長と仲良くやっているのではなかったのか。

「どうした？　なんで嫌なの？」

「だって、あの男の人がママを取ったんだもん。それで、ママはうちに帰って来なくなった」

目尻から透明な涙がこぼれ落ちる。純の複雑な胸の内がわかった気がした。

「そんなに泣かないで。ママだって純君のことを思って社長と付き合っているんだし」

「もういい！　ママも、あの男の人も嫌い！」

純はココアの入った缶を投げつけた。雪の壁の一部が茶色く染まって溶けていく。

恵は純の頬の涙を拭いて胸に抱き寄せた。純はしがみついて、むせび泣きはじめる。

「変なこと言ってごめんね。泣かないで」

小さな体が熱を帯びている。

「恵お姉ちゃんは悪くない……。悪いのは、あの男の人」

「なんで？」

「だって……だって、あの人とか、あの人の友達は僕に包丁を突きつけたりするから……」

包丁という言葉がにわかには信じられなかったが、怖くてその先が訊けなかった。

アロマキャンドルの炎が揺れている。来栖だったら、こんな時どう言うだろうか。そう思ったが、今更彼女に連絡が取れるはずもなかった。


白金台《しろかねだい》にある一戸建てを改装した地中海レストランで、恵はあいりとともに早めの夕食を食べていた。道路に面したテラスの席で、テーブルにはオマール海老のブイヤベース、ムール貝の白ワイン蒸し、サーモンのクリームソースなどが次々と運ばれてくる。二人は、スパークリングワインを飲みながら、それらをつまんだ。

この日、恵はあいりからマンション見学に行きたいので付き合ってくれと頼まれ、朝から不動産会社の車で五つの物件を見て回った。昔から白金台に住むのが夢だったという。

あいりがフォークを置いて言った。

「今日見た中で、どこが一番お買い得だと思った？」

「どうなんだろうね。全部素敵だけど、それなりの値段だからびっくりしちゃって」

見学したのは1LDKか2DKだったが、どれも五千万円を超す物件ばかりだった。

あいりはスパークリングワインを飲みほした。腕には買ったばかりのカルティエの時計が光っている。

「安くはないよね。だけど、この辺りの物件はあんまり値下がりしないから持っていて損はないと思うの。将来引っ越しの際に売るにしても、賃貸にするにしても、それなりのお金は入ってくるわけだしね」

店員が来て飲み物のお代わりを訊いてくる。あいりは値段を確かめずに白ワインを頼んだ。ここのレストランのお代は、マンション見学に付き合ってくれたお礼として彼女が持つことになっていた。

あいりは皿の中に嫌いな貝が入っているのを見つけ、指でつまんで道路に投げ捨てた。電信柱に止まっていたカラスが下りてきて食べる。あいりは「ダメなカラスだなー」と言って今度はオマール海老を投げた。三羽のカラスが下りてきて奪い合いをはじめる。

彼女はそれを見て言った。

「日本のカラスはとっぽいね。この前、マレーシアでサイコロステーキを投げたら、カラスが地面に落ちる前に空中で拾って食べたんだ。それで好江とどっちが先に地面に落ちるかで勝負したら、全部空中で受け止めたの。あっちのカラスはハングリー精神がちがうんだよ」

高価なステーキを投げて遊んでいる姿が思い浮かんだ。最近海外へは年に一、二度トニーと行くぐらいだったので、三人で遊んでいた時のことがはるか昔に思えた。

「そういえば、あいりは借金を返すためにバイトしたって言ってたじゃん。マンション買うって言っているけど、借金は返したの？　結構な額だったんでしょ」

「借金ならとっくに完済したよ。病院のお給料とは別に、バイト代で四十万円もらっていればどうにでもなるっしょ」

金額を聞いて耳を疑った。

「四十万円？　なに、四十万円って」

「バイト代だよ。知らなかったの？」

恵はトニーにマンションの家賃を払ってもらったり、御馳走《ごちそう》してもらっていたので、アルバイト代としてまとまったお金はもらっていなかった。そのことを説明すると、あいりは呆《あき》れたような口調で言った。

「いくら恋人だからって、バイトしてんならちゃんとお金もらった方がいいよ。ごまかされても嫌じゃん」

「それはいいんだけど、なんで四十万円ももらえるの？」

「グレーだからでしょ。中身がワケありなんじゃないかな」

店員が新しいワインを持ってくる。あいりは、グラスを回して香りをかいでから口をつけた。口紅がグラスの端につく。

　恵はフォークを握った手を止め、鼓動が高まってくるのを感じながら尋ねる。

「それってトニーが渡している荷物のことだよね。荷物の中身が何か知ってるの？」

「何も聞いてないけど、やばいもんだからお金になるんだと思うよ」

「なに……。やばいって……」

「なんだろ。取り引きが禁止されている象牙とか、剝製とかかな。天然記念物のゲジゲジ虫とかだったら最悪だよね」

　あいりは冗談めかして笑っていたが、恵は息が詰まりそうだった。

「好江は中身を知ってるの？」

「どうなんだろ。好江さんから、税関で引き留められても『空港で知らない外国人から預かったって答えれば済む』って言われたことがあるから、何かは知っていると思うよ。でも、私はあえて訊かないことにしてる」

「なんで？」

「別に知らなくていいかなって。このまま、もうちょっと楽しい思いをしたい。いきなり、中身は死体だとか機関銃だとか言われたらビビるじゃん」

「死体……」

「早とちりしないでよ、死体っていうのは冗談だからね」

　荷物の運搬は、せいぜい税金をごまかすのが目的だと思い込んでいたが、四十万円という額は尋常ではない。

「私、トニーから中身のこと教えられてないよ。どうして言ってくれないのかな？」

「トニーにしてみれば、わざわざ言う必要がないって思っているんじゃない？　その程度の中身なのか、そうじゃないのかはわからないけど。でも、トニーは恵のこと本気で愛しているから危険なことには巻き込まないと思うよ」

恵は直接トニーからアルバイトを頼まれたわけではない。でも、もし中身が違法なものであれば、教えてくれるのが普通ではないだろうか。

恵はそれ以上考えるのが苦しくなって顔を上げた。時計の針は午後六時半を示している。今夜はトニーが夜中にマンションに遊びにくることになっていた。

彼女はフォークを皿の上に置いてつぶやいた。

「私、今日は、帰るね……」

自分でも驚くほど声が震えていた。あいりが引き留めたが、ふり切るように店を出た。

その夜、竹の塚のマンションで恵は緊張した面持ちでトニーがやってくるのを待っていた。じっとしていられず、タンスから洋服を引っ張り出してたたみ直したが、胸の鼓動が一層激しくなるだけだった。

トニーは今日の夕方にはマレーシアから日本に入国しており、駅近くのビジネスパートナーの事務所へ立ち寄って荷物をまとめているはずだった。何度か電話をしてみようかと思ったが、どうしてもダイヤルボタンを押すことができなかった。

恵はため息をついて室内を見回した。クローゼットには、海外ブランドの衣類がすき間なくかけられていた。ジュエリーボックスも三つに増え、ピアスやネックレスが自分でもいくつあるかわからないほどに並べられている。

もともと恵はブランド物には興味がなく、東京に来たばかりの頃はピアスもネックレスも数百円のものを二、三個持っているだけだった。だが、トニーが海外から帰ってくる度にお土産としてくれたり、好江から自慢されたりしているうちに、いつの間にか自分でも買うようになった。恵はそれらを見ながら、好江の部屋にもブランド物の服が山のようにつみ上げられていたのを思い出した。

午後十一時を回って間もなく、恵の携帯電話が鳴った。トニーからで急いでマンションのエントランスまで来てくれと言われた。恵はしかたなく上着を羽織り、エレベーターで下まで行った。

マンションの入り口で、トニーが見たことのない大きなバイクにまたがっていた。マフラーをいじくっているらしく、大きなエンジン音が響いている。ラメの入ったような塗装がなされ、改造マフラーが取り付けられていた。

「このバイク、どうしたの？」

トニーはタンクを叩いて得意げに言った。

「社長が支払いの遅れた客から奪い取ったみたい。明日のホームパーティー用の子羊を買いに行くって言ったら、しばらく貸してやるって言われたんだ」

後部座席には大きな箱がロープで括《くく》られていた。トニーが蓋を開くと、ドライアイスの中に子羊の死体が丸ごと一頭入っている。社長の家でバーベキューにするという。

「大型の免許持ってるの？」

「ないけど、ちゃんと運転してればバレないよ。それより、このマンションの駐車場に止めたいから、明日管理会社にしばらく駐車場を借りるって言っておいて」

トニーは悪びれる様子もなくバイクを駐車場へと回した。

それから、トニーは子羊の入った箱をかついで恵の部屋に入ってきた。彼は箱から子羊の死体を出してゴミ袋を二重にした中に入れた。体毛が処理されているため、真っ白い肌がむき出しになっている。足に太い毛が少し残っているのが生々しい。

トニーは子羊の死体を純の勉強机の上に置いて言った。

「解凍しなきゃならないからここに置いておくね。明日は二十人くらいお客さんが来て、僕がバーベキューをやることになっているんだ。イランじゃ、スパイスを一杯つかって子羊の丸焼きをつくるんだ。すごくおいしいから、メグミも食べにきなよ」

ゴミ袋に入った子羊は口が開いて、黄ばんだ歯があらわになっている。恵はそれを見ているうちに気分が悪くなった。

「こんなもの家に持ち込まないで。今、子羊の死体を置いているところだって、純君の勉強机なんだよ。机とか文房具とかに変な臭いがついたらかわいそうじゃん」

「拭けば平気だよ」

「そういうことじゃないでしょ。それに、無免許でバイクを借りて乗り回すとか、社長の家で丸焼きをつくるとか、なんかまちがってない？」

トニーは微笑んで聞いているだけだ。恵がもう一度口を開こうとすると、彼は頰にキスをしてきた。

「わかった。ごめんね。バイクも羊も片付けるから、姫は笑ってて」

抱き寄せられ、恵は言葉が出なくなった。トニーはつづける。

「さっき社長と話してたら、そろそろ姫と入籍しなって勧められたよ。結婚式や新生活に必要なお金は喜んで出してくれるって。僕たちのことすごく応援してくれてる。とりあえず社長にはその方向でいくって話をしてもいいかな」

「ち、ちょっと待って……。結婚について考えてくれているのは嬉しいんだけど、わからないことが多すぎるよ」

「僕たち、もう四年も一緒にいるんだよ」

恵は、アルバイトのことを訊くのは今しかない、と思った。

「わからないっていうのは仕事のことなの。これまでちゃんと教えてもらったことなかったでしょ。トニーは海外で商品を買い付けて日本に輸入しているんだよね。商品は何を扱ってるの？」

トニーは微笑んだ。

「前に話した通りだよ。アクセサリーとか食料品だとか。最近はココナッツオイルをつかった美容グッズも輸入している」

「ほ、本当にそれだけ？」

「それだけって？」

「好江やあいりや私が日本に運んでいる荷物の中身は、今言った商品なの？　それ以外に何も入ってない？」

トニーの眼差しが一瞬厳しくなったが、すぐに元通りにもどった。

「メグミは僕が税金逃れをしているのを気にしていたんだね」

「え……」

「たしかに売り上げを少しでも良くしようと税金を少しだけごまかしてる。メグミがそのことに不安を感じるのは当然だ。僕だって本音では、そんなせこいことをやりたくない。けど、買い付け価格の問題があって仕方がないんだ。社長とも話し合っているけど、もし結婚して家庭を持つことになったら、そういうことは止めて純粋なビジネスだけで勝負するつもり。そのことは約束するから安心してほしい」

恵は心の中で、そんなことを知りたいんじゃない、と思った。四十万円もアルバイト代を支払う理由を教えてほしかったのだが、トニーが早口で語るので口を挟むことができなかった。

「メグミがよければ、近いうちに僕のママに会わせたい。近々、マレーシアに移住してもらうことになっている。しばらく弟たちの家に住むことになっているから、今度マレーシアに行った時に紹介させてくれないかな」

窓のカーテンが開いたままになっている。

「嫌?」

「そ、そうじゃないけど……」

「ママはすごくいい人だよ。文化がちがっても、会えばメグミのことを好きになってくれるはずだと思う。文化の違いとかは今はいいと思う。大切なのはちゃんと顔を合わせて信頼をつみ重ねることだからね」

恵はうなずいた。トニーはそんな彼女の髪を撫でた。

「ただ、ママに会ったらメグミはちょっと驚くかもしれないね。障害がある。歩けないね。火傷《やけど》も」

「私はナースだからそういうのは大丈夫だよ。事故?」

トニーは唇を噛んで短く答えた。

「昔の戦争の傷ね」

恵は戦争と聞いても具体的なイメージがわかなかった。

トニーはそれ以上説明しようとはせず、もう一度恵の頬にキスをして肩に腕を回した。

翌年のゴールデンウィークの前、恵はひさしぶりに飛行機に乗ってマレーシアへ渡った。

二月の終わりにトニーから、ビジネスが夏の繁忙期に向けて忙しくなる前に、現地の取引先の人たちを集めたパーティーをクアラルンプールで開催すると聞かされた。そこに社長や親戚たちも集まるので、結婚を前提として交際していることを正式に報告しておきたいと言われたのだ。

　恵には結婚はまだ先でいいという気持ちがあったし、荷物の中身のことが気になっていたこともあって渡航には乗り気でなかったが丸め込まれ、二泊三日の予定で出発することになった。好江も参加することになったので、中学に入ったばかりの純の世話は社長の知人に任せた。

　クアラルンプールの小高い丘の一本道をタクシーで進んでいくと、林の中に遊園地のようにライトアップされたパーティー会場が現れた。中庭にはビーナス像が立つ真っ白な噴水があり、そこを六棟の大きな丸太づくりのロッジが取り囲んでいる。少し離れたところには緑のライトが明滅する二十五メートルプールもあった。

　R&Bが流れる芝生の庭にはテーブルが置かれ、料理人が鉄板で焼いてつくった料理をビュッフェ形式で取るようになっていた。香辛料のにおいと、高価なお香のそれとが混ざって漂っている。立ち込めるドライアイスの白い煙が、数秒おきに変わるライトの色を反射して光る。会員制リゾート宿泊施設だが、ファッションショーやパーティーなどでも使用されているという。

　恵と好江がタクシーを降りると、蝶ネクタイをつけたボーイが次々に声をかけて挨拶をしてくれた。入り口から会場まではレッドカーペットが敷いてある。トニーが恵を見つけて小走りに駆け寄ってきた。彼は恵の新しいドレスを見て言った。

「すごく美しい！　このドレス最高だよ！」

　トニーが送ってきてくれたものだった。

「ありがと……。でも、真っ白でウエディングドレスみたいで恥ずかしい」

「今日はそれでいいんだよ。みんなも驚くよ。社長もいるから挨拶に行こう」

トニーに手を引っ張られ、慣れないドレスにつまずきそうになりながらテーブルへと歩きだす。

噴水の前では現地の芸人が松明《たいまつ》を片手に口から火を噴くファイヤー・ショーをしていた。すでに三十人ほどの招待客が集まっており、マレー系だけでなく、インド系、アラブ系、アフリカ系などいろんな国の人が交じっている。みんな社長やトニーのビジネスパートナーなのだという。

バーカウンターの隣には、八段のシャンパンタワーが飾られ、ピンク色にライトアップされている。社長はブルーシャツにホワイトジーンズといった出で立ちで、その脇で煙草を吸っていた。近づくとさわやかなフレグランスの香りがする。

社長はトニーと恵と握手を交わした。恵が頭を下げる。

「今日は招待していただきありがとうございます。たくさんのお客さんがいますね」

「年に一回、こんなふうに現地のビジネスパートナーとの親睦パーティーを開いているんだよ。なかなか一堂に会することがないからね。こうやって集まると、世界中の最新事情を知れるからおもしろいよ」

「こんな場に来ちゃってよかったんですか」

「みんな、トニーとは親しい仲だから婚約の報告を受けられてよろこぶはずだ。トニーにしたって、信頼している仲間に少しでも早く君を紹介したいんだろ」

恵は、えっ、と戸惑った。今回は社長とトニーの親戚に報告するだけだと思っていたからだ。

その時、噴水の前でファイヤー・ショーをしていた芸人が、社長が近くにいたことから「ビー・ケアフル」と注意した。危ないから離れているようにといったつもりだったらしい。社長は急に不快そうな顔つきになり、「うるせえ」と言って、ミニバーに並べてあったウォッカのショットグラスを投げつけた。芸人はかろうじてよけたが、ウォッカが松明にかかってボッと音を立てて燃えた。アルコール度数がかなり高いのだ。

「こいつよけやがったな！」

社長はそう言ってまたウォッカのショットグラスを投げつける。寸前のところで身をかわしたが、ウォッカをかぶって火がついたら全身火傷の大惨事だ。

だが、トニーや周りにいた人たちは、それを見て手を叩いて笑いだした。怒る社長の前で、芸人が顔を引きつらせて怯える様子がおかしかったのだろう。指笛を鳴らしてけしかける者もいる。

社長は大きな声で言った。

「ドント・ムーブ！」

芸人は青ざめて立ちすくむ。社長は再びウォッカのショットグラスを手に取ると、思い切り投げた。

今度は火のついたウォッカが芸人の腕に降りかかった。皮膚の上に炎が走り、芸人は慌てて地面に腕をこすりつけて消そうとする。地面に転がる姿を見て、会場の人たちからどっと笑いが起こる。

「ドント・ムーブ！」

社長がまたもウォッカを手に取ると、さすがに芸人は恐怖を感じたらしく、松明を投げ捨てて逃げていった。社長は「チキンめ！」と言ってウォッカを飲みほした。周りから拍手が起きた。

恵が呆然《ぼうぜん》としていると、社長がシャツの襟を直しながらもどってきた。そして恵の頰を一撫でもすると、「盛り上がったところで、そろそろはじめるか」とつぶやいた。何のことかわからなかった。

社長はボーイにマイクを持ってこさせると、手を叩いて会場の人たちの注意を自分に集めた。彼は咳払いをしてから言った。

「お集まりのみなさま。少しお時間をください」

キーンというハウリングの音とともにスピーカーを通して声が響く。

「いつもビジネスでお世話になっているトニーが、この度、ミス・メグミと婚約することになりました」

会場の人々がどっと沸いた。いつの間にか、トニーが隣に立っていて手を握りしめてくる。恵は、えっ、と当惑すると同時に顔に血が上って熱くなるのを感じた。なぜこんな大勢の前で公表するのだろう。

社長はマイクを持ち直してつづける。

「ここ数年のトニーの活躍は、みなさまのお力あってのことだと思います。今後は、ミス・メグミと力を合わせて、日本とマレーシア、そしてイランとの懸け橋になってくれるものと信じています。私も懸命にビジネスに邁進《まいしん》いたしますので、どうか変わらぬお力添えをお願いいたします」

一斉に拍手が起き、あちらこちらで指笛が響く。

社長が合図をすると、数人のボーイが冷えたシャンパンのボトルを抱えて運んできた。社長はボトルを恵とトニーに一本ずつ持たせて、「さあ」とシャンパンタワーの前に設けられた脚立に上がらせた。

会場の照明の色がピンク色に変わる。恵は事情を呑み込めないまま呆然としていることしかできなかった。初めからこうする段取りだったのだろうか。トニーがマイクを受け取り、ボトルを高々と持ち上げて英語で言った。

「みなさん、今日はお越しくださりありがとうございます。今、社長に説明していただいたように、僕はメグミと幸せな家庭を築いていきたいと思います。ビジネスばかりでなく、私生活でもお世話になることがあるかもしれません。みなさんには改めて個別にご挨拶させていただきたいと思います。今日はお時間をくださってありがとうございます」

トニーまで何を言っているのか。

彼は構わずに「乾杯《チアーズ》」の掛け声とともにシャンパンの栓を抜いた。ボトルの口から白い泡があふれる。方々から「チアーズ」の声が上がる中、トニーがシャンパンタワーの上でボトルを傾けると、黄金色のお酒がグラスからグラスへと落ちていく。グラスに載せられていたハイビスカスの花が踊るように回転しながら流されていく。

拍手が鳴り響く中、トニーから「メグミもやりなよ」と促されたが、恵は何をどうしていいのかわからず、凍りついたように固まって動けなかった。トニーは代わりに栓を開け、両手に一本ずつシャンパンを持って注いでいく。

会場のスピーカーから、英語のウエディングソングが流れはじめた。酔った人々がそれに合わせて大きな声でうたう。恵は頭の中が真っ白になって、この曲が何なのか、自分がどこにいるのかもわからなくなっていた。

シャンパンを注ぎ終え、脚立から下りると、トニーと恵のもとには婚約のお祝いをつたえに来る人たちが列をつくった。トニーは一人ひとりの顔がわかるらしく、親しげに肩を叩き合っては英語で話をしている。警察の幹部だという脂ぎった中年のマレーシア人、金のネックレスやエメラルドの指輪をつけた黒人、民族衣装を着たアラブ人……。みな、トニーのビジネスパートナーだという。

彼らの中にあらかじめプレゼントを用意して渡してくる者がいることから、最初から婚約発表をする予定だったのだろう。こんなに大勢の前で報告すると決めたのは、誰なのか。なぜトニーは教えてくれなかったのか。

恵はトニーの隣で顔を引きつらせて相槌を打っていることしかできなかった。ふと周りを見渡すと、会場から好江の姿がなくなっていた。恵は置き去りにされたような気持ちになってボーイに尋ねると、斜め向かいのロッジに行ったと教えられた。彼女はトイレへ行くふりをしてその場を離れた。

ロッジは東南アジアの伝統的な民家を模した茅葺《かやぶき》の三角屋根の建物だった。手前の庭のヤシの木にはハンモックがつるされ、バーベキュースペースもある。

ロッジのドアが半開きになっていたので、恵は外から声をかけた。

「好江、いる？」

室内からは返事がない。

「ちょっと入るよ」

ドアを開けた直後、恵は目を疑った。天蓋付きのダブルベッドが置いてあり、その上で好江が白い粉を載せたアルミホイルを火であぶっていたのだ。白い煙が立ち上っていて、ストローでそれを吸い込んでいる。

好江は恵に気づかずに一心不乱に煙を吸っている。恵はすぐには彼女の行為の意味を理解できなかったが、だんだんと映画で観た一シーンと重なった。ドラッグの吸引シーンだ。

しばらくして好江が気配に気づいたのか、顔を上げた。彼女は一瞬顔をこわばらせたが、すぐに元通りになって苦笑いした。

「ああ、恵か」

好江はストローから鼻を離した。室内にはお香が焚かれている。

「パーティー、一段落したの？」

「そ、それより、好江、何、やってるの？」

「ああ、これ？」

好江はアルミホイルをベッドの上に置いて笑った。

「アイスだよ、アイス」

覚醒剤の隠語であることは知っていた。スカートの裾がめくれ、たるんだ太ももがあらわになっている。

「それって、麻薬でしょ」

「麻薬と覚醒剤はちょっと別なんだけどね。簡単に言えば、ここはマレーシアだから日本とはちがうの。みんなやってるよ。体がシャキンとするんだ」

「みんなって、どういうこと？」

好江は頭をかきむしると、答えるのが面倒臭くなったようにアルミホイルを丸めてゴミ箱へ放り投げた。ゴミ箱の中には、他にも丸められたアルミホイルが捨てられている。

好江は説明は終わったとばかりにリモコンを手にしてテレビをつけ、ベッドの上にすわったままそれを見はじめる。恵が戸惑っていると、ロッジにマレー系の男が二人の若い男性をつれて入ってきた。先ほど、トニーからビジネスパートナーとして紹介された警察の幹部だった。

彼らはウィスキーの入ったグラスを手にして言った。

「ハーイ、ジャパニーズ！」

アルコールの臭いがプンと鼻をつく。彼らはベッドの上にいる好江に向かって腰をふる性的な仕草を見せた。好江が目をそらすと、彼らは面白くなさそうに床に唾を吐いて、奥のテーブルへと歩いて行った。

テーブルの上には長細い木箱、ペットボトル、コップ、アルミホイル、それに蠟燭《ろうそく》が置いてある。彼らが木箱の蓋を開けると、中に砂糖のような結晶が大量に入っているのが見えた。若い男性は周りの目を気にすることなくバッグから注射器を出し、スプーンで白い結晶をすくって容器の中に入れていく。そしてペットボトルの水をコップに注いでから、注射器の針を入れてゆっくりと吸い上げた。結晶と水が混じり合って溶ける。

若い男は、その注射器を警察の幹部に手渡す。彼は当然のように受け取り、腕を叩いて血管を浮かび上がらせながら、恵の方を向いて微笑みかけた。

「エンジョイ？」

恵は心臓がバクバクして弾けそうだった。

「トライ？」

どうすればいいのだろう。膝が震えてくる。

好江が危険を察したようにベッドから下りて恵の手を取ると、そのまま出口へと引っ張っていった。

ロッジを出ると、好江は恵をデッキチェアが並べられたプールサイドへとつれていった。トニーたちは噴水の周りで話し込んでいて、プールの周りには人影はない。水面は緑のライトで照らされ、七色のカラーボールが大量に浮かんでいる。

恵は胸に手を当てて呼吸を整えた後、やっとのことで口を開いた。

「な、なんでなの……。なんで……」

好江はマールボロ・メンソールを取り出して火をつけ、夜空を見上げた。無数の星がまぶしいほど輝いている。

恵がもう一度同じことを尋ねると、好江はため息交じりに答えた。

「さっきも言ったけど、ここはマレーシアだから日本とはちがうの。気にする必要ないから」

噴水の隣にあるスピーカーからは、いつの間にかマレー語のバラードが流れている。

「どうしてロッジに、あんなにたくさんの注射器とかが置いてあるの？　ここに参加している人はみんなやってるってこと？」

「……」

「このパーティーって社長が主催しているんでしょ。社長が用意したの？」

好江はダイヤのピアスを外した。

「面倒臭いから言っちゃうけど、これ、社長のビジネスなのよ。彼が仕事で扱っているのがアイスなの。だから、ここにいる人は自由にやっていいの」

言葉が重たかった。

「社長の仕事は貿易って言ってたじゃん。嘘ついてたってこと？」

「貿易にはまちがいないよ。社長は食品や宝石や衣服を輸入していて、その一つにアイスがあるってだけ」

「だけって……。トニーもかかわってるってこと？」

「まぁ、そうなるね。トニーだってアイスだけってわけじゃなくて、中東の絨毯とか食品とか輸入しているけど」

トニーが覚醒剤を日本に送っているのだとしたら、好江やあいりがアルバイトで運んでいる荷物の中身もそれということか。

恵は噴水の方に目をやった。トニーがいつもと変わらぬ笑顔で他の人たちと談笑している。知りたいことはたくさんあったが、整理できず言葉が出てこなかった。

好江は淡々とした口調で言う。

「勘違いしてほしくないんだけど、社長だってやりたくてやってるんじゃないんだよ。この不景気の中で、単に海外の食品や宝石や絨毯を輸入したってたいして儲からないのよ。社長は十年くらい前に一度会社が倒産するという苦い経験を味わってる。だから会社の事業をしっかりさせるために仕方なくやってるの」

「……」

「社長、アイスを扱うのは終わりにしようって決めてたみたい。経営基盤が整ったところで、合法的な商品だけを扱うことにするつもりだった。でも、去年の九月にリーマンショックが起きて、景気がメチャクチャになっちゃったでしょ。だから、乗り切るためにもう二年間つづけることになったの」

経済には疎い恵も、リーマンショックによって世界的な不況が起きていることは知っていた。しかし、だからといって覚醒剤の密輸が許されるわけがない。

「二年後、会社がクリーンな事業だけでやっていけるようになったら結婚しようって私と社長で決めてるの。トニーも同じことを考えてるんじゃないかな。恵も結婚したいならしっかりと現実を見た方がいいと思う」

「現実って……」

「どういう生活をしたいかってこと。恵だってトニーと付き合ったのは、裕福な暮らしができるって思ったからでしょ」

「え？」

「隠す必要なんてないよ。私だってお金に困る生活なんて絶対にしたくない。ナースの仕事を辞めて純のそばにいてあげたいし、あの子を大学へも行かせてあげたい。一年に何度かは、家族で海外旅行を楽しみたい。今を乗り切れば、それが叶うんだよ」

「……」

「トニーだって同じよ。海外から一人でやってきて、あれだけがんばって家族を日本に呼び寄せようとしているんだもん。恵が応援してあげなきゃいけないんじゃない？」

何かがちがう気がしたが、反論する言葉が見つからなかった。夜空を飛行機が飛んで行く音が聞こえる。

好江は言った。

「これで全部。理解したでしょ」

「……」

「今話したことは黙っててね。とにかく、私は社長の決めたことについていくから。恵は恵でどうするのが自分の人生にとってベストなのか考えて決めればいいと思う」

噴水のそばにいた黒人の二人組がロッジの中へ吸い込まれるように入っていくのが見える。警察の幹部の男性はまだ中にいるらしい。

好江は煙草を消すと、黙って背を向けて社長たちが集まる噴水の方へと歩いていった。


二日後の午前九時、恵はクアラルンプール国際空港からマレーシア航空機に乗って日本へと帰国した。

初日のパーティーの晩から、恵はヴィラ・インターナショナル・ホテルの客室を別にとってもらって一度も外に出なかった。体調を崩したと説明したが、本音はトニー、好江、社長の三人に会いたくなかったからだ。朝から晩までカーテンを閉め切り、食事もルームサービスだけで済ませた。

その間、トニーは心配して何度も部屋にやってきては、薬を差し入れたり、医者を呼ぼうかと言ってきたりしたが、恵はドア越しにすべて断った。翌日の晩、トニーはイラン製の高価なキリムを持ってきて、駒子のところに送りたいと言った。前々から挨拶に行く前に贈り物をしたいと話していてイランから特別に取り寄せていたのを知っていたので、恵は仕方なく五所川原の住所を教えた。

恵が数年ぶりに実家へ電話したのは、この晩のことだった。どうしても母親の声が聞きたくなったのだ。

電話口に出た駒子は、突然の電話に驚いていたが、「元気でよかった」と何度も言って体を気づかってくれた。恵は異国の地で久々に母親のやさしい言葉を耳にしたら急に涙が溢れそうになった。

恵は言葉を選んで言った。

——外国人の友達がキリムっていう絨毯を母っちゃに贈りたいって言ってるの。平気かな？

駒子はびっくりしたような声で言った。

——なんでおらに？　もらう義理なんてねえぞ。

——私が外国語を教わっている先生なんだ……。手助けしたら、そのお礼だって……。

——それこそ、おらには関係ねえ話じゃねえか。

——私が母っちゃの話をしたからかな。とにかく、受け取ってあげてくれないかな。

——恵がいいならいいけんど……。

駒子は、言葉のニュアンスから何かを読み取ったのか、少し間を置いて言った。

——おめ、その人と付き合ってるのが。

——ど、どうなのかな……。まぁ、そうなったらまた教えるよ。

——んだな。恵がいいと思う人ならまちがいね。どうかよろしくな。なんもできねけんど、こっち来たら恵が恥かかねように精一杯ごちそうを用意するはんで。それと、体にはくれぐれも気をつけてな。自分を大切にすんだぞ。

その言葉を聞いて、恵は胸が一杯になり、できるだけ早いうちに五所川原に帰ると約束して電話を切った。そして翌朝、夜明けと同時にホテルを出て空港へ向かったのである。

クアラルンプール国際空港を発った飛行機は、八時間近くかけて成田国際空港に到着した。東京はすでに夕方になっていた。二時間後に好江がＡＮＡの飛行機で帰国する予定だったが、待つ気分にはなれず、恵は一人で京成線《けいせい》に乗って上野を経由して竹ノ塚へ向かうことにした。

電車に揺られている途中、携帯電話の電源を入れると、公衆電話から二十件以上の着信履歴があるのに気がついた。公衆電話からかけてくるのは純しか思い当たらない。社長の知人が世話をしてくれているはずではなかったのか。心配になって様子を見に行くことにした。

草加駅で降り、恵はキャリーケースを持ったまま徒歩でハイムへ向かった。駅からの道の途中にある公園にさしかかると、ベンチに見覚えのある緑の服を着た男の子がすわっていた。純だった。恵は足を止めて声をかけた。

「純君？　そこで何してるの？」

純は顔を向けると、恵に気づいて泣きだした。

駆け寄ると、純は汚れた顔をして目の下に大きなクマをつくっていた。髪や服に枯れ葉がついている。手は土で真っ黒だ。

「いつからここにいるの？」

「マレーシアに発った日から公園で寝泊まりしていたということか。

「社長の友達がハイムに来てくれてたんでしょ？」

「あの人、嫌。怖い」

指先が小さく震えている。

「純君も知っている人なんじゃないの？」

「知っているけど怖い。いつも変なクスリをつかって叫んだり、暴れたりするんだもん」

クスリと聞いて、ロッジでの一件が脳裏をよぎった。

「公衆電話から私の携帯に何度もかけたの純君だよね？　出られなくてごめんね。外国に行ってて電源切ってたの。本当にごめん」

「よかった……。電話に出てくれないから、僕、恵お姉ちゃんに嫌われたって思った」

純は心から安心したようだった。そろそろ好江が帰国する時間だったが、それまで外にいさせるわけにはいかない。

「とりあえず、うちに来て。ご飯だって食べてないんでしょ」

恵は純を立ち上がらせ、公園から離れた。

竹の塚のマンションにつれて帰ると、恵は冷凍庫にあったから揚げと餃子をレンジで温めて食べさせた後、純の大好きなクレープをつくってあげることにした。果物を買っていなかったので、フルーツの缶詰を開けて白桃やパイナップルを載せて生クリームとチョコレートをかけ、さらにアイスクリームもつつんだ。二日も公園で寝泊まりしていたことを思うと、できるだけ甘いものを食べさせてあげたかった。

恵がクレープをつくりながら時計を見ると、二十時半を示していた。好江はもう成田に到着し、草加にもどってくるだろう。純が不意に言った。

「ねえ、今日、マンションに泊まってもいい？」

「ママ、帰ってくるよ？」

「マンションの方がいい」

明日は朝から仕事だったが、仮病をつかえば何とでもなる。

「純君がそうしたいならいいよ」

「明後日もいい？」

恵は微笑んでうなずいた。

「じゃあ、その次の日も？　そのまた次の日も？」

「もちろんだよ。うちはいつでも大歓迎だよ。好きなだけいていいからね」

純はこの日初めて嬉しそうな顔をした。

クレープが完成してお皿に載せて出そうとすると、テーブルの上に置いていた携帯電話が鳴りはじめた。ディスプレイには「非通知」の文字が表示されていた。通話ボタンを押すと、男性の声が聞こえてきた。

――俺だ。

前日に一足早く帰国していた社長だった。直接電話がかかってくるのは初めてだった。

――社長ですか、どうしたんですか。

――おまえは無事に日本に帰国しているな。

〝無事〟という言葉にただならぬものを感じた。

――好江が逮捕された。

――えっ……。

――ついさっき成田で捕まったんだ。警察が動きはじめている。もし刑事がおまえのところに来て何かを訊いてきても、マレーシアで好江とは会っていないと答えろ。

――ち、ちょっと待ってください。逮捕ってどういうことですか。

――いいからそう言え。俺からの電話もなかったことにしろ。すべては弁護士に任せてうまく片付けるから、余計なことは絶対しゃべるなよ。いいな。

社長は一方的にまくしたてるような口調でそう言って電話を切った。ツーツーツーという音が聞こえてくる。携帯電話を耳から離すと、視界から色がすべて消えていた。

二〇一二年

正午の少し前、品川《しながわ》の町は夏さながらのつよい陽射しに照らされていた。

連休が終わりに差しかかっていたこともあって、駅の周辺は旅行帰りの人々で混み合っていた。眠ってしまった子供を抱えている父親、母親と言い合いをしている中学生の男の子、二人だけの世界の若いカップルなど様々だ。

カラオケ店の前に幸介が立っていると、人ごみの奥からサングラスをかけた長身の女性が歩いてきた。豊田あいりだ。今朝、幸介が電話をかけ、昨日の話で確認したいことがあるので今日中に会いたいと言ったのだ。最初あいりは渋ったが、応じなければ警察に相談すると言って強引に呼び出した。

幸介は、カラオケ店の部屋にあいりをつれていった。室内には駒子が先に入って待っていた。ここを選んだのは、人目を気にしなくてもいいからだ。

店員にアイスティーを持ってきてもらった後、幸介はカラオケ機の音声を消して本題を切り出した。

「昨日お会いした際、あなたは恵さんの荷物を五所川原の実家に送った時のことを話していましたね。事件を知って、病院の寮で預かっていた荷物を送ったのだ、と。あれは事実でしょうか」

「じ、事実ですが……どうしてですか」

あいりは落ち着かないのか薬指の指輪をしきりにいじっている。

幸介は伝票がプリントされたファックスをテーブルの上に置いた。

「その時の荷物の伝票です。発送した日付は、恵さんが逮捕された日になっています」

「それが何ですか……」

「事件が実名報道されたのは逮捕の翌日です。つまり、あなたは誰かに教えてもらわなければこの時点で事件の容疑者が恵さんだとはわからないはずなんです」

「……………」

「もう一つ気になるのは荷物を送った場所です。差出人の住所は白金台の住所になっていました。ということは、あの時あなたは病院の寮にはもう住んでいなかった。さらに言えば、消印にあったのは恵さんのマンションの近くの郵便局名でした」

あいりが苦虫をかみつぶしたような顔をする。

「ここから推測できることを申し上げていいですか。マレーシアで事件が起きた日、あなたはすぐに恵さんの逮捕を知った。その時、あなたは竹の塚のマンションにいたか、直後に部屋に入ったかした。そして事件に関する都合の悪いものを処分し、残ったものを五所川原に送ったんじゃないですか」

「なんで、そんなこと言うんですか」

「あなたが実家に送った荷物の中にラップトップがありましたね。僕は恵さんからパスワードを教えてもらって開いたのですが、過去のメールがすべて削除されていたんです。これができるのは、あなただけです」

静まり返った部屋でエアコンの音だけが響いている。幸介は目線をそらさずにつづけた。

「もしあなたが削除したのだとしたら、事件の証拠を隠蔽《いんぺい》したことになります」

あいりの頰と耳が紅潮する。

「どうして昨日嘘をついたんですか。話した通り、僕はあなたを事件に巻き込みたいのではなく、真実を話してもらいたいのです」

「………」

「恵さんの命がかかっているんです。好江さんが逮捕された後、あなたと恵さんの間に何があったんですか」

あいりは諦めたかのように口に手を当てて大きく息を吐き、声を震わせて言った。

「成田国際空港で好江さんが逮捕された後、私がアルバイトから足を洗ったのは本当です。信じてください」

「じゃあ、なぜ恵さんだけがやりつづけたんでしょう」

「たしかに彼女は好意で荷物運びを手伝ったことはあっても、仕事としてやったことはなかったはずです。だから、私自身も彼女がやるなんて想像もしていなかった。でも、事件から数週間が経った日、恵さんが私をカフェに呼び出して、唐突に『これからアルバイトをしなきゃならなくなった』って言ったんです」

「恵さんの意思だったんですか」

「私もびっくりして信じられませんでした。なんでって尋ねたら、彼女はまとまったお金が必要になったからって言うんです。用途は教えてくれませんでした。とにかくお金が必要だからやらなければならないんだって感じでした」

「あなたはそれを信じた」

「彼女はトニーと付き合っていましたから、二人だけの事情があるのかもしれないとは考えました。すごく固い決意を感じましたし、私も詳しい事情を知るのが怖かった。それで気をつけてねって言ったら、恵さんの方から頼みごとをしてきたんです。アルバイトで海外へ行っている間、好江さんの子供の純君の面倒をみてくれないかって」

「好江さんの息子？　母親が逮捕されれば、親族が預かるか、児童相談所が保護するかしますよね。それなのに、恵さんが息子を引き取っていたってことですか」

「事件前から、好江さんが海外に行っている間、恵さんは純君をマンションに住まわせて面倒をみていました。いきさつは知りませんが、私としてはその流れで恵さんが引き取ることになったんだと解釈しました」

「あなたは彼女の頼みを受けたんですか」

「気は進みませんでしたが、恵さんは私がアルバイトをしていたのを知っていますから、断って面倒なことになりたくなかった。それで引き受けたんです」

この時は恋人と同棲をしていたため、あいりが竹の塚のマンションへ行って、純の面倒をみることにしたそうだ。恵からは「預かり料」として一日につき一万五千円をもらっていたという。

幸介は喉の渇きを覚え、アイスティーを飲んだ。水っぽかった。

「マレーシアで事件が起きた日、あなたは竹の塚のマンションで純君を預かっていたんですか」

「はい……。あの日は五泊六日の長期スケジュールでした。なので私は竹の塚のマンションに泊まりながら、病院での勤務もこなしていたんです。逮捕の日は夜勤だったので、朝の九時くらいに帰宅しました。シャワーを浴びて、睡眠をとろうと準備をしていたところ、事件のことを知ったんです」

クアラルンプール国際空港での逮捕は、現地時間の午前九時。時差は一時間だから、日本では十時だ。

「その時刻にはまだニュースになっていなかったはずです」

「逮捕の直後に、恵さん自身が電話をかけてきたんです。クアラルンプールの空港からの国際電話でした」

税関職員の話では、恵は逮捕後に二回にわたって日本語で電話をしている。一回目がトニーであることはほぼまちがいない。二回目の相手が、やはりあいりだったということだ。

「電話で恵さんは泣きながら、クアラルンプールの空港で捕まったって言ってました」

「それで？」

「純君と話がしたいから代わってほしいって頼まれました。純君も不登校だったのでその場にいたんです。私は携帯電話を純君に手渡しましたが、二人が何を話していたかは聞いていません」

税関の主任によって二回目の電話はすぐに切らされたはずだ。おそらく恵は純に捕まったことを謝ったのだろう。

「その後、あなたはマンションにあった証拠を隠しました。なぜそんなことを？」

「……恵さんからの電話の直後、マレーシアにいたトニーから私の携帯に連絡があったんです。ものすごく焦った口調で、恵さんが逮捕されたから、マンションにある証拠になりそうなものをすべて消してほしいって言われました。下手をすると全員が芋づる式に捕まるかもしれないって。それで怖くなってやったんです」

トニーが証拠隠滅を図ったのは、自分たちとの関係を断ち切るだけでなく、見知らぬアラブ人から荷物を預かったという主張を法廷で貫かせるためだったのだろう。

あいりはトニーの言葉をデータの「削除」の意味に受け取り、純からパソコンのパスワードを教えてもらってメールの記録を消していき、残ったものをまとめて五所川原の実家へ送った。ラップトップからメールの履歴が消えて、アドレス帳だけが残っていたのは、そのためだったのだ。

「所持品を捨てずに、五所川原の実家へ送る判断をしたのはどうしてだったんですか」

「あの時は恵さんが死刑判決を受けるなんて思ってなかったんです。日本人だし、ちゃんとした弁護士をつけてもらえるから、日本に帰国できるはずだって。だから、捨てないで実家に送ろうって思ったんです」

向かいの部屋のドアが開き、大学生らしき若者がガラスの防音扉の前を通って帰っていく。駒子は眉をひそめて聞いていた。

「その後、純君はどうしたんですか。あなた一人では面倒をみられないはずですよね」

あいりは少し言葉をつまらせて言った。

「マレーシアでの事件の後、拘置所にいた好江さんに面会しに行って事情を話して、どうすればいいかって尋ねたんです。そしたら、実家の母親に預けてくれって言われました」

「純君にとってのおばあさんですね。今、純君はおばあさんの家にいるんですか」

「施設です。おばあさんの家へつれていったんですが、好江さんの子供の世話をするつもりはないって突き放されました。もともと好江さんと実家には確執があったらしく、何度頼んでも受け入れてもらえませんでした。それでもう一度拘置所へ行って好江さんと話し合って、児童相談所に預けることにしたんです」

現在、純は埼玉県内にある児童養護施設で暮らしているそうだ。一度だけ、あいりは好江に頼まれて会いに行ったことがあるという。

「純君はマレーシアでのニュースを見ていて、恵さんのことをすごく心配していました。どうやったら助けられるのって泣きながら訊かれたんですが、私も答えられなくて……」

死刑判決が下されたことを報道で知ったのだろう。

「埼玉の児童養護施設の場所を教えていただけますか」

「は、はい……。ただ、純君には私が話したことを言わないでもらっていいですか」

「どうしてですか」

「純君は恵さんが本当に覚醒剤の密輸をしていたかどうか知らないと思いますし、信じたくないはずです。だから詳しいことを教えたくないんです……。あの子にとって恵さんは実の母以上に大切な存在ですから」


埼玉県から東京湾へと注ぐ中川《なかがわ》の河川敷には、芝生の野球グラウンドが広がっていた。小学生の野球チームがユニフォーム姿で試合をしている横で、親子がフライングディスクをしたり、女の子の二人組がバドミントンをしたりしている。

児童養護施設「春風《はるかぜ》の家」は、その河川敷を一望できるところに建っていた。コンクリート造りのピンク色の建物で、敷地内にはジャングルジムや鉄棒が設けられている。ここには家庭で暮らせなくなった幼児から高校生までの約五十名が暮らしているという。

幸介と駒子が直接訪れて職員に純と面会をしたい旨を告げたところ、会議室に通されたまま三十分以上も待たされた。施設の側も突然の申し出だったために、対応について話し合わなければならなかったようだ。

ここに来たのは、純に力になってもらうためだった。純が説得に当たれば好江が協力してくれるかもしれないし、社長やトニーの正体がわかる可能性もある。連休最終日の明日には幸介も駒子も東京を離れなければならなかったので、これがラストチャンスだった。

幸介が窓から河川敷を見つめていると、ドアをノックする音がして職員が二人入ってきた。六十歳くらいと四十歳くらいの男性だ。名刺にはそれぞれ「理事長」と「主任」と記されている。

主任の男性は、簡単な挨拶を済ませてから言った。

「今回のご用件は、鹿沼純君と面会したいということでよろしいですか」

「はい。マレーシアで小河恵という日本人女性が覚醒剤の密輸事件で裁判にかけられています。僕は新聞記者で、こちらの女性が被告人のお母様です。被告人が逮捕の前まで一緒に住んでいたのが鹿沼純君でした。事件のことについて訊きたいことがあるので、面会の許可をいただけないでしょうか」

主任は表情を崩さずに言った。

「申し訳ありませんが、外部の方の面会は児童相談所の許可が必要になります。ご希望でしたら、そちらへお問い合わせいただけないでしょうか」

児童養護施設は児童相談所から児童を預かっているという立場だ。しかし児童相談所への申請には時間がかかるし、案件が案件なので許可が下りる可能性は低い。

幸介は食い下がった。

「規則なのはわかりますが、被告人の生命にかかわることなんです。みなさまに同席していただいて構いませんので、数分だけでも会わせていただけないでしょうか」

「申し訳ありません。規則を破れば、当施設が注意を受け、最悪の場合は施設運営が停止されることもあるのです」

「電話ではどうですか。外から僕が電話をかけ、純君につないでいただくなら、面会には当たりませんよね」

「ご理解ください。どうしても児童相談所の許可が必要になるのです」

幸介は頭を下げて何度も頼み込んだが、主任も頑として譲ろうとせず、話は平行線をたどった。隣の席にいた理事長が見かねて口を開いた。

「お気持ちはお察ししますが、うちが児童養護施設だってことはおわかりですよね。ここには家庭に問題を抱えた子供たちがたくさんいます。私たちの仕事は彼らを守ることなんです」

理事長は淡々とつづけた。

「私どもも純君がここに来るまでのいきさつは報告書で確認しています。マレーシアでの事件は、純君にとってものすごくショックなことでした。報道で小河恵さんの死刑判決が流れた時、彼は心身ともにバランスを崩し、数カ月も心療内科に通うことになりました」

「……」

「今は報道も落ち着いて、純君は何とか立ち直ろうと懸命にがんばっています。でも、まだカウンセリングや治療を受けているのも事実なんです。あなた方は、そんな子供を再び暗い過去に引きずり込むことをお望みなんですか」

駒子が唇を噛みしめた。理事長は力を込めて言った。

「純君はこれまでずっと大人の事情でふりまわされてきました。これ以上、巻き込まないであげてください。彼にとっては今が一番大切な時期なんです。あの子の将来を思うなら、事件のことにはかかわらせないでください」

幸介は返す言葉が見つからなかった。

施設を出た時、河川敷を照らす陽は傾きはじめていた。幸介と駒子はこのまま東京にもどる気になれず、駅まで歩いて一軒の古い喫茶店に入った。窓際の席にすわり、幸介はエスプレッソを、駒子はオレンジジュースを注文した。

飲み物が運ばれてきた後も、二人は窓から駅前を行き交う人の姿をぼんやりと見ていた。連休中に恵の周辺を回ったおかげで事件の全容がようやく形を帯びてきたが、社長とトニーにたどり着くことはできなかった。

幸介はエスプレッソから立つ湯気を見て言った。

「今回はここまでが限界かもしれません。ひとまず、マレーシアの弁護士には、今回僕たちが調べてわかったことはすべてつたえます。弁護士もそれをもとにしてアドバイスをくれるでしょう。もし新たにできることがあれば、逐次やっていくことになると思います」

「そう、ですか」

消え入るような声だった。

その時、ドアについていた鈴が鳴り、細身の男の子が入ってきた。高校生だろう。急いで来たのか、息を切らしている。彼は幸介のところに歩み寄ってきた。

「すいません、先ほど『春風の家』に来てくださった方ですよね」

「そうだけど、何か？」

「僕、鹿沼です。鹿沼純です。恵お姉ちゃんにお世話になった者です」

理解するのに数秒かかった。もっと幼い子をイメージしていたが、マレーシアでの事件から考えても、もう三年が経っているのだ。

幸介は空いている椅子にすわるように勧めた。

「主任からお二人が施設に来ていることを聞いて、後を追ってきたんです」

主任は会議室に来る前に純を呼び、幸介と駒子を知っているかと尋ねたそうだ。純は駒子の「小河」という姓を聞いて恵の親だと気づいて会いたいと言ったが、許可がないという理由で認めてもらえなかった。それで純は建物の三階にある部屋の窓から二人が出てくるのを見てから施設を飛び出して後を追い、喫茶店の窓際の席にいるのを捜し当てたという。

「どうして僕たちのところに？」と幸介は尋ねた。

純は額の汗を拭った。

「恵お姉ちゃんの裁判のことで来たんですよね。ニュースを見てて、ずっと恵お姉ちゃんに恩返しがしたいと思っていたんです」

「恩返し？」

「僕が今までやってこられたのは、恵お姉ちゃんのおかげです。一人だったら、とっくの昔にダメになってた。だからこそ、今度は恵お姉ちゃんのために何かしたいんです」

彼なりに強い意志を秘めているようだ。

「もしよかったら、純君と恵さんとの関係について聞かせてもらってもいいかな。純君にとって恵さんはどんな人だったの？」

純は、うまく話せないかもしれませんけど、と前置きして話しはじめた。

物心ついた頃、純の父親は経営していた不動産会社を倒産させ、朝から晩まで酒浸りの生活を送っていたという。代わりに好江が家計を支えていたが、父親は酔っては暴れるということをくり返し家は荒れていたそうだ。

ある日、好江は家庭内暴力の末に純が頭を割られる大怪我をしたのをきっかけに、NPOが運営するシェルターに逃げ込んだ。純はやさしい職員に囲まれ、ようやく母親と二人の平和な暮らしがはじまった。

しかし、好江は社長と出会ってから家庭を顧みなくなった。特にハイムに引っ越してからは、家に寄りつかなくなり、純は独りぼっちにさせられた。仕事のない時は社長とのデートか、ショッピングに明け暮れ、純は毎日渡される五百円玉でブラックサンダーを買って空腹を満たしていた。

ハイムに社長が遊びに来たのは二、三度だったが、社長の友人だと名乗る男性たちはしょっちゅう出入りしていた。彼らは家に上がるなり、純をトイレに押し込め、リビングでアルミホイルに載せた白い粉を火であぶって煙を吸っていた。好江もその遊びに加わっていた。

男性たちは、好江が仕事に行っている間もハイムに居座った。みんな煙を吸うと異様なテンションになり、遊び半分で純に暴力をふるった。鼻から酒を飲ませて笑ったり、裸にして写真を撮ったりするのだ。嫌がると立てなくなるまで殴られた。

時を前後して、好江は月に一度くらいのペースで海外へ行くようになった。彼女からは、社長が新しいお父さんになるので今から仕事を手伝わなければならないと言われていた。

そんなある日、好江が海外へ行っている間、純は地震が起きたことで一人でいるのが怖くなり、真夜中にハイムを出て近くの交番に助けを求めた。そこで警察官は純が家で一人にされていることを知り、児童相談所に通報。好江は帰国後、育児放棄《ネグレクト》の疑いで呼び出されることになった。

この一件を社長が知り、激怒した。ハイムにやってきて魔法瓶で純を何度も殴りつけて言った。

「二度と警察に近づくな！　好江が海外に行っている間は、一歩も外に出ることは許さないからな！」

それから純は外出を認められず、ハイムに閉じ込められることになった。好江は社長の言うことは絶対だからといって味方になってくれなかった。

純が恵と出会ったのは、そんな頃だった。恵はこう言った。

「私が純君の傍にいて寂しくないようにしてあげるね」

どうせ他の大人と同じだろう。純はそう思い、わざと嫌われるように食事を拒絶したり、まずいと言ったりした。しかし、恵は叱るどころか、「ごめんね、口に合わないもので」と申し訳なさそうに謝って食事をつくり直してくれた。純はそんなやりとりを通してだんだんと恵を信頼するようになっていったという。

「今ふり返れば、小さい頃から僕は母さんに捨てられるんじゃないかってビクビクしてました。社長と結婚したら追い出されるにちがいないって。そんな時に出会ったのが恵お姉ちゃんだったんです。初めて僕のことを本気で心配して、手を差し伸べてくれる大人に出会った。それがあったからこそ、僕はやってこられたんです」

窓から一筋の夕陽が射し込んでいる。幸介は純が息を切らして追いかけてきてくれた理由がようやくわかった。駒子も真っすぐに純を見つめている。

「純君は恵さんとどれくらいすごしたの？」

「五年くらいです。感謝はしている一方で、悪いことをしてしまったという罪悪感もあります。恵お姉ちゃんは、母さんや僕に会わなければ、今回みたいに逮捕されることはなかったはずです。それが申し訳なくて……。だから、僕にできることがあれば何でもいいからやりたいんです」

純は純なりに責任を感じて恵を助けたいと思ってくれているのだ。

幸介はこれまでの裁判の経緯を順を追って説明し、最高裁で戦うには新たな証拠を提出する必要があることを正直に話した。そしてこう言った。

「次の裁判では、社長やトニーが首謀者であることを明らかにした上で、その身元を突き止めなければならないんだ。君のお母さんは僕たちとの接触を拒んでいる。今日、施設にまで会いに来たのは、純君からお母さんに話して二人の情報をもらってきてほしいと思ったからだ。刑務所へ面会しに行って、それをしてもらうことってできないかな」

好江の名前が出た途端に、純は表情を曇らせた。

「母さんを説得するのは難しいと思います。施設の協力なしでは母さんと面会することができません。それにもし話せたとしても、別の問題があります。母さんは懲役を終えたら、社長と結婚するつもりなんです。だから、いくら僕が言っても、社長を売るような真似はしません」

「社長のためなら恵さんを切り捨てるってことか……。純君は社長の本名を知ってる？」

「ごめんなさい。僕、鈴木っていう苗字しか聞いてないんです。母さんも、社長としか呼んでなかったし」

徹底的に隠していたのだろう。胸の中で期待が萎《しぼ》んでいく。隣にいた駒子が口を開いた。

「あの……。社長という人がハイムの賃貸契約書の保証人になってるってことはねえでしょうか」

「好江さんが住んでいたハイムのですか」

「昔、義妹の花香が心中事件を起こした後、滞納されていたアパートの賃料の請求が心中相手の市議の先生の家に行ったことがありました。調べると、花香は実家から勘当されていたので、市議の先生が保証人になっていたんです。同じことはないかなって思いまして」

好江がシェルターからハイムに引っ越した時に社長と交際していたことを考えれば、彼が保証人の欄にサインしている可能性は高い。不動産会社へ行けば、契約者の実子なら書類を見せてもらえるはずだ。

「純君、一緒についてきてもらっていいかな」

純はうなずいた。

「はい、もちろんです」


その晩、丸の内の地下街にある居酒屋「琉球美里」は、午後九時を過ぎても「準備中」の札がかけられたままだった。数組のグループが立ち止まって入店しようとしたが、鍵が閉まっているのに気づいて去っていく。幸介は斜め向かいの柱に寄りかかり、じっと店長の司幸三の帰りを待っていた。

幸介が司に連絡をしたのは、開店直前の午後五時半前だった。純とともに不動産会社へ行ってハイムの賃貸契約書を見せてもらったところ、保証人の欄に「多比良昌一朗《たひらしょういちろう》」という名前が記されていたのである。

すぐに東亜新聞のデータベースで名前を検索してみたところ、多比良は五年前と二年前に覚醒剤の密輸に関連して警察から事情聴取を受けていることがわかった。どちらも不起訴だったらしく、その後の関連記事は見当たらなかった。

幸介は琉球美里の司に相談してみることにした。仕込みの最中だったが、警察の後輩にあたってみると言ってくれた。夜になって一人で店を訪れたところ、司が営業を休止してまで調べてくれていることを知ったのである。

九時半を回った時、突然横から声をかけられた。

「こんなところで待っていたのか」

司が煙草を耳に挟んで立っていた。幸介が口を開こうとすると、司は遮って顎で促した。

「話が先だ。さっさと店に入れ」

店内のレジの横にはモップが立てかけてあり、厨房の鍋にはラフテーがそのままになっていた。司はカウンターの椅子に腰を下ろすと、耳から煙草を外して火をつけた。

「多比良昌一朗についておおよそのことがわかったぞ」

胸ポケットからメモ用紙を取り出す。幸介は唾を飲んだ。

「やっぱりマル暴が目をつけていた。まず、広尾に住んでいた『鈴木社長』と多比良は同一人物だ。貿易会社を興した頃から、本名の多比良じゃなく、鈴木健《けん》と名乗っていたようだ。すっとぼけた偽名だな」

ようやく見つかったと思うと同時に気が引きしまる。

「こいつの貿易会社は、指定暴力団・菊道会《きくどうかい》のフロント企業だ。つまり、多比良の利益の一部は暴力団に流れていたってことだ。主なビジネスはブランドもののコピーや覚醒剤の密輸。部下が何人か捕まっているけど、あいつは一度も起訴されたことはない」

「絶対に自分に捜査が及ばないように工作していたんでしょうね」

「それくらいしたたかじゃなければ、広尾にあんな豪邸を構えることなんてできねえよ。マル暴もかなり前からこいつには注目していたらしい。これから話すことは、警察の後輩から聞いた内部情報だ。記事にしないと約束した上で、あくまで取材の参考に留めるということで聞いてほしい。いいな」

多比良昌一朗は、八〇年代に埼玉県内で建設業を営んでいたという。全盛期には百人近い作業員を抱え、戸建てから公共工事まで主に解体関係の業務を担っていたそうだ。時代を考えれば、人手不足解消のためイラン人を数多く雇っていただろう。

だが、九〇年代の初頭からバブル崩壊のあおりを受けて、建設業は雪崩《なだれ》を起こすように衰退していく。多比良の会社も例外ではなく、リストラを推し進めたが、九〇年代の終わりに多額の借金を背負って倒産に追い込まれた。

多比良が貿易会社を興したのは、それから数年後のことだった。元従業員のイラン人たちと組んで密輸をはじめたのだ。きっかけはわからないが、おそらく建設会社時代から暴力団との付き合いがあり、国内の販売ルートがあったのだろう。

多比良たちの密輸の手法はこうだ。

まずイラン人たちが海外で覚醒剤を大量に仕入れる。次に多比良やその部下が身元を偽って日本人女性に近づき、アルバイトや手伝いと嘘をついてそれらを国内へ密輸入させる。つまり、知らない間に運び屋にさせられているということだ。多比良は貿易会社の社長と名乗って女性たちと恋愛関係になり、覚醒剤を覚えさせた上でこう話していたという。

「会社の事業が人手不足なんで手伝ってほしい。ゆくゆく僕らが結婚したら、君には僕の妻として役員になってもらいたい」

女性は甘い言葉にだまされ、アルバイト仲間を集めるようになる。好江が多比良との結婚話に飛びつき、恵やあいりを仲間に引き込んだのと同じ手法だ。

多比良が、五年前と二年前に警察に取り調べを受けたのは、アルバイトの女性が日本の空港で逮捕されたためだ。彼女たちの携帯電話に多比良の情報が入っていたことから、警察は多比良が主導していると見て捜査を進めたが、証拠が見つからず不起訴になったという。

司は煙草を消して言った。

「警察の見立てでは、多比良には好江と同じような愛人が五、六人いたらしい。それぞれが小河恵のようなアルバイト要員を抱えていたとすれば、結構な数の運び屋がいたことになる」

運び屋の人数を考えれば、何十億円という規模の覚醒剤を毎年密輸していたことになる。豪邸を建てたり、海外の五つ星ホテルで豪遊できても不思議ではない。

「運び屋は、お金に困っている人がやるイメージでしたが、ちがうんですか」

「日本の税関は世界でもかなり厳しい方だ。薄汚い格好をした無職の人間が何度も海外旅行をしていればすぐに目をつけられて取り調べにあう。看護師のような社会的地位があって、勤務時間も不規則な人間の方が利用しやすいんだよ」

幸介は「一本いただけますか」と司から煙草をもらった。火をつけて吸い込むと、タールとニコチンが肺に重く落ちてくる。

「多比良の居場所は、警察が把握しているはずだ。泳がせておいて、決定的な証拠をつかめば、即座にあいつを挙げるつもりなんだろう。ただ、なかなか尻尾を出さない。後輩からしてみれば、君が何かをつかんでくることを期待して、情報を漏らしてくれたんだと思う」

「つまり、僕が決定的な証拠を見つければ、警察としては動いてくれるということですか」

「そうなるだろうな。ただ、この案件は、暴力団と海外のシンジケートがかかわっているから、記者とはいえ首を突っ込むのは危険だ。リスクは覚悟しておいた方がいい」

マレーシアの連邦裁判所が多比良の事件への関与を認めて、日本に引き渡しを求めれば、警察は応じるはずだ。逆に言えば、それをしないかぎり、恵の減刑は実現しない。

幸介は、煙草の煙を吸い込んだ。

「もう一つ訊かせてください。トニーの正体はわかりましたか」

「現場の人間は、サイード・モハマディのことだろうと言ってた。多比良が経営していた建設会社で働いていたイラン人だ。渡航歴からして、こいつとトニーは同一人物だ」

恵はトニーが本名でなかったことを知っていたのだろうか。

「俺が後輩からもらった情報はこれがすべてだ。これ以上のことはわからない」

「あとは僕次第ということですね」

司は黙って幸介の肩を叩いてから、厨房へと入っていった。開店には遅すぎるため、店じまいの用意をするのだろう。

幸介のバッグの中から携帯電話が震える音が聞こえてきた。手に取ると、ディスプレイには連絡先を交換した純の名前が表示されていた。幸介は店の外に出てから、「もしもし」と応えた。純の声が聞こえてきた。

――夜分遅くにすみません。鹿沼純です……。不動産会社へ行ったこと、少しは役立ちましたか。

自分が役に立ったかどうか気になっていたのだろう。

――今日はありがとう。おかげで、社長の情報をつかむことができたよ。バンコクに帰ったら、弁護士につたえてどうするか対策を決めることになると思う。

――よかったです。恵お姉ちゃんの役に立てて……。

――こちらこそ、巻き込んでしまってすまなかったね。

純は「いえ」と言ったきり押し黙った。

――どうした？　大丈夫か。

――幸介さんや駒子さんは、裁判に出るんですよね。ぼ、僕も、行けないでしょうか。

――マレーシアに？

――恵お姉ちゃんに会いたいんです。一度でいいから、顔を見たいんです。

気持ちはわかるが、彼は施設に暮らす高校生だ。即答することはできない。

――迷惑はかけません。来年の修学旅行のためにパスポートを取らなきゃいけないし、バイトで貯めたお金もあります。施設へは僕の方から頼みます。だから、マレーシアにつれていってください。

——そこまでして何を話したいの？

——僕、母さんみたいになりたくないんです……。母さんはあれだけ世話になった恵お姉ちゃんを裏切りました。僕はそんな人間になりたくない。だから、ちゃんと会いに行って、できることをしたいんです。

純は言葉を区切ってつづけた。

——今、恵お姉ちゃんに会いに行かなければ、たぶん一生後悔すると思うんです。自分のためにもマレーシアに行きたいんです。

一途《いちず》な思いが痛いほどつたわってきた。

——お願いします。施設や学校は、僕がちゃんと説得します。ご迷惑はかけません。

——わかった。ひとまず周りの人たちを一緒に説得しよう。それができれば、つれていけるから。

純はほっとしたように、ありがとうございます、と言った。地下街にはぬるく湿っぽい空気が流れていた。

保護者

成田国際空港で好江が逮捕された一週間後、恵は管制塔のすぐ隣にある成田国際空港警察署へ赴いた。好江との面会に訪れたのである。

逮捕の翌朝、テレビのニュースは好江の名前を出して密輸事件を報じていた。それによれば、税関で職員に荷物検査を受けた際、キャリーケースの中から香辛料とともに六キロに及ぶ覚醒剤が見つかり、現行犯逮捕されたという。一週間経って社長が雇った田中平蔵《たなかへいぞう》弁護士から接見禁止が解けたと教えられ、一緒に赴くことにしたのである。

警察署の面会室は、テレビのドラマで時折見る刑務所のようなアクリル板で隔てられていた。小さな穴がいくつかあいていて声が通るようになっている。隣には田中弁護士がすわっていたが、面会は十五分程度しか認められていないため、恵が自由に話していいと言われていた。

しばらくすると、アクリル板の向こうから好江が警察官につれられてやってきた。薄ピンクのジャージを着て、サンダルを履いている。化粧をしていないため、目の下のクマや頬のシミが目立ち、十歳くらい老けたように見える。

好江は椅子にすわって苦笑した。

「久しぶり。何か差し入れ持ってきてくれた？」

後ろで、制服を着た警察官がペンを手にじっと耳を澄ましている。好江はため息交じりに言った。

「クアラルンプールの空港で、まったく知らない外国人に変な荷物を預けられてえらいことに巻き込まれちゃったの。税関で止められて、いきなり覚醒剤が入っているって言われたんだよ。マジで最悪」

好江が後ろの警察官の耳を気にして話しているのはわかった。ここでの会話は記録されるのだ。

「病院の仕事はどうなってるの？」

「派遣会社は、起訴か不起訴か決まってない段階だから休職扱いにしてくれるって。田中先生からも不起訴を勝ち取って早く職場復帰しようって言われてるから、がんばるつもり」

「社長と連絡は？」

「逮捕されてすぐに田中先生を紹介してくれて、現金の差し入れもしてくれたよ。まだ直接会ってないけど、田中先生を通してメッセージのやり取りはしてる」

事件に社長がどのようにかかわっているのか知りたかったが、警察官が気になって訊けなかった。

「今、私が純君を預かっている。それなりに落ち着いているように見えるけど、我慢しているだけだろうから、なるべく傍にいてあげるようにしてる」

逮捕の直後、田中が純を好江の実家に預けようとしたのだが、好江の母親から絶縁していることを理由に断られた。それで一時的に恵が純を引き取っていたのである。

好江は天井を仰いで言った。

「迷惑をかけて本当にごめん。不起訴なら、二週間以内にはここを出られると言われているんだけど」

逆に起訴されれば、長い間出てこられなくなる。自分でなく、純に謝ってほしかった。

「何にしても、一日でも早く出られるようにがんばるよ。社長から言われたんだ、釈放されたら、すぐにでも結婚しようって。彼が一番私のこと待ってくれてるの。だから、どんなことになっても絶対に諦めずに戦う」

「どんなことって？」

「裁判よ。裁判になったって最後の最後まで私なりの方法で正義を貫くつもり。きれいな身で社長と結婚したいもん」

嘘をつき通して無実を勝ち取って社長を守り、結婚したいと考えているのだろう。

「純君には何てつたえればいい？」

好江は目をそらして言った。

「純はお利口だから大丈夫だと思う。それに、あの子は恵のことを気に入ってるし」

「………」

「とにかく、私ががんばっている間、純のことはお願い。いつか恩返しするから」

警察官の前で、これ以上踏み込んだ話をすることはできなかった。

成田国際空港警察署での面会が終わった後、恵は弁護士の田中とともに空港内のレストランへ場所を移して話をすることになった。午前中だったこともあって、レストランには外国人観光客がまばらにすわっているだけだった。大きな窓からは滑走路が見え、飛行機の機体が太陽に反射している。

窓際のテーブル席で、恵はアップルジュースのストローの先をいじりながら、好江が不起訴で出てこられる可能性はあるのかと尋ねた。田中はコーヒーに口をつけて答えた。

「現実的なことを言えば、不起訴はありえないでしょうね。六キロも持ち込んで現行犯逮捕されているので、まちがいなく起訴はされます。警察も量から判断してかなり重大な事件だと認識しているはずです」

ニュースによれば、警察は組織犯罪を疑っているということだった。

「裁判になれば、私は弁護士として全力で取り組みます。好江さんもその気でいますし、社長もバックアップしてくれると言っています」

「好江さんが無罪になる確率はどれくらいなんですか」

「何とも言えません。私としては全力で戦うだけです。おそらく検察は好江さんが麻薬密輸組織の一員だと主張するでしょう。しかし、好江さんは見知らぬアラブ人からキャリーケースを預かったと言っています。争点はその部分になります」

「もし……好江さんが言うアラブ人がいなかったら？」

田中の目が鋭くなった。

「いないわけないでしょう。彼女がそのように主張しているわけですから」

「有罪になったら、刑期はどれぐらいになりますか。純君のこともあるので、万が一の時の覚悟だけはしておきたいんです」

「五年以上は覚悟するべきでしょう」

「五年、ですか……」

「〝以上〟です。場合によれば、十年以上くらうことだってあります。もっとも、私の役割はそうならないようにすることですが」

本当にそうなれば、純が二十歳前後になるまで好江は刑務所に収監されることになる。恵は動悸が激しくなるのを感じて、思わず胸に手を当てた。

「そうなった時、純君はどうなるんですか。私が預かっててもいいんですか」

田中は少し困ったような顔で答えた。

「実はそのことで話があるんです。最初、ご実家は純君を引き取るつもりがないと言ってきました。それで私が児童相談所と話し合って、恵さんに養ってもらうための手続きをしていたのですが、二日前になって急にご実家から『恵さんが純君を引き取るなら、代わりに好江の借金を払ってもらえないか』と言ってきたんです」

「借金？」

「私も初耳だったのですが、好江さんはご実家にかなりの借金をしていたようです。それを返してもらわないことには、協力をしないというのです」

実家の話によれば、好江は学生時代から金づかいが荒く、カードローンの返済が滞って業者との間でトラブルを起こしていたそうだ。看護師になって一年目、好江から相談を持ちかけられた。仕事でクレジットカードが必要なのだが、自分は金融機関のブラックリストに載っているので、親の名義でカードをつくりたいということだった。

母親は断りたかったが、少し前に好江と父親に血のつながりがないことが発覚していて引け目があり、絶対に借金はしないと約束させた上でそれを認めた。ところが、一年ほどして問題が起こる。好江は母親名義のクレジットカードを複数枚つくり、それぞれから多額のお金を借りて返済を滞らせていたのである。

母親は金を返すよう求めたが、好江の貯金は底をついていて支払い能力がなかった。母親名義なので、当然返済の催促は実家にくる。母親はそんな好江に愛想を尽かし、「全額返すまで家に帰ってくるな」と勘当同然で追い出したのだという。

長い間、実家と好江が断絶していたのは、このためだった。母親からすれば、そんな好江が密輸事件を起こした上に、孫を押し付けてくることが許せなかった。それで、借金の返済が行われないかぎり、好江からの要望は一切聞き入れないと言ってきたのである。

「ご実家はお父様が体を壊していて貧しい上に、借金のことが重なってかなりご苦労されているようです。お母様としてはそのお金を払わなければ、純君のことに介入するつもりはなく、児童相談所に任せると言っているのです」

血縁関係のない恵が育てるには実家の了承が必要だ。それがなければ、純は児童養護施設へ引き取られることになるだろう。

「好江さんはそのことを知っているんですか」

「昨日の面会でつたえました。お母様が求めている額は一千万円以上になるのですが、好江さんの預金残高は十万円ほどです」

稼いだ金はブランド品と遊びにつかっていたのだろう。

「純君を施設に行かせたくありません。社長にお金を借りることはできないんですか」

「私もそれを提案しましたが、好江さんは絶対に社長に頼まないと言っていました。ただでさえ、今回のことで迷惑をかけてしまったので、これ以上手を煩わせたくないのでしょう。社長には借金のことを黙っていてくれと念押しされました」

「私と純君がご実家へ行って、お母様を説得することはできないんでしょうか」

「あのお母様はヒステリックで、論理的な話し合いをするのは難しいです。好江さんのせいでさんざん苦しい思いをしたこともあるんでしょう。端《はな》から話を聞いてくれないのです」

恵は、そうですか、と唇を噛みしめた。


その日の晩、恵は竹ノ塚駅前のスーパーで合いびき肉、ジャガイモ、玉ねぎなどを買ってマンションにもどった。

テレビの前で、純は両膝を抱えるようにすわっていた。テレビの画面には、何十回と観ているはずの動物ドキュメンタリーのＤＶＤが流れている。恵は純に、コロッケを一緒につくろう、と言った。彼の大好物だった。

　二人はキッチンに並んで黙々とジャガイモをつぶしたり、玉ねぎを刻んだりした。包丁がまな板にあたる音だけがむなしく響く。恵は今日の面会について触れなかったし、純も訊いてこなかった。

　油を熱したフライパンの中で、コロッケがパチパチと音を立ててキツネ色になっていく。恵は菜箸でそれらを皿の上に載せて、食卓に運ぶよう頼んだ。純はしばらく立ちすくんでからつぶやいた。

「僕、今、食べたくないや」

　恵自身も食欲がなかった。換気扇の音が響いている。

「散歩行ってくる」

「私も一緒にいい？」

「うん」

　マンションを出ると、純はジャンパーのポケットに手を入れて駅の方角へ向かって歩きはじめた。繁華街ではお年寄りたちが酒臭い息を吐いて千鳥足で歩いている。小道を進んでいくと、数年前に建てられたばかりの高層マンションがあった。

　純はマンションの住人の後についてエントランスへ入り、エレベーターに乗り込んでボタンを押した。二十五階の屋上に降り立つと、きんとした冷たい風が吹きつけてきた。このあたりでは一番の高層マンションなので視界を遮るものがない。

金網の前に立って見下ろすと、駅周辺の明かりが宝石のように輝いていた。

「ここ、僕の秘密基地なんだ。時々来てたの」

「夜景、きれいだもんね」

「ここから町を見ていると、自分の悩み事がちっぽけなものに思えるんだ。だから胸が苦しくなった時はここに来るの。一、二時間すれば、心がすっきりするから」

恵は、かつて五所川原の川に通っていた時のことを思い出した。あの頃の自分も、今の純と同じように川辺に立って流れる水音を聞き、冷たい風をあびて寂しさを紛らわせていた。

遠くの国道を救急車が赤色灯を回転させて北へ進んでいくのが見える。純は金網をつかんで言った。

「恵お姉ちゃん、僕のことはいいからね」

「え？」

「今回のことは、お母さんがやったことでしょ。恵お姉ちゃんは関係ないし、僕を押しつけられる義理もない。恵お姉ちゃんが大変な思いをすることないよ」

「大変だなんて……」

「僕は中学に通ってないから、卒業したら働くことになると思う。今から施設に入ったって二、三年我慢すればいいだけ。もう、誰にも迷惑をかけたくないんだ」

恵は純にそこまで考えさせてしまったことが情けなく、涙が出そうになった。

「そんなこと言わないで。私は、一度だって迷惑だなんて思ったことないよ」

救急車の赤色灯がかなたに遠ざかっていく。

「ここ何年か一緒にいたことで、私は純君のことを家族と同じように思ってるんだよ。離れ離れになる方がずっとつらいよ。今日だってどうやれば一緒に暮らせるかずっと考えてた。だから、僕のことはいいなんて言わないで。お願い」

「どうして恵お姉ちゃんは僕のことそんなに思ってくれるの？」

「私も純君と同じように不登校で、人付き合いが下手だったの。家族ともうまくやっていけなくて、地元で仲良くしていた来栖っていう唯一の友人との関係も切っちゃった……。この年になっても親友と呼べる人さえいない。私はね、純君にだけはこうなってほしくないの。さっき高校へ行かないって言ってたけど、私がサポートするから諦めないで。今からだって遅くない。純君こそお母さんの犠牲になっちゃダメだよ」

純は服の袖で目に浮かんだ涙を拭いた。首都高の明かりが横たわる大蛇のようにつづいている。

「生活のことも、お金のことも、全部私が何とかする。約束する」

「恵お姉ちゃんといられるの？」

「お母さんが帰ってくるまで、私が代わりになる。だから一緒にがんばろ」

純は無言でうなずいた。遠くから、首都高の騒音が地鳴りのように聞こえていた。

週が明けると、真っ青な空に夏を思わせる陽光が輝きはじめた。竹ノ塚駅から徒歩二十分ほどのところにある舎人公園は、キショウブの黄色い花が満開だった。蝶が甘い蜜を求めて踊るように飛び回っている。

公園内の「大池」の近くのベンチに、恵は一人で腰を下ろしてしきりに腕時計を見ていた。時計の針は午後零時十五分を指している。トニーとの待ち合わせからは、十五分がすぎていた。

成田国際空港で好江が逮捕された後、トニーは翌朝のフライトをキャンセルしてマレーシアに留まっていた。一週間、警察の捜査が自分にまで伸びていないかどうかたしかめた後に、上海《シャンハイ》経由で入国したのである。

恵はその日の夕方にトニーから会おうと連絡を受けたが、仕事を口実に避けていた。だが、純を支えて生きていく決心を固めたため、今後について話し合うことにしたのだ。

時計の針が二十分を回ろうとした時、恵の携帯電話にトニーからメールが入った。ディスプレイにはひらがなでこう記されていた。

〈いけ　の　はんたいがわ　に　きて〉

大池を挟んで百メートルほど離れた沼杉の木陰に、ハットをかぶったトニーが立っているのが見えた。警察の尾行を警戒しているのだろう。恵は一抹の寂しさを感じながら沼杉の方へ歩いていった。

トニーは恵に小声で言った。

「大丈夫？　誰にも追われてない？」

「……そんなに気にしなくて大丈夫だよ」

トニーは気まずそうに押し黙った。恵はつづけた。

「いろいろあったけど、元気でよかった。クアラルンプールから五所川原のお母さんにキリム送ってくれたみたいね。ありがと。お母さん、喜んでたよ」

まだ十日ほどしか経っていないのに、マレーシアにいたのが何年も前のことのように感じられる。

公園内にはピンク色のツツジが咲き乱れ、アゲハチョウが甘い香に誘われて集まっている。数人のお年寄りが、三脚を立てて一眼レフでそれを撮影している。

「お母さん、喜んでくれたならよかった。これはメグミへのプレゼント」

トニーはそう言ってポケットから包装された箱を取り出した。中には、ダイヤモンドのついたピアスが入っていた。免税店で買ってきてくれたのだろう。お金の出所を考えると、これまでのように喜べなかった。

恵は箱を突き返して言った。

「ごめん、私、もうプレゼントはもらえない。外国につれていってもらったり、たくさんの高い物をもらったことは感謝してる。でも、こんなことつづけてちゃダメだと思うの。結婚も無理だと思う……。今さらでごめんなさい」

「どういうこと？　好きな人がいるの？」

「そうじゃない。今回のことがあって、私、純君と暮らしていくことにしたの。好江が起訴されて裁判がはじまれば、何年も帰れないでしょ。その間、あの子を施設に入れたくない。私が傍にいてあげたい」

「……」

「あの子のことは小学校の低学年の頃から見てきたけど、今が一番大事な時期だと思う。この数年間をどうすごすかで人生が大きく変わる。私に何ができるかわからないけど、全力であの子を支えてあげたいし、それができるのは私しかいないと思う」

「ジュンとメグミと僕とで仲良く暮らせばいいじゃん」

「ダメだよ。トニーだって自分の仕事がどれだけ危険かわかっているでしょ？　そんな危険な環境に純君を置いておくわけにいかない。だから、私たちも別れるべきだと思うの」

トニーは言葉の意味を理解して頭を抱えた。これまでやってきたビジネスが、自分の将来を壊したことに気づいたのだろう。彼は動揺をあらわにして言った。

「やだよ。僕、メグミと離れたくない。これまで家族を日本に呼んで、メグミと結婚することを目標にやってきた。その夢を壊したくない」

「そんなの一方的すぎるよ」

「なら、ビジネスを辞めればいい？　二度とやらなかったら、僕と結婚してくれる？」

恵は小さく息を吐いて答えた。

「トニーがビジネスを辞めたら、マレーシアの家族はどうなるの？　社長との関係は？　いきなりすべてを捨てることなんてできるわけないよ」

トニーは押し黙った。簡単に足を洗えないのは、彼が一番よくわかっているはずだ。目が涙で潤んでいる。

恵は唾を飲んで言った。

「こんな話をした上でなんだけど、一つお願いをしてもいいかな」

「何？」

「荷物運びのバイト、私もやりたいの」

風の音が止んだ。

「好江が実家に一千万円以上の借金をしていて、それを払わなくちゃ、純君は施設に送られちゃうの。そのお金が必要なんだ。だから、私が荷物運びのバイトをやって借金を返して純君を引き取りたい」

トニーは返答に窮していた。

「これは、私なりに真剣に考え抜いて出した結論なの。ここ数年間、好江は毎月マレーシアに行ってて捕まらなかったんでしょ。だとしたら、この前は運が悪かっただけで、逮捕される可能性は低いってことになるよね。一年だったら一年と決めて、借金を返し終えたら辞めるから、やらせてくれないかな」

一回四十万円として月に二、三回行けば、一年ほどで借金を返済できる。その後の純の生活費や学費は、病院の正規雇用にもどればまかなえるだろう。

トニーは何かを考えてから、ゆっくりと口を開いた。

「ヨシエさんの逮捕で、今、マレーシアと日本のルートはストップしてる。社長が慎重になっているから半年くらいはやらずに様子を見ると思う。でも、ドバイからマレーシアのルートならあって、一回で八千ドルくらいになる」

マレーシアから日本に運ぶ倍の金額だ。半年で借金の返済を終えられる。

「なんでそっちの方が高いの？」

「マレーシアの税関で捕まったら罪が重くなるから。ただ、イラン人やアラブ人は入国の時にチェックされるけど、日本人なら素通りだからリスクは少ない」

「今まで逮捕された日本人はいる？」

「いない。けど、絶対安心ってことはない。あとはメグミの考え次第」

恵は喉の渇きを感じた。トニーはじっと彼女を見つめて言った。

「メグミがバイトを辞める時、僕もビジネスを辞められたら、結婚のこと考え直してくれる？」

「どうかな。その時になってみないとわからないよ。今はそんなことまで考える余裕ないから」

トニーはそれ以上何も言ってこなかった。

その晩、陽が落ちてから、恵は南千住にある泪橋病院の寮へあいりを訪ねた。寮に足を踏み入れるのは、退職してから初めてだった。

ドアを開けて恵の顔を見ると、あいりは驚いた顔をした。事件以来、一度も顔を合わせておらず、前もって連絡しなかったせいだろう。あいりは何かを察したように室内に入るよう促した。

部屋の中は散らかったままで、ローテーブルの上には酎ハイの空き缶が乱雑に置かれている。事件の日から飲みつづけているのか、顔には吹き出物ができていた。

あいりは疲れた声で言った。

「汚くしててごめんね……」

クローゼットにあった大量のブランド物の衣服がなくなっている。

「洋服どうしたの？」

「バイトで買ったものだから……警察が来て疑われないかって思ったら怖くなって処分したり、実家に送ったりした。もうすぐ白金台に引っ越すつもり」

彼女は冷蔵庫から五百ミリリットルのレモン酎ハイの缶を二本出した。座布団にすわり、一本を自分用に、もう一本を恵に渡した。ゴミ箱も空き缶であふれている。

「お願いがあって来たの。今日の昼間、トニーと久しぶりに会って話した。そこで決めたんだけど、私、荷物運びのバイトをすることにする」

あいりは眉間にしわを寄せた。

「何言ってんの？　どういうこと？」

「冷静に聞いてほしい。好江が出てくるまで、私が代わりに純君を預かって面倒をみることにした」

「マンションに住まわせるってこと？」

「好江が逮捕されてから、私がずっと純君を預かっているのは知ってるよね。弁護士の田中先生の話では、有罪になったら五年以上は出てこられないんだって。その間、施設に行かせるのはかわいそうだから引き取ろうと思うんだけど、好江の実家のお母さんからの要望でまとまったお金がどうしても必要で、半年くらいバイトをしなきゃならないの」

「は？　今の今だよ？　トニーは何て言ってるの？　婚約者にそんなことさせるわけ？」

「私たち、結婚しないことにした。少なくとも純君が一人前になるまでは考えられない。トニーにはそれを理解してもらった上で、荷物運びのバイトを紹介してもらうことにしたの」

あいりは信じられないといった様子で恵の顔を見つめた。詳しく説明したところで理解を得るのは難しいし、あいりにしても深くは踏み込みたくないだろう。

「そこで一つだけお願いがあるの。いいかな」

恵はバッグからマンションの鍵を出してテーブルに置いた。

「私が海外へ行っている間、純君の面倒をみてもらいたいんだ。お金は払う。病院の仕事があれば、その間は仕事に行ってもらっていい。ただ、仕事が終わったら純君のことをみてあげてほしい」

「……………」

「これは私からの一生のお願い。あいりには絶対に迷惑をかけないつもり。バイトも目標の金額になったら、すぐに辞めるって約束する。これを頼めるのは、あいりしかいないの」

酎ハイのアルミ缶の中で、炭酸が弾ける音がしている。あいりは長い親指の爪を噛んで何かを考えてから言った。

「自分の将来のことはどう考えてるの？　今年で、三十二歳だよね。純君を引き取って育ててたら、あっという間に四十歳だよ」

「一応考えたつもり。でも、何があっても、これだけはしなければならないと思っている」

「どういうこと？」

「こんな私の人生の中で唯一誇れるものがあるとしたら純君を守ってきたこと。純君も私を頼りにしてくれてる。ここで今、純君を捨ててしまったら、私にはもう何も残らない。だから、なんとしてでも純君の傍にいてあげたいの」

あいりは酎ハイを飲んで言った。

「純君の母親になるつもり？」

「それくらいの気持ちで向き合う覚悟はある。少なくとも、彼が一人で生きていけるようになるまでは支える」

あいりは悲しそうな表情をした。

二〇一二年

クアラルンプール国際空港の出口では、取材コーディネイターのリーが車のキーを手に待っていた。うだるような暑さが全身をつつみ、毛穴がいっぺんに開いて汗が噴き出してくる。常夏の国は、十二月だというのに気温は三十四度まで上がっている。

幸介が出口で立ち止まってふり返ると、純と駒子が旅行バッグを抱えてついてきていた。東京で一泊して純と駒子と合流してから、最高裁の公判に合わせてマレーシア入りしたのである。

純をマレーシアにつれてくるのは簡単ではなかった。初めに純が児童養護施設にマレーシアへ行きたい旨を申し出たところ、児童相談所まで巻き込んだ話し合いが何度も行われることになった。

施設と児童相談所は、どんな事情であれ、死刑判決を受けている母親代わりの女性に会わせることに断固として反対した。幸介も支局からテレビ電話で協議に加わったが、彼らは主張を曲げようとはしなかった。

状況を変えたのは、純の一言だった。「許可をもらえないなら、高校を中退して施設を出る」と言ったのだ。施設と児童相談所は純の意志が固いことを知り、やむをえず幸介が責任をもって渡航中の安全を守るという念書を交わした上で認めてくれた。

　リーが近づいてきた。

「お疲れ様です。飛行機ではよく眠れましたか」

日本を夜に発ち、朝一番着の便で到着していた。幸介は純を紹介した。

「この子が、話をした純君だ。海外に来るのは初めてなので気にかけてあげてほしい」

取材で明らかになったことはリーにつたえていた。リーは「はじめまして」と握手をした後、純と駒子の旅行バッグを持って言った。

「駐車場に車を止めていますので行きましょう。これから弁護士との面会をセッティングしてあります」

「最高裁の公判は明日の午後からということで変わりない？」

「はい、予定通りです。今日は弁護士と会った後、午後からカジャン刑務所でメグミさんに面会して、明日の午後に公判に挑みます」

　明日の公判ですべてが決まるのだ。リーは旅行バッグを抱えて颯爽《さっそう》と歩きはじめた。

　市内の繁華街ブキッ・ビンタンにあるオフィスタワーの二十八階に、弁護士の事務所はあった。リーが受付で用件をつたえると、面談室へと通された。寒いほど冷房が効いた部屋に六人掛けのテーブルが置いてあり、棚にはトロフィーや分厚い専門書が並んでいる。

　十五分ほどして、金縁の眼鏡をかけた弁護士がノートとペンを手にしてやってきた。仕立てのいいスーツに、鮮やかなブルーのネクタイをしめている。顔を合わせるのは、二審で判決が出た日以来だった。弁護士は握手を交わした後、真ん中の革張りの椅子にすわり、訛のある英語で言った。

「よくおいでくださいました。いよいよ、最後の裁判がはじまります」

リーが弁護士の言葉を駒子と純に日本語に訳す。弁護士はつづけた。

「リーから少し聞いたのですが、日本でメグミを主導した犯人が見つかったとか？」

「はい。日本に覚醒剤の密輸をしているグループがあり、そこのメンバーが恵を引き入れたことが確認できました」

幸介は、社長とトニーの関係や、好江が恵をそこに巻き込んだこと、あいりという共犯者がいたことなどを順番に語っていった。弁護士は時折ノートに関係図をメモしながら耳を傾けていた。幸介も日本で好江が逮捕された時の記事や、あいりへのインタビューの録音など証拠品を並べて、重要なところは念を押して説明した。

弁護士は一通り聞き終わると、腕を組んで言った。

「まとめれば、日本にあるドラッグの密輸組織に恵は巻き込まれ、途中から自分の意思で密輸に加担したということですね」

「そうなります」

「明日の裁判では、すべてをさらけ出して話す必要はないでしょう。いくつかの要点を切り取った上で裁判を戦うべきです」

「どういうことですか」

「メグミが意図して密輸をしていたとすれば、死刑判決を覆すことはできません。裁判での勝利を目指すなら、メグミは最初から最後まで荷物の中身を知らず、密輸組織に利用されていたと主張するべきでしょう」

「事実をねじ曲げるということですか」

「意図して嘘をつくわけじゃありません。最初メグミは知らなかったんですよね。その部分だけを話して、後のことは黙っていればいい。これなら、神は許してくれるはずです」

これは弁護士が裁判で勝利するために必要な戦法だ。しかし、真実を報じることを生業としている新聞記者としては、都合のいいところだけを切り取って事実とすることは許されない行為である。

弁護士は幸介の胸の内を読んだように言った。

「あなただってメグミの命を助けたいと願っているんですよね」

「………」

「こうした戦法をとったとしても、大きな問題があります。社長とトニーの所在地を突き止められていないことです。これでは、存在しないのと同じです」

懸念していた指摘だった。

「わかっています。だから、今回は純君をつれてきたんです。純君は社長に何度も会っています。彼がお母さんと住んでいたハイムの保証人の欄には、社長の名前があります。法廷で純君がそれを証言し、証拠を提出すれば、社長が実在の人物であることを示せるんじゃないでしょうか。裁判官が大使館を通して日本に身柄の引き渡しを求めれば、警察が動いて捕まえてくれるかもしれません」

純は背筋を伸ばして聞いている。弁護士は厳しい表情を崩さなかった。

「裁判官がこの証拠だけでそこまでするかは微妙です。裁判のルールでは、社長とトニーを法廷につれ出さなければ主犯とは認められません。今回は外国人の裁判なので、例外として認められることもあるかもしれませんが、日本の警察を動かすことまでするかどうか……」

弁護士は少し考えてからつづけた。

「別のやり方があるとすれば、ジュンが母親について話すことです」

「つまり？」

「彼女は日本の刑務所にいるんですよね。ジュンが『母親がメグミを密輸に巻き込んだ』と言うんです。母親は刑務所にいるので、日本側の許可さえ得られれば法廷につれてくることは簡単です。それなら最高裁も認めるかもしれません」

「でも、それをすれば好江さんに罪を負わせることになる」

「そうなりますね。メグミを助けるためと割り切れるかどうかです。それは私が判断することではなく、あなた方が答えを出してくれればいい」

これは純に母親を売れと言うようなものだ。そんなことできるはずがない。

「他に方法はないんですか」

「今のところ思いつきません。二つに一つとお考えください」

純はリーの通訳する言葉を聞きながら、額に汗を浮かべている。弁護士は携帯電話に目を落としてメールのチェックをはじめる。

駒子が口を開いた。

「ちょっといいですか」

全員の目が駒子に集まる。

「おらが恵に覚醒剤を運べと指示したというのはどうでしょう」

リーが耳を疑って聞き直した。駒子はバッグを抱えてつづけた。

「裁判で、おらを社長ってことにしてください。おらが密輸をさせたって言えば、悪いのはおらになって、恵は死刑を避けられるんですよね。もう年齢も年齢です。刑務所に入ったからといって何も変わらね。そうさせてください」

幸介が「お母さん」と口を挟むが、駒子の言葉は止まらない。

「お願いします。もとはと言えば、おらがあの子をちゃんと育てられねがったからこんなことになったんです。責任は全部おらにあるんです。おらが責任を被って刑務所に入れば、何もかも収まるんです」

弁護士はリーの訳す言葉に耳を傾けた後、携帯電話を置いて落ち着いた口調で言った。

「あなたがそんなことを主張しても、裁判官は信じませんよ。事件前にマレーシアに来たことがなく、英語もしゃべれないあなたが、どうやってドバイで覚醒剤をメグミに渡して運ばせたと証明できるんですか」

「それにメグミ本人が、あなたにやらされたと言わなければ話が成立しません。彼女があなたを主犯に仕立て上げると思いますか？　自分を犠牲にするのは、日本人らしい考えですが、筋立てに無理があります」

駒子が肩を落とす。幸介は弁護士に言った。

「ひとまず、明日の裁判では純君に社長の存在について証言させてください。今、東京の記者に頼んで、社長のことを追ってもらっています。もしかしたら裁判までに居場所をつかめるかもしれません」

「そうなれば話は別ですね」

「ギリギリまで何が起こるかわからないと思うので、やれることはすべてやらせてください。僕たちも最後まで諦めたくありませんので」

幸介は証拠となる書類とその英文訳を渡して頭を下げた。弁護士は無言でそれを受け取って席を立った。

弁護士事務所での打ち合わせを終えた後、幸介たちは好江が常宿としていたヴィラ・インターナショナル・ホテルへ移動した。午後の刑務所での面会がはじまるまで時間があったため一階のオープンテラスのカフェで昼食をとることにしたのである。

店は、夜間はバーとして営業しているらしく、中央にはグランドピアノとバンドの楽器セットが置かれていた。蝶ネクタイの店員たちが日本語で「いらっしゃいませ」と言ってテーブルに案内する。幸介たちはサンドウィッチを頼み、リーだけがチャーハンを注文した。

食事が運ばれてきても、純は口をつけずに下を向いていた。弁護士の話を聞いて改めて裁判の難しさを思い知らされたのだろう。幸介が声をかけると、彼は沈んだ声で言った。

「ここに、母さんたちは泊まっていたんですね」

「そうだよ」

「ちょっとだけ中を歩いてもいいですか」

「それなら、僕がついていくよ」

幸介は駒子とリーをカフェに残し、純とともにホテルを歩いた。シャンデリアの下がる広いロビーから、エステ店、ビジネスセンター、高級レストランを一つひとつ見ていく。ショッピングフロアには世界的に有名なファッションブランドがひしめくように並んでいた。

これまで幸介が訪れたリゾートホテルの中でも指折りだったが、最上階のプールは圧巻だった。ヤシの木の中に8の字形のプールがあり、バーやバーベキュー用スペースが設けられ、日中から外国人観光客がシャンパンを開けている。天空の楽園といった光景だ。

純は、一歩離れたところから冷めた目でプールを見て言った。

「豪勢なところですね。母さんもこのプールに来てたんですか」

「たぶんね」

「そっか……。そりゃそうですよね」

声が寂しそうだった。

「どうして？」

「こんないいホテルに泊まって美味しいものが食べられるんなら、やっぱり毎月のように行っちゃうよなって思って。日本の狭い家にいるよりずっといいもん」

好江がホテルで豪遊している間、純はハイムに取り残されていたのだ。

「ホテルに来なかった方がよかったかな。ごめんな」

「そんなつもりじゃないんです。別の見方もできますから」

「別の見方？」

「母さんは僕よりホテルや社長を取ったけど、恵お姉ちゃんは僕を選んでくれたわけじゃないですか。このホテルで豪華な料理を毎日食べられたのに、それをせずに僕の傍にいてくれた。改めて、恵お姉ちゃんのやさしさがわかった気がします」

純はリュックからピンクのロウソクを一本取り出した。半分溶けて黒ずんでいる。アロマキャンドルらしく、うっすらと甘い香りが漂う。

「これ、小学生の時に恵お姉ちゃんとカマクラをつくって遊んだ時のものなんです。施設に来てから、お守りとしてずっと大切にしてきました」

「お守り？」

「最初、施設で見ず知らずの人たちと一緒に暮らしたり、学校に行ったりするのが怖かったし、つらかったんです。そんな時はこれを握りしめていると、恵お姉ちゃんに励ましてもらえるような気になったんです」

　事件後、純は母親と恵を失い、祖母にも突き放され、見知らぬ施設に送り込まれたのだ。その中で、恵と楽しく過ごした日々の記憶が心の支えになっていたのだろう。

「そこから努力して高校へ進学したんだからすごいよ。なかなか真似できることじゃない」

　純はアロマキャンドルを見て答えた。

「ありがとうございます。でも、施設の他の子たちを見ていると、僕の方がまだマシかなって思うこともあるんです」

「どういうこと？」

「施設の子たちはみんな、ひどい虐待を受けて家庭から引き離されてきています。親の暴力は直らないので、職員の先生方は僕たちに『親と縁を切って自立して幸せをつかむべきだ』って言う。でも、それって大変なことなんです。一生家族から切り離されて独りぼっちで生きていくのに耐えられる人って、そんな多くないんです」

「そうかもしれないね」

「でも、僕の場合は恵お姉ちゃんがいます。母さんに放ったらかしにされても、恵お姉ちゃんが気に留めてくれているって思うだけで、心が楽になるんです。これまでやってこられたのは、そのおかげです」

　純は唾を飲んでから言葉をつないだ。

「事件の背景にはいろんな事情があると思います。でも、僕としては、何年かかってでも恵お姉ちゃんに刑務所から出てきてほしいんです」

言葉が胸に刺さった。弁護士から恵を守るために事実をすべて明らかにするのは避けるべきだと言われた時、大きな迷いが生じた。だが、恵の命は彼女だけのものではないのだ。

その時、プールサイドから幸介を呼ぶ声が聞こえてきた。目を向けると、リーが駒子の手を取って駆け寄ってきた。リーは息を切らして言った。

「マスコミに嗅ぎつけられました！」

「え？」

「カフェにいたら、日本のメディアにいきなり写真を撮られたんです。やめてくださいって言ったんですが、記者が無視して駒子さんにインタビューを求めてきたんで、ふり切って逃げてきました」

日本のマスコミは、二審での公判に出席した駒子の顔を知っている。最高裁にも現れると踏んで、前日から目ぼしいところを張っていたのだろう。

「下手な発言をすれば、新聞やテレビで死刑囚の母親のコメントとして流されてしまう。写真もなるべく撮られないようにしてくれ」

「はい」

幸介は腕時計を見た。

「そろそろ、刑務所へ恵さんに会いに行こう」

幸介はそう言って、エレベーターの方へと歩きだした。

カジャン刑務所に到着した時、面会の待合室は昼休みが終わったばかりで幸介たちの他に人がいなかった。壁の扇風機は止まっており、窓の外から小鳥のさえずりが聞こえてくる。幸介たちは窓口に面会の申請用紙を出してベンチにすわって待った。純はしきりに時計を見たり、汗を拭いたりして落ち着かない様子だ。

幸介は面会での時間配分を考えた。純や駒子に話す時間を割いてあげたかったが、裁判のことも相談しなければならない。前半の十分で裁判の話をし、残りを二人に与えることにした。

携帯電話に目を落とすと、メールの着信があった。社長とトニーのことを調べるよう頼んでいた会社の後輩からだった。メールには次のようにあった。

　社長（多比良昌一朗）については、ずっと調べていますが、情報がまだ得られていません。地下に潜っているようなので、見つけるのはかなり難しそうです。
　サイード、つまりトニーと名乗っていた男については新しい事実が判明しました。奴が取り引きしていた会社の関係者が見つかったのです。この人物によれば、小河恵の逮捕から一年半後に、サイードは日本で事故死したとのことです。まだ、完全には裏が取れていませんが、今夜までに詳しいことを確認しておきます。

幸介は「事故死」という文字を見て血の気が引くのを感じた。本当にトニーが死亡しているのだとしたら、死刑判決を覆すために必要な人物を一人失うことになる。

このことを駒子たちにつたえるべきかどうか迷っていると、受付の方から女性職員の声が聞こえてきた。隣にいたリーが訳してくれた。

「面会の時間です」

リーは待合室で待つという。幸介は携帯電話をしまい、純と駒子をつれて奥へ進んだ。

薄暗い面会室に入ると、空気が冷たくなった。静まり返った室内に、足音が怖いほど響く。指定されたブースには椅子が三脚並んでいたので、中央に駒子をすわらせ、左右に幸介と純が腰を下ろした。純は目を閉じて、懸命に呼吸を整えている。

しばらくしてアクリル板の向こうから、紅白の囚人服を着た恵が二人の刑務官に挟まれるようにして歩いてきた。途中で彼女は目の前に純がいるのに気がついたようだった。何かを言いたそうに口を開き、目を潤ませる。

刑務官は恵の手錠を外して椅子にすわらせてからタイマーを押した。恵の目が涙で充血している。幸介は受話器を耳に当てて言った。

「見ての通り、純君が来てくれたんだ。今は施設で暮らしていて、がんばって高校に通っている。詳しいことを話す余裕はないけど、君のためにいろいろと力を貸してくれた。明日の裁判も一緒に出席することになっているからね」

恵は口を動かしたが、声にならなかった。

「時間がないから最初に裁判について話したい。前回の面会で教えてもらった鹿沼好江さんと社長のことを、日本でお母さんと一緒に調べてきた。鹿沼好江さんは栃木刑務所にいる女性、社長は好江さんの恋人で、トニーのビジネスパートナーの男性でまちがいないね」

小さくうなずく。

「結論から先に言えば、二人の協力は得られなかった。君のことを見捨てたんだ」

幸介は、日本で調べたことの流れを大雑把に説明したが、トニーが死んでいる可能性があることについては言及を避けた。恵は何も言わずに聞いていた。

「事件の真相については、弁護士につたえた。ここからが重要なんだけど、弁護士は君が死刑を回避するためには一工夫必要だと言っている。たとえ複雑な事情があったとしても、君が故意に密輸にかかわったことは黙っていてほしいそうだ。法廷では、あくまで社長が君をだまして密輸をさせていたという事実のみ主張したいらしい」

「…………」

「嘘をつけというわけじゃない。君はキャリーケースの中身を見たわけじゃないよね。あくまで『荷物運びのバイト』として受けただけだ。重要なのは、社長の身柄を拘束して事実を明らかにしてもらうためで、君が泥を被る必要はない。これが弁護士の戦い方だ」

「いいの？」

「弁護士の話では、それしか戦法がないらしい。君は明日の法廷でこれまでの証言を引っくり返して、社長にだまされてバイトをさせられていたと話すんだ。あとは、弁護士がやってくれるはずだ」

幸介は、これでは自分は記者として失格だなと思った。どんな事情があれ、記者として踏み越えてはならない一線だった。

「とはいえ、これで万全というわけじゃない。問題は、社長の存在を明らかにできていないことだ。裁判では、純君に証言台に立ってもらって、社長の存在について話してもらう。ハイムの契約書も証拠として提出する。ただ、これをもって裁判官が社長の関与を認めてくれるかどうかはわからない。だから、君もちゃんと弁護士の指示に従ってほしい」

恵は静かに聞いていたが、何かが引っかかっているような表情をしていた。

「私がそう証言したら、トニーはどうなっちゃうんだろ……。彼のこともしゃべらなければならないよね。そしたら重い罪になっちゃうのかな」

一時でも愛した男性が捕まることを心配しているのだ。幸介は、この期に及んで、と思ったものの、感情を抑えた。

「今は君を助けることが最優先だし、トニーに関する証言者がいないので存在を立証するのが困難だと思う。それに……」

「それに？」

「彼は行方不明だ……。捜査が及ぶことはないよ」

恵は首を傾げた。刑務官がタイマーを見る。幸介は話をそらすように言った。

「とにかく僕たちを信じて提案通りにしてほしい。下手に誰かをかばおうとすれば、減刑をしてもらえる可能性はなくなる。君一人の命じゃないんだ。ここにいるみんなが、君を助けようとしてくれているんだ。それをわかってほしい」

タイマーを見ると、残り時間は五分を切っていた。

幸介は受話器を純に渡して、話をするようにつたえた。純は手の甲で涙を拭き、震える声で言った。

「恵お姉ちゃん、聞こえる？」

アクリル板越しに、彼女がうなずく。

「恵お姉ちゃん……会いたかったよ……。日本に、帰ってきてよ……」

「……」

「ぼ、僕、高校行ってるんだ。卒業したら、施設を出なきゃいけない。そ、そしたら、また恵お姉ちゃんと暮らしたい。お願いだから、帰ってきて」

そこまで言うと、声にならなくなった。嗚咽が響き、涙の粒が頰をつたう。

恵は赤らんだ鼻を手で押さえて言った。

「ごめん。純君に迷惑をかけちゃったね……。本当にごめん」

純のむせび泣きが激しくなる。

「私はどうなるかわからない……。私みたいな大人にふり回されないで、純君はしっかりと生きて」

恵にしてみれば、下手に期待させて純を傷つけたくなかったのだろう。減刑についても半ば諦めているのかもしれない。刑務官がタイマーを気にしはじめる。

その時だった。突然、駒子が純から受話器を奪って大きな声で叫んだ。

「恵！　おめ、こんな若い子に何しゃべってるんだ！」

受話器から漏れていた声を聞いたのだ。恵が顔を上げる。

「純君は、おめを助けたい一心でマレーシアまで来たんだぞ！　施設の先生や児相の方を説得するのがどんだけ大変だったか想像でぎねのが！　おめが十五、六歳の時、マレーシアまで死刑囚を助けに来る勇気があったか！」

「………」

「おら、そんな冷てえ女だとは思わねがった。おめは覚悟を決めて純君を引き取ったんだろ。だったら、突き放すようなことを言うな！」

「だ、だって……」

「だってもクソもね。おめの言葉は純君の気持ちを踏みにじってるぞ！」

恵はがっくりと首《こうべ》を垂れた。駒子は恵の様子を見て唾を飲み、語調を和らげた。

「恵、ええが、よぐ聞げ。幸介さんも、純君も、みんなおめのために駆けずり回ってくれてんだ。おめには、その期待に応える責任がある。だから、何が何でも裁判で戦って帰ってこい。みんなのために帰ってこい。いいな」

駒子は受話器を置いて、アクリル板越しに娘を力強い目で見つめた。

タイマーの残り時間は一分を切っていた。幸介は受話器を手に取った。

「最後にこれだけ言っておく。お母さんは、君がいつか結婚する時に式を挙げられるようにって、ずっと貯金をしてくれていた。今もそれには手をつけないでとっておいてくれているんだ」

　恵は驚いた表情をした。

「純君だって、いつか君の力になりたいと思ってアルバイトで貯めていたお金でここに来ている」

「……………」

「お母さんが言ったように、君一人の命じゃない。お母さんだって、純君だって、君の存在が心の支えなんだ。だから、最後まで希望を失わないで、日本に帰ってきてほしい」

　言い終わるか終わらないかのうちに、恵は声を震わせた。

「みんなごめんね。私、勝手なことばかり言ってた。母っちゃ、純君、ごめんね。本当にごめんね」

「とにかく、明日全力をつくそう」

「私、前の面会の日から自分の人生のことをすべてノートにまとめたの。後で読んで」

　必要な書類を提出すれば、荷物を受け取れるらしかった。

　タイマーがゼロを示して音を立てはじめる。刑務官は手錠を手にして立ち上がった。

　夜、市内の日本食レストランで食事をした後、三人はブキッ・ビンタン駅の近くにあるホテルにチェックインした。幸介と純が同じ部屋に泊まることになっていた。

部屋に荷物を置くと、幸介は先に純を風呂に入れ、自分はパソコンでメールをチェックした。会社の後輩がトニーのことを調べて新たに長文のメールを送ってきていたからだ。

メールのタイトルには、「サイード（トニー）の死について」とあった。恵の逮捕後、トニーは竹の塚のフィリピンパブの売上金を持ち逃げし、しばらく国外に逃亡していたようだ。ところが、マレーシアで行われた恵の一審の公判が終わって間もなく、ひそかに日本に帰国して仕事仲間のところに顔を出し、「刑事事件につよい弁護士を紹介してほしい」と尋ね回っていたらしい。

なぜトニーが弁護士を探していたのかは不明だが、それからわずか二週間後に、足立区の荒川で溺死体として発見されたという。当時の記事によれば、警察は事故と事件の両面から捜査を行ったが、体内からアルコールが大量に検出されたことで事故死として処理されたようだ。

この情報をつかんだ後輩は、日本国内で亡くなった外国人の遺体を遺体衛生保全《エンバーミング》している業者に問い合わせた。イスラーム教徒は火葬が禁じられているため、遺体は防腐処理されて家族の元へ輸送されるためだ。その結果、ある業者が在日イラン大使館から依頼を受けてトニーの遺体をマレーシアの「チョウ・キット」という下町に送ったことが判明したという。後輩は丁寧に送り先の住所まで調べてくれていた。

メールを読んで幸介が最初に思ったのは、トニーが何者かによって殺害されたのではないかということだ。宗教上の理由から酒を口にしないトニーの体内から大量のアルコールが検出されたのだとしたら、事故に見せかけた殺人だろう。

トニーの死は、裁判にとっては痛手だが、明日の朝、公判がはじまる前にチョウ・キットの住所へ行けば、何かがわかるかもしれない。

洗面所から純がドライヤーを使う音が聞こえている。トニーが死亡したことをつたえて寝る前に不安にさせるくらいなら、打ち明けるのは明日の朝でいいだろう。

パソコンの横に置いていた携帯電話が鳴りはじめた。ディスプレイには、日本で暮らす妻の名前が示されていた。幸介は純を気にして、廊下に出て話すことにした。

廊下には人影がなかった。通話ボタンを押すと、妻の声が聞こえてきた。

――久しぶりね。まだ仕事中？

声を聞くのは何カ月ぶりだろう。幸介は何食わぬ口調で答えた。

――今日はクアラルンプールに出張に来ているんだ。電話なんて珍しいね。春志のことで何かあった？

――子供のことじゃないの。別にたしかめたいことがあって……。一昨日の夜、日本に帰ってた？

ドキッとした。純と駒子を迎えに一晩だけ帰国したことは、家族につたえていなかった。

――丸の内のホテルに泊まってたでしょ。ホテルから連絡があって、小河駒子さんという人の部屋で二重払いがあったんだって。

今回の宿泊料金は、会社の経費で落としたのだが、駒子が誤って支払ってしまったのだろう。その連絡が自宅にいったのだ。

幸介は、事件の取材をしていて駒子が恵の母親であることを説明した。妻は黙って聞いてから、冷たい口調で言った。

――半年前のゴールデンウィークも日本に帰国してたでしょ。クレジットカードの明細に都内のホテルや店が載っていた。

――同じ取材だよ。やましいことをしていたわけじゃない。

――私が言いたいのは、やましいとかそういうことじゃないの。なんで東京に帰っているのに連絡くれなかったのかってこと。別居しているから関係ないってつもり？

うまい回答が見つからなかった。連絡をすれば帰らなければならなくなり、そうなれば仕事のことでまたもめるかもしれないという思いがあったのだ。

――春志も小学六年生を前にして、少しずつ不登校から学校に復帰しつつある。私たちが別居したことで、彼なりに考えることもあったみたい。今のままお互いを避けているより、どこかで今後のことをもう一度きちんと話し合うべきじゃないかな。そうしないと、一番困るのは思春期を迎える春志だと思う。

――そうだな。ここらで話し合うべきかもしれないな。

――急ぐわけじゃないから。もし近いうちに帰国するようなら、その時に話せたらと思う。

――わかった。そうしよう。

妻はしばらく黙ってから言った。

――じゃあ、電話切るね。

——ありがとう。

幸介は妻が切るのを待ってから電話をしまった。廊下の壁にもたれかかり、深い息を吐く。

その時、隣の客室のドアがそっと開いて駒子が現れた。会話を聞かれていたかもしれない。駒子は戸惑った表情で、刑務所で恵から預かったノートを差し出してきた。恵のものだったのでまず駒子に目を通してもらおうと渡していたのだ。

「恵の子供時代から今回のことまで書かれているようです。やっぱりおらが読むより幸介さんが先に読むべきだと思って……」

「わかりました。今夜のうちに目を通しておきますね」

ノートを受け取る。駒子はためらいがちに言った。

「あ、あの……、さっきの電話、日本の奥さんからですよね。申し訳ねです、おらのせいで迷惑かけてしまってるみたいで」

やはり聞かれていたのだ。

「こちらこそご心配かけてしまって申し訳ありません。丸の内のホテルの宿泊費を払っていただいたようですね。会社のお金ですでに払い済みだったので後でお返しします」

「お金のことはいいんです。それより、余計なお世話かもしれねですが、奥様とはじっくり話をした方がいいですよ。おらは、ちゃんと恵に向き合えねがったからこんなごとになってしまったけど、幸介さんのような方には同じ轍《てつ》を踏んでほしくねです」

「………」

「子供といられる時間なんて、ものすごく短いんです。おらはそれに気づいた時は遅かった。恵は五所川原からいねぐなったし、連絡もできねぐなった。おこがましいけど、おらみたいにはならねでください」

幸介は首を横にふった。

「駒子さんは、自分を悪く思いすぎです。たしかに恵さんとの間にいろいろとあったかもしれませんけど、駒子さんは母親としての役割を果たしたと思います」

「そんなことはね」

「ありますよ。恵さんは駒子さんの愛情があったからこそ、人生をなげうってまで純君を支えようとする女性に育ったんじゃないですか。普通の人ができることじゃありません」

「………」

「恵さんという女性を娘に持ったことに誇りを抱いてください。彼女はたまたま悪い落とし穴にはまってしまっただけです。だから、僕たちはそこから助け上げる必要があるんです」

「ありがとうございます」

幸介は肩を叩いて言った。

「あと半日です。がんばりましょう」

逮捕

二〇〇九年の春は、恵にとって心身ともにつらく苦しい日々となった。一月《ひとつき》余りで二度も過労で倒れたのは、隔週のペースでドバイ＝マレーシア間の荷物運びの「アルバイト」をしている影響なのは明らかだった。

恵がトニーの手引きを受けて、初めてドバイへ渡航したのは五月の半ばだった。日本から飛行機に乗って約十二時間かけてドバイ国際空港に到着した後に、タクシーでロイヤル・セリトン・ホテルにチェックインした。ドバイは東南アジアにくらべて空気が乾燥していることもあって、陽光が地肌に突き刺さるような暑さだった。

ホテルは海岸沿いに建つ、王宮を模した外装の五つ星ホテルだった。中東資本だったため、アラブ系の富裕層の客が多い一方で、エステやバーは一店ずつしかなく、レストランもアジア系は中華料理店だけだった。恵はホテルの部屋からほとんど一歩も出ずに、食事はすべてルームサービスで済ませていた。今回は荷物の中身を知っていたことから、人から怪しまれるのではないかと気が気でなかったのだ。

ホテルにチェックインした日の晩、客室に眼鏡をかけたアラブ人男性が一人やってきた。彼は合言葉とパスポートで恵の身元を確認した後、黒いキャリーケースと封筒を渡してきた。前者には覚醒剤が隠されており、後者にはマレーシア行きの航空チケットが入っていた。彼は荷物を置くと、名乗ることさえなく立ち去った。

翌日、恵はアラブ人に渡されたキャリーケースを持って飛行機に乗り、マレーシアのクアラルンプールを目指した。目的地に無事に到着するまで、恵は不安からくる体の震えを抑えるのに精一杯だった。

特に飛行機が着陸体勢に入ってからがもっとも緊張した。機内アナウンスで「違法ドラッグの密輸は禁じられており、最高刑は死刑です」という注意が流れるのだ。クアラルンプール国際空港に到着した後も、免税店、荷物受け取り、税関などに、密輸は厳しく罰せられる旨の看板がかけられており、恵はそれを見かける度に足がすくんだ。

一度、空港のトイレの前で、警備員にこう声をかけられた。

「エクスキューズミー、バッグが開いていますよ」

ハンドバッグのファスナーのことだったが、恵は密輸に気づかれたと勘違いしてパニックになり、過呼吸を起こした。幸い、医務室につれていかれただけで事なきを得たが、その後トイレに入って何度も嘔吐した。

空港を出ると、恵はタクシーに乗ってアンパン・ポイントへ向かった。ここの大型スーパーの立体駐車場の屋上がキャリーケースの引き渡し場となっていたのだ。

スーパーの前でタクシーを降り、エレベーターで上がっていくと、駐車場の一番奥にトニーの運転するフォルクスワーゲンのセダンが止まっていた。トニーはキャリーケースを受け取って車のトランクに入れ、小声で「ご苦労さま」とだけ囁いて去っていく。

　恵はトニーがどこへ行くのかわからなかったが、余計なことは訊かずにタクシー乗り場へ行き、その晩はヴィラ・インターナショナル・ホテルに一泊して、翌日帰国の途につくことになっていた。

　アルバイトをはじめた当初は日本に帰った後も緊張による腹痛が治まらず、眠れないほどだった。だが、三十代の日本人女性の一人旅ということもあって、ドバイでもクアラルンプールでも、空港で疑いをかけられたことは一度もなかった。どちらの税関も日本よりはるかに緩く、荷物チェックどころか、パスポートを開かれることさえなかった。

　一回、二回と重ねるごとに、恵は少しずつ平静を装うことができるようになっていったが、日本に帰国するまでは気が休まることはなく、渡航中はずっと腹痛と下痢に悩まされて薬が手放せなかったし、夜に悪夢にうなされるのは毎度のことだった。ソファーにすわってうつらうつらしている時ですら、空港の税関で捕まる夢を見て、悲鳴を上げて目覚めた。

　日本に帰国すると、恵は次の渡航の日程調整のため、トニーと連絡を取らなければならなかった。うしろめたさから最低限のやり取りだけで済ませたかったが、トニーは外国で会う時とはちがって話をしたがった。交際していた時と同じように将来の夢を語り、プレゼントを贈りたいと言ってきた。やり直したいと思っていることがつたわってきた。

　直《じか》にそれを言葉にされたのは、六月の半ばだった。何度も誘われて断り切れず、北千住のデパートにあるレストランで一度だけ食事をしたことがあった。その時、トニーが空港で買ったという指輪を出してきて言った。

「これ、受け取ってくれないかな」

彫りの深い目で見つめてくる。

「ずっと考えてたけど、やっぱりやり直したいんだ。今、メグミはジュンのためにがんばっているけど、信頼できる人が傍にいることが必要だ。ビジネスとしてじゃなく、パートナーとして僕がメグミの傍にいたい」

恵は膝に手を置いたまま目をそらした。

「ごめん。前に話した時と気持ちは変わってないの」

「僕は変わったよ。ビジネスを辞めてもいいって考えているんだ。今すぐというわけにはいかないけど、一カ月、二カ月かけて周りを説得することはできる。そしたら、きれいな身になって一からメグミとスタートできる。二人でジュンの面倒をみればいいじゃないか」

「……」

「お願いだよ。僕はメグミのことが好きだ。だから、これ以上、ビジネスをつづけてほしくないし、他人の関係でいたくない」

恵は首を横にふった。

「ごめんね。決めたことは遂げたいの。わかって。お願い」

そう言い残して、彼女は席を立った。

日本にいる間、恵は病院での勤務時間以外は、ほとんどの時間を純とすごすことに費やしていた。食事は手作りと決めていたし、寝る時も布団を並べてどちらかの寝息が聞こえるまでおしゃべりをしていた。

二人で熱中したのがアルバム作りで、純が家族アルバムを持っていないと聞いたのがきっかけだった。恵はデジタルカメラを買い、毎日の食卓や買い物の光景を撮ったり、お互いの寝顔を写したりした。純は余白にイラストを書き込むのが得意で、十日に一冊くらいのペースで完成させていった。

恵は純との生活を楽しむ一方で、好江のことをどこまで話題にするべきか悩んでいた。純が裁判のことを気にしているのは確実だったが、決してそのことには触れようとしなかった。一度、恵が好江の面会へ行こうかと提案した時も、純の返答はそっけなかった。

「行きたくない」

「どうして？　ママに会えるんだよ」

「あの人は自分のことしかしゃべらないじゃん。僕のことなんて何も考えてない。家でちがうことしていた方が楽しいよ」

そう言われてから、好江の話は極力避けるようにした。

純の生活態度の変化は、これまで不登校だった学校に対しても見られた。ゴールデンウィークが終わって少ししてから、純は急に制服を着て中学校へ行くようになったのだ。恵に心配をかけまいとしたのかもしれない。

彼は家で勉強をしていたので授業についていけないということはなかったが、急に吹き出物の数が増えたり、蕁麻疹《じんましん》が出たりするようになった。恵は、クラスメイトとうまくいっていないのではないかと思い、学校に相談してみた。担任の教師の返事は次のようなものだった。

「クラスで見ているかぎり、周りとは仲良くやっているようですよ。放課後の補習授業も積極的に受けていますし、クラブ活動にも興味を示しています。まだ慣れていないだけで、自分のペースをつかめれば大丈夫だと思います」

そこまで言われれば、原因は学校以外にあるということなのだろうか。ある日、恵はあいりに尋ねてみた。あいりは答えた。

「純君が思い悩んでいるとしたら、恵のことじゃないかな。ご飯を食べていた時に、たまたまテレビで密輸のニュースが流れたら、ガタガタ震えはじめたの。私が声をかけたら、『恵お姉ちゃんは外国から帰ってくるよね』って言ってきた」

「バイトのこと感づかれているってこと？」

「好江が逮捕されているのを考えれば、恵の渡航がそれと何かしら関係しているかもしれないって疑うのは当然だよね。純君が思い悩んでいるのはたしかだと思うから、安心させてあげられる言葉をかけた方がいいよ」

純に申し訳なく思ったが、下手な説明をして余計に不安がらせるわけにいかず、どう話していいかわからなかった。

七月のはじめ、恵は純をつれて初めて二人きりで旅行へ行くことにした。好江の借金を返すまでは節約を心掛けていたが、純へのねぎらいと気晴らしの意味を込めて、ボートの川下りをするために一泊二日で埼玉県の秩父《ちちぶ》へ行ったのだ。

昼前に秩父に到着した時、あいにく激しい雨が降っていた。駅から電話で問い合わせてみると、この日の川下りは中止になったという。純は残念そうな顔は見せず、「じゃあ、歩いて川下りをしようよ！」と言った。

土砂降りの中、恵と純はビニール傘をさして、川辺の砂利の上を歩いた。純は足元や肩を濡らしながら、嬉しそうに旅行のアルバムをつくるんだと言ってデジカメで写真を撮っていた。

恵は純がはしゃいで数メートルおきにシャッターを切る様子を見て、来てよかった、と思った。こんなに喜ぶなら、早く好江の借金を返して、いろんなところへつれていってあげよう。

その晩は、温泉宿の和室に泊まった。安さが売りの古い宿だったが、露天風呂がついていた。純は露天風呂は初めてだとはしゃいでいた。恵はちょうど月のものだったこともあり、体を軽く流しただけで、一足早く部屋にもどった。

木製の座卓には、デジカメが置きっぱなしになっていた。恵は何げなくそれを手に取り、この日撮影した写真を見た。大半が恵を撮ったもので、横顔や後ろ姿、それに口を大きく開けて笑っているところが写されている。

途中までできて、恵は指を止めた。旅行の写真がなくなり、新聞配達のアルバイトの募集要項が出てきたのだ。近所の新聞販売店の壁に貼られていたものをメモ代わりにデジカメで撮ったようだ。純はアルバイトをするつもりなのだろうか。

五分ほどして、部屋のドアが開き、純が浴衣姿で露天風呂から帰ってきた。帯の締め方を知らないらしく、蝶結びになっている。彼は髪を濡らしたまま、鼻歌をうたって下着やタオルを片付けていた。

恵はそんな純の背に声をかけた。

「バイトしたいの？」

「え？」

「デジカメに、バイト募集のチラシが写ってたけど」

何のことかすぐに気づいたようだった。純は困ったような表情をして言った。

「実は中学生でもできるバイトがないか探しているんだ」

「なんで？　お小遣いが足りない？」

彼は首を横にふった。窓の向こうから雨音が聞こえている。

「ちがう……。あの人がつくった借金の足しにしてもらえないかと思ってて」

「どういうこと？」

「あの人がたくさん借金したせいで、恵お姉ちゃんが払わなきゃいけなくなっているんでしょ。息子の僕が何もしないで、恵お姉ちゃんだけにそんなことさせるわけにいかないよ」

「なんで借金のことを知ってるの？」

「おばあちゃんから聞いた」

児童相談所とのやり取りの中で、純は祖母と何度か会っている。その時に聞いたのだろう。

「純君は中学生なんだから、そんなこと考えなくていいよ。お金のことは大人に任せて」

「任せられないよ。お姉ちゃんが外国に行っているのだって、それと関係あるんでしょ」

恵は返答に窮した。

「僕、心配なんだ。恵お姉ちゃんまでいなくなっちゃうんじゃないかって」

海外渡航の目的は「アルバイト」とだけつたえていた。恵はごまかさなければと思った。

「純君、ごめんね。つらい思いをさせちゃって。私が海外へ行っているのは、現地の日系企業の健康診断を手伝うアルバイトのためなの。そっちの方がお給料いいんだ。お母さんみたいにいなくなることなんてないから安心して」

「……」

「おばあさんが何て言ったのかわからないけど、これは私と好江さんで話し合って決めたことなの。今年一杯働けば、借金は返せる。あと半年間くらいで終わる。今、純君はとても大事な時期だから、自分のことだけを考えて」

「本当？　本当に今年で終わるの？」

恵は純の手を握りしめた。

「約束する。絶対に年末までだって約束する。来年になったら海外なんて行かないで、ずっと一緒にいるから」

「約束だよ。約束だからね」

「うん。だから私のこと信じて」

純はうなずいた。

ドバイ国際空港の出発ロビーは、早朝だというのに旅行客で混雑していた。店も二十四時間利用可能ということもあって、ベンチで横になって寝ているバックパッカーから、白いスカーフに赤い帽子をかぶったキャビンアテンダントまで様々だ。

空港内にある世界チェーンのカフェのソファー席に、恵は腰を下ろしていた。秩父旅行から一週間後、再び荷物運びのアルバイトのためにドバイに来ていたのだ。足元には黒いキャリーケースが置かれ、バッグには二時間後に出発予定の航空チケットが入っている。

恵はテーブルにノートを広げ、モンブランとココアをゆっくりと口に含んでいた。緊張感をほぐすため、搭乗手続きの前に甘いものを口にするようにしていた。

ノートに記していたのは、好江の借金の返済プランだった。ドバイからクアラルンプールへの荷物運びは報酬こそいいが、日数が必要で月二回でも十日ほど押さえなければならない。派遣看護師の会社には月十五日間勤務にしてもらっていたが、スケジュール調整が難しく、渡航が先延ばしになることもあった。

ただ、純との約束を守るためには、今年中に借金の返済を終えなければならなかった。そして、四月からは地方へ引っ越しをするつもりだった。東京での生活に疲れており、自分にとっても純にとっても田舎で静かに暮らした方がいいと話し合っていたのだ。

ケーキを食べ終えてココアを飲もうとすると、見知らぬ男性から声をかけられた。ビジネスマン風のアラブ人だった。彼は訛のある英語で言った。

「ミス・メグミですよね？」

恵は突然名前を呼ばれたことで血の気が引いていった。私服警官だろうか。アラブ人はキャリーケースを一瞥すると、携帯電話を出してきた。

「マレーシアにいるトニーから電話です」

「え、ト、トニー？」

「電話に出てください。話があります」

恐る恐る携帯電話を受け取り、耳につけてみる。すると、スピーカーからトニーの声が聞こえてきた。

――もしもしメグミ？　まだ搭乗手続きしてないよね。

――ほ、本当にトニー？　どうしたの？

――どうしたじゃないよ。インドネシアでテロがあったんだ。近くにテレビない？

見回すと、ベンチの集まる場所に大型の液晶テレビが二台設置されていた。中東系のニュースとアメリカ系のニュースが流れており、英語のテロップにはテロ事件が起きたことが記されていた。

内容は、インドネシアの大都市ジャカルタで、アメリカ系高級ホテルのＪＷマリオットとリッツ・カールトンが爆弾テロの標的となり、数十人規模の死傷者が出たということだった。

９・11以降、東南アジアでもアルカイダ系の武装組織が勢力を強めていたが、四年ぶりに起きた大規模なテロ攻撃だという。

電話の向こうでトニーが言った。

――今日の仕事は中止にする。

――どうして？

――このテロのせいで、東南アジアの空港はどこも取り締まりが厳しくなってるはず。特に中東からの飛行機にチェックが入るはずで、今運べば税関で引っかかる。

――どうすればいい？

――声をかけてきた男性が目の前にいるでしょ。話はしてあるので、彼にキャリーケースを渡して自分の荷物だけ持って予定の飛行機に乗り込んでほしい。

――仕事は完全になしってこと？

――今日は中止だ。そっちの空港だってすでに警備が厳しくなっているかもしれない。日本に無事に帰ることを優先して。

そう言って電話は切れてしまった。

テーブルの前に立つアラブ人男性がじっと見ている。恵が携帯電話を返すと、彼は何も言わずに黒いキャリーケースを持ち、空港の外へと消えていった。

恵はトニーの指示通り、自分の荷物だけ持って予定通りの便に乗ってマレーシアへと向かった。飛行時間は、七時間ほど。突然のことで頭の中を整理することができず、空っぽになって何も考えられないままクアラルンプール国際空港に到着した。

空港は、たしかにいつもより警備員の数が多く、あちらこちらに私服警官と思《おぼ》しき人たちが目を光らせていた。空港内の液晶テレビでも、インドネシアのテロ事件のニュースが映し出されている。インドネシアは隣国の同じイスラム系の国だから、他人《ひと》ごとではないのだろう。もしキャリーケースを運んできていたらと思うと背筋が凍りついた。

空港の出口を抜けると、一人の男性が恵の名前を呼んできた。以前レストランで紹介されたトニーの弟だった。野球のキャップにTシャツといった出で立ちだ。彼は日本語で言った。

「メグミさん、お待ちしていました。車を用意しているので行きましょう」

トニーの姿は見当たらない。

「トニーは？」

「さっきイランに発ちました」

「イラン？」

弟は詳しい説明はせず、警察が多いので離れよう、と駐車場へとつれていった。

車が向かったのは、市内の中心地から少し外れたアンパン・ポイントだった。すでに暗くなってはいたが、ヴィラ・インターナショナル・ホテル周辺の高級ビジネス街とは異なり、街灯の下には屋台が軒をつらねており、料理の煙が立ち込める中、酔っ払いや子供たちが入り乱れて騒いでいる。下町ではこうした光景が深夜までつづくのだろう。

弟は駐車場に車を止め、一棟の古いマンションに入っていった。壁にはチラシが貼られ、廊下にはゴミや昆虫の死骸が落ちている。すれちがう住人を見るかぎり、中国人からインド人まで様々な人種の人が住んでいるようだ。

「このマンションにうちがあります」

弟はそう言ってエレベーターに乗り込んだ。

八階で降りると、角の部屋へと歩いていった。弟は「ここです」とドアを開けた。リビングは意外に広く、他に個室が三部屋あった。いとこ夫婦も暮らしているという。弟はリビングのソファーに恵をすわらせ、イラン式の紅茶を出した。

「急にすみません。兄から、今日は念のためホテルじゃなく、家に泊まってもらうようにと言われたものですから」

テレビをつけると、まだニュースはインドネシアでのテロ事件を報じていた。弟はため息交じりに言った。

「テロリストは外国人を狙ってテロを起こしました。目的は、東南アジアのビジネスをむちゃくちゃにすることでしょう。これで、僕たち外国人への差別がつよくなります」

「どうして？」

「テロがあると、世界中でアラブ人やイラン人が疑いの目で見られます。こいつはテロリストにちがいないって。歩いていればすぐに警察に呼び止められてしまいます。四年前にバリ島でテロがあった時も同じでした」

「……」

「日本みたいなテロのない国に行きたいです。お金が貯まったら、ぜひ日本でみんなで仲良く暮らしたいですね」

トニーは別れたことを家族につたえていないのだろうか、と恵は思った。

その時、奥の部屋から年を取った女性の声が聞こえた。弟は気づかぬふりをしていたが、再び声がした。

恵が指摘すると、弟は声を低めて言った。

「ママです。メグミさんに、挨拶したいみたいです」

「トニーのお母様ってこと？　イランに住んでいるんじゃなかったの？」

「半年前に病気が悪くなって、こっちに来てもらって介護をしているんです。ママ、メグミさんが来ると聞いて挨拶をしたがっています。会ってもらってもいいですか」

「うん」

弟につれられて奥の部屋のドアを開けると、窓際のベッドに白髪の女性が横になっているのが見えた。病人特有の汗と尿が混じったようなにおいが充満している。ベッドに近寄って、恵は目を疑った。母親には両足と右腕がなく、首から頬にかけてひどい火傷の痕があった。以前、トニーから母親が戦争で障害を負ったと聞いたのを思い出した。

恵は引きつった笑みをうかべてペルシャ語で挨拶した。

「サラーム」

母親はベッドに横たわったまま話しだしたが、ペルシャ語は挨拶しかわからない。母親はお構いなしに口端に泡をためて話しつづける。弟は話が長くなると感じたのか、途中で遮っておおまかな内容を日本語に訳してくれた。

「メグミさんに会えて嬉しいって言ってます。トニーのこと、よろしく。早く日本に行きたいですということです」

彼女もまた別れたことを知らないのだろう。弟は、さらにしゃべろうとする母親をたしなめ、リビングへ引き上げた。

恵はソファーに腰かけたが、母親の姿が頭から離れなかった。病院で働いていても、あそこまでの怪我を見ることはまれだ。

弟は恵の動揺に気づいて言った。

「驚かしてすみません。聞いているかもしれませんが、ママはイラン・イラク戦争で家族や親戚を大勢失ったばかりか、自分も大怪我を負い、日本へ出稼ぎに行った兄の仕送りに頼って悲しみの中で生きてきたんです。唯一の希望が日本に行くことなんです」

閉じられたドアの向こうから母親の声が聞こえている。恵はトニーとの関係のことをはっきりとつたえなければと思った。

「ちょっと待って。トニーから私たちが別れたって話は聞いてないの？　そんなふうに勝手に話を進められても困るんだけど」

「別れた？」

「二カ月以上前、私とトニーは別れることを決めたの。それに、トニーが仕送りをしていたって何？　日本に来たのは留学のためじゃないの？」

弟は、しまった、という表情をした。

「何が本当なのかちゃんと教えて。なんでトニーは日本に来て、覚醒剤の密輸をしているの？あなたたちは、どうしてマレーシアにいるの？」

「そ、それは……」

「私はあなたたちと一緒に働いているのよ。その相手に真実を説明するのは当たり前でしょ。それとも、トニーやあなたはグルになって私のことだまそうとしているの？」

「そうじゃありません」

「じゃあ、教えてよ。私だって自分の人生をかけてあなたたちと仕事しているのよ。あなたたちがなんでこのビジネスをしていて、何を目指しているのか、真実を知る権利はあるでしょ。それを拒むなら、だましていると言われたって仕方ないじゃない」

「誤解です」

「なら、隠しごとしないで、ちゃんと説明して。もし嫌っていうなら、これからトニーやあなたとは一緒に仕事はできない」

弟は歯を食いしばって下を向いた。ドアの向こうからは、まだ母親の声がしている。弟は少し考えてから口を開いた。

「本当のことを話したら、トニーや僕を信じてくれますか。だましたり、利用したりしてないってわかってくれますか」

「いいわ」

「わかりました。話します」

もともとトニーの実家はイラク国境に近い南西部の町にあったという。一九八〇年にイラン・イラク戦争がはじまったことで、穏やかだった生活は一変した。両国の軍隊が押し寄せてきて最前線となり、頻繁に激しい攻撃を受けることになったのだ。

当時、トニーの家族の子供たちはみな学校に通っていたが、最初に戦争にとられた父親が死亡し、次に学校を辞めて軍隊に入った長男も戦死。親戚も戦争に行ったり、空襲を受けたりして、次々と命を落としていった。やがて母親も買い物先でミサイル攻撃にあって吹き飛ばされた。病院に運ばれて一命をとりとめたものの、両足と右腕を切断した。

一九八八年に国連の介入によってイラン・イラク戦争は停戦となったが、次男だったトニーは母親や若い弟、それに孤児となったいとこを支えなければならなかった。だが、戦争で荒れ果てた国内には仕事はなく、バブルの好景気で盛り上がる日本へ出稼ぎに行くことにした。日本の建設現場で働きながら、収入の大半をイランの実家に送って生活を支えたのだ。

一方、イランでは仕事にあぶれた者たちが、食いつなぐために違法ドラッグの密輸ビジネスに手を染めるようになっていた。隣国のアフガニスタンでは長らく政情不安定な状態がつづいており、農民たちは高値で売れるケシの栽培をしていた。ケシは精製されることでヘロインとなる。イラン人たちはこれらを買い取り、ヨーロッパへと運ぶことで生活を支えていたのだ。

だが、二〇〇一年の九月十一日にアメリカで起きた同時多発テロが、こうした麻薬の世界地図を激変させた。米軍がアフガニスタンを攻撃してタリバン政権を放逐した後、ヘロインがテロリストの資金源になっているとしてアフガニスタン国内のケシ畑を徹底的に焼き払った。

イラン人ブローカーは供給元を失ったことで生活に困り、覚醒剤の密造に着手した。イランやアフガニスタンでは原料が比較的容易に手に入る上、ヘロインのように畑を必要としないので、家内工業で薬品を合成して造ることができる。そうして彼らは覚醒剤を大量生産し世界へ広げた。

同じ頃、日本にいたトニーはバブル崩壊後の不景気によって建設会社を解雇されていた。仕送りをつづけるために、やむなく路上で違法ドラッグの密売をはじめたが、暴力団の中間搾取もあって収入は満足のいくものではなかった。そんなある日、トニーのもとに建設会社の社長がやってきて、イランから日本への覚醒剤の密輸ビジネスをやらないかと持ちかけられた。イランから覚醒剤が流れてきているのを知り、誘ってきたのだ。

トニーは細々と末端の売人をつづけて逮捕される日を待つより、密輸で大金を稼ぎたいと考え、イランにいた弟たちに電話で相談した。弟たちはイラン国内の密売組織から覚醒剤を買い取り、イラン＝ドバイ＝マレーシア＝日本の密輸ルートを開拓することにしたという。

「もともと兄は成績優秀でエンジニアになる夢を持っていました。でも、イラン・イラク戦争が家族をバラバラにし、日本の不景気で追い詰められ、しかたなく密輸をはじめたんです。決して初めからやりたくてやったんじゃないんです」

恵は話を聞いてもにわかには呑み込めなかった。なぜニュースでしか耳にしないような外国での大きな出来事が、五所川原で育った自分につながるのだろう。話のストーリーが途方もなく大きかった。

「ち、ちょっと待って。じゃあ、イラン・イラク戦争やバブル崩壊やアメリカ同時多発テロが全部つながって、トニーの人生を大きく変えたってこと？　そしてそれが回り回って私の人生まで変えたってこと？」

「〝バタフライ効果《エフェクト》〟って知っていますか。ブラジルで蝶が羽ばたけば、テキサスで竜巻を引き起こすという話です。世界の出来事はすべてつながっているのです」

「……」

「豊かな環境にあると、人は自分の力で生きているように勘違いします。でも、人はそんなに大きな力のあるものではありません。トニーも、メグミさんも、私も、みんな砂漠の風に吹き上げられる砂みたいなものなんじゃないかな」

「砂？」

「イランの田舎で生きていると本当にそれを感じます。戦争、経済制裁、大統領の一言、そうしたことが強風となって吹きつけて、人の人生をまるで砂のように吹き飛ばしてしまう。そこで死んでしまう人もいるけど、生き残った人は吹き飛ばされた場所で必死に生きていかなければならない。兄がまさにそうだったと思います」

「吹き飛ばされた先の日本で私と出会った」

「そう。兄は様々な国際情勢に翻弄されながら懸命に生きてきただけです。兄は決して悪いことをしたくて日本に行ったわけじゃない。家族を支えるためには、そうするしかなかった。密輸について黙っていたのだって、メグミさんを本当に愛していたからです。好きだからこそ隠さなければならなかった。そこだけは信じてあげてください」

どう答えていいのかわからなかった。トニーが悪くないのだとしたら、こうなったことを何のせいだと考えればいいのだろうか。

「トニーはイランで何しているの？」

「インドネシアのテロの一件があったので、ブローカーや協力者たちと今後のことを話し合っています」

大金をつぎ込んでブローカーから購入しているため、一つまちがえれば大きな損害を出すことになるのだろう。

「たくさんの話をいっぺんにしてすみません。ここで話したことは、誰にも言わないでください」

弟は引き出しから封筒を出してきた。

「日本行きのエアチケットです。明日の朝の便です。今夜はこのリビングをつかってもらっていいですよ」

封筒を開けると、早朝の便のチケットが入っていた。八時間後の出発だ。

「ごめんなさい。今夜はここにいたくない……。今から空港へ送ってもらっていい？」

「どうしてですか。ここで寝れますよ」

「一人になりたいの。空港は二十四時間開いているから大丈夫。お願い、空港につれていって」

弟は寂しそうな表情をしてうなずいた。

インドネシアでの爆弾テロから三カ月間、ドバイ＝マレーシア間の荷物運びのアルバイトは行われなかった。当初トニーはすぐに再開できると言っていたが、毎週のように恵に連絡してきては予定の中止をつたえた。

理由は、アジア各地でテロ事件が立て続けに起きたことだった。インドネシアの事件の後には、アフガニスタンの首都カブールで国際治安支援部隊とインド大使館に対する自爆テロが起き、隣国パキスタンでは二度にわたって大規模な襲撃・テロ事件があった。そのため、世界各地の空港で軒並み取り締まりが強化されたのだ。

トニーはそうした状況を危惧《きぐ》して空港の状態を調べつつ、密輸を中止する決断を下した。すでに購入した分を手元に置いておくことのリスクもあったが、逮捕されれば自分たちだけでなく、ビジネスパートナーにも迷惑をかけることになるため、慎重を期すべきだと考えたのだろう。

一カ月また一カ月と中断期間が延びるにつれ、恵は本当に再開されるのかと不安になってきた。このままでは年内の借金の返済にめどが立たないばかりか、来年度から予定していた移住計画も撤回せざるをえない。何より、好江の母親への借金返済をどこまで先延ばしにできるかという懸念が膨らんだ。

そんなことを考えていると、恵はいよいよ自分が落ちるところまで落ちた気持ちになり、自らの運命を呪わずにいられなかった。

　今いる東京という町は、世界のあらゆる海流が交わるような場所なのかもしれない。自分は五所川原から流され、トニーはイランから流されてきた。それがアメリカ同時多発テロをきっかけにした麻薬地図の激変の渦に巻き込まれ、気がついたら後戻りできないところにまできてしまったのだ。

　こうなったのは自分の過失なのだろうか、それとも運命だったと受け入れなければならないものなのだろうか。何度も考えたが、答えを見つけることができなかった。

　秋が訪れても、アルバイトは中断されたままだった。十月半ばのある日、恵は病院の昼休憩に携帯電話を見たところ、十件近い着信履歴があるのに気づいた。折り返しかけてみると、純の担任の教師からだった。教師は動揺した口調で言った。

　――純君が怪我をして病院に運ばれました。早急にお越しいただけないでしょうか。

　二学期になってから、純は学校でのことを語らなくなり、欠席したこともあったため、何かあったのだと直感した。恵は師長に事情を話し、病院へ急行した。

　病院に到着すると、ロビーの片隅で純は教師数人に囲まれてすわっていた。大事《おおごと》ではなかったと胸をなで下ろしたが、純の左手首に包帯が巻かれていた。恵が歩み寄ってどうしたのかと尋ねても、純は答えようとしない。担任の教師が代わりに言った。

「お忙しいのにすみませんでした。実は、純君がお昼休みに彫刻刀で手首を切ったんです」

「純が自分でやったということですか」

「はい……。どうやらクラスメイトとうまくいっていなかったみたいなんです。一部の生徒と給食中にトラブルになって、美術室に駆け込んで突発的に切ったのだとか。学校としても純君のことは見守っていたつもりだったんですが……」

教師が聞いた話では、二学期に入ってから同級生の間で、純の母親が覚醒剤の密輸で逮捕されたことが噂になったそうだ。男子生徒の何人かがそれを理由に純をからかっていたという。純は理由が理由だったので誰にも相談することができず、男子生徒たちからの嫌がらせを我慢しつづけた。だが、この日の給食の時間に、「覚醒剤を食べてみろ」と言われて食事の上に石灰をまかれたことで怒りが爆発し、机を給食ごと引っくり返して教室を飛び出し、発作的に彫刻刀で手首を切ったという。

彫刻刀は手首の動脈を傷つけてかなりの出血があったが、保健の先生の応急処置のおかげで大事にいたらずに済んだ。今、問題の男子生徒たちは学校で、教頭や副担任から詳しい聞き取りを受けているらしい。

担任の教師は頭を下げて言った。

「今回の件に関しては、学校側として責任をもって対処していきたいと考えています。いじめをした生徒の親たちとも話し合いの場を設けるつもりですので、ひとまずは私たちにお任せいただけないでしょうか」

恵の立場からすれば、すぐにでも加害者の生徒たちに対する厳しい処分を迫りたかったが、実の母親でない自分がどこまで口出しすべきものかわからなかった。

彼女は純に言った。

「純君はどうしたいって思ってる？　先生にはどう対応してもらいたい？」

「僕は、どうでもいい」

「どうでもいいって……。同じことがあったらどうするの？」

純はしばらく黙ってから真っすぐに恵を見て言った。

「だって、来年の四月には別の学校に転校するんでしょ。それまで我慢すればいいだけだから」

純はいじめを受けている間も、あと半年の辛抱だと思って耐えていたのだろう。恵は何がなんでも四月からの移住を実現させなければと思った。

この日、恵は学校へ寄らず、純をつれて竹の塚のマンションへ帰宅した。気分転換のために外食しようかと誘ったが、純は食欲がわかないと言って一歩も外に出ようとしなかった。無理に誘うのも気が引けたので、そっとしておくことにした。

夜になって窓の外が闇に包まれた。恵はテレビを見ている純を時折見ながら、これから何をすべきかを考えていた。純の未来を考えれば、遅くとも四月までに借金を返して転校しなければならない。それには、荷物運びのアルバイトを再開してもらう必要がある。

午後十時になってテレビ番組が終わると、純は眠たいと言った。恵は布団を二つ敷き、電気を消した。疲れていたのか、横になって一分もしないうちに、純の寝息が聞こえてきた。

恵はそっと起き上がり、携帯電話を手にマンションを出た。外は冷たい夜風が吹いており、木から落ちた紅葉がアスファルトの上を舞っていた。恵はマンションからすぐのところにある有料駐車場へ行って携帯電話を取り出し、トニーの番号をプッシュした。

五コール目でトニーの声が聞こえてきた。

――今、アルバイトのこと少し話せる？

トニーは驚いたようにどうしたのかと言った。

――しつこいかもしれないけど、アルバイトの再開はいつになるか決まった？

――まだ見えてない。ドバイの空港は大丈夫なんだけど、マレーシアが厳しいって話なんだ。特に中東系の人は軒並み税関でチェックされているらしい。旧正月が終わるまでこのままかもしれない。

旧正月は二月だ。それでは遅すぎる。恵は思い切って言った。

――なんとか来月にはアルバイトをやらせてもらえないかな。空港でチェックを受けているのは中東系の人たちなんだよね。日本人の場合は、そうじゃないでしょ？

――それはそうだけど、万が一ってことがある。

――そんなこと言いだしたらキリがないよ。テロの前だって、万が一はあったでしょ。

トニーは黙り込んだ。駐車場の隅の自動販売機のライトが小さく点滅している。

――トニー、私にはどうしてもお金を稼がなきゃならない事情があるの。早く借金を返さなきゃ、純を取り上げられちゃうかもしれない。それに、今日純が学校でいじめられて手首を切っちゃったの。このままだったら、すべてがうまくいかなくなっちゃうかもしれない。

気がついたら声が裏返っていた。恵は返事を待たずにつづけた。

——万全をつくすから、私を信頼して。純をこれ以上傷つけたくないの。今アルバイトができるかどうかで、私や純の人生がまったくちがうものになるの。

駐車場に止まっている車の下で、一匹の黒猫がうずくまってこちらを見ている。トニーはしばらく何かを考えてから言った。

——ジュン君の気持ちはわかるし、メグミの思いもわかる。そこまで言うなら力になりたい。でも、二週間くらい待ってくれないかな。

——どうして?

——周りを説得しなきゃならないし、品物の用意もある。

——ありがと。

トニーは唾を飲んで言った。

——メグミ、絶対に捕まらないって約束して。

——うん。捕まってトニーに大損させるようなことはしない。

——お金なんてどうでもいい。無事に帰ってきて。僕やジュン君のためにも。

電話から聞こえてくる声に力が入っていた。

十一月十三日の夜、恵は約四カ月ぶりにドバイのロイヤル・セリトン・ホテルの客室のソファーに腰を下ろしていた。天井から吊るされたシャンデリアは、エアコンの風でかすかに揺れている。テーブルの銀食器の上にはルームサービスで頼んだ夕飯があったが、食欲がわかず、ペットボトルの水しか口にしなかった。

トニーから荷物運びを再開するという連絡がきたのは十日前のことだった。クアラルンプール国際空港の税関で日本人のチェックがほとんど行われていないことを確かめることができたので、予定を前倒ししてはじめると言われた。本当に安全なのか、恵の頼みを聞いてくれただけなのかわからなかったが、「ありがとう」とだけ答えて引き受けた。

客室のソファーで、恵は携帯電話に入っている純の画像を一つひとつ見ていた。渡航中は、マンションにあいりが泊まって身の回りの世話をしてくれることになっていた。恵は写真を見ているうちに電話をかけて純の声が聞きたくなったが、マレーシアに無事に到着してからにしようと考え直した。

午後七時を回った頃、客室をノックする音がした。ドアを開けると、トニーがスーツケースを持って立っていた。彼は廊下を見回してからドアの隙間をすり抜けるように部屋に入ってきた。今回は再開初日ということもあってトニー自らドバイにやってきて荷物の手配をすることになっていたのだ。

トニーはスーツケースをクローゼットの中に入れ、額に浮き上がった汗を拭った。もう一つ持っているのは、トニー自身の旅行用ボストンバッグだ。

「今夜の飛行機に乗るの？」と恵は訊いた。

偵察を兼ねて、一足早くクアラルンプール入りすると聞いていた。

「今から空港へ行って先にマレーシアに向かう。もし何か変わったことがあったらすぐに連絡するから電話の電源は入れたままにしておいて」

　恵の出発は一日遅れの明日の晩だった。

　客室の明かりの下で見ると、トニーの顔には疲れの色が浮かんでいた。荷物の調達から引き渡しの手配まで、走り回ってくれたのだろう。

「ごめんね、今回は無理を言って」

「いいんだ。いつかやることになるんだから」

「声が暗いね」

「正直に言うと、まだ頭の片隅に不安がある」

　室内に沈黙が広がった。トニーはドアが閉まっているのを確認してからつづけた。

「僕、メグミのことを日本人で一番大切に思っている。だから、今の状況を包み隠さず、全部つたえておきたい。いい？」

　恵はうなずいた。

「仕事を再開するのを決断した理由は三つある。一つ目は、クアラルンプールの空港では相変わらず日本人がフリーパスってこと。二つ目は、ここ半年間空港では誰も密輸で逮捕されていないこと。三つ目は、朝に到着する便であれば、税関の職員が昼間より少ないことだ」

「うん」

「これとは別に不安材料もある。一番は、隣のシンガポールでアジア太平洋経済協力会議が開催されることだ」

「それがどう影響するの？」

「会議に合わせて空港の警備が厳しくなるかもしれない。ただ、シンガポール国境に警備が集中して、クアラルンプールが手薄になるってことも考えられる」

「どっちに転がるかわからないってこと？」

「そう。僕が言えるのは、リスクがあることを絶対に忘れないでやってほしいってこと。少しでも不安なことがあったらすぐに電話してほしい。いいね？」

トニーの気持ちは嬉しかった。

「わかった。うまくやるから大丈夫」

「油断だけはしないで」

トニーはボストンバッグを肩にかけ、腕時計を見た。そろそろ行く時間なのだろう。

恵は引き留めるように言った。

「一つつたえておきたいことがあるの。四カ月前にクアラルンプールで弟さんに会った時、いろいろな経緯があって、あなたがなぜ日本に来て、この仕事をしたのかを聞くことになっちゃったんだ。ごめんね」

「弟から聞いたよ。僕こそ、事実を隠してて申し訳なかった」

「謝る必要なんてないよ。話を聞いて、むしろあなたのことをすごく見直すことができた。私だったら、あなたみたいにできないと思う。私の方こそ、付き合っていたのに何一つ理解してあげられなくてごめんね」

　恵は頭を下げた。トニーは何も言わなかった。恵は彼の目を見て言った。

「トニーは日本に来たことをよかったって思ってる？　後悔してない？」

　トニーは苦笑いして答えた。

「僕は日本が大好きだし、選択は正しかったって思ってる」

「あんなに苦労したのに？」

「イラン・イラク戦争の時は自分でも大変だと思ってたよ。お父さんが死んで、お兄さんが死んで、お母さんがあんな体になった時には、もう僕の人生はダメだって思った。日本人は地面の下に地獄があるって考えるけど、まさにそこに落ちたような気持ちだった」

「そうだよね……」

「でも、日本に来て一生懸命に働いていたら、少しずつ物事がうまくいくようになっていった。働けば働くほど、地獄の底から一歩ずつ地上へ上がっていけているみたいだった。うまくいかないこともあったけど、いろんな人に助けられたし、幸せだと思える時間もあった。何より、メグミに出会えた。日本に来てよかったと心から思ってる」

「そう……」

　トニーは言った。

「反対に質問してもいい？　メグミは自分の人生をどう思ってる？」

「戦争ほどじゃないけど、私も気がついたら深いところに落ちていた気分だった。東京に来てからも借金を背負って何もかもうまくいかなくて、人生を諦めていた時に出会ったのが、好江やトニーだった」

「じゃあ、僕たちはどん底で会ったことになるね」

「トニーの弟がこんなことを言ってた。人は砂みたいな存在だから、風が吹けば簡単に飛ばされてしまうって。私たち、きっとどん底に飛ばされたんだろうね。ねえ、トニー、人はみな、そんなふうにいろんな世界の風に吹き飛ばされながら生きているものなのかな。どこに飛ばされるのかは運でしかないのかな」

「運命だったら自分では変えられないだろうね。たどり着いた先で、神に祈りながら必死に生きていくしかない」

「私たちはこの先さらに飛ばされると思う？　それともここが終着点だと思う？」

「人に未来のことはわからない。メグミは自分の将来がどうなってほしい？」

恵は少し考えて言った。

「自分のことはもういいかな。それより純君を明るい未来に導いてあげたい」

「あの子が幸せになれたら、メグミも幸せってこと？」

「そうだね、私はそれで満足かな」

トニーは何かを言おうとしたが口をつぐんだ。エアコンの風の音がしている。トニーは時計をもう一度見て言った。

「そろそろ行かなきゃ。クアラルンプールでまた会おう」

恵は、うん、とうなずいた。トニーは恵の頬をそっと撫でると、ボストンバッグを肩にかけ直し、部屋から出ていった。

恵が、クアラルンプール国際空港の税関で逮捕されたのは、約三十二時間後のことだった。

二〇一二年

連邦裁判所で公判が開かれる日の朝、幸介はレストランで朝食をとった後、駒子と純をホテルに残して一人で外出した。開廷は午後二時。その前に、市内を走るモノレールに乗って、トニーの遺体が届けられたチョウ・キットの住所へ行くことにしたのである。

この日の明け方まで、幸介は恵から受け取ったノートを読みふけっていたため、ほとんど睡眠をとっていなかった。ノートに書き綴られた恵の人生は、想像していたよりはるかに不運に満ちていた。

何より驚いたのが、幼い頃から少しずつつみ重なっていった災いが、ここまで大きな事態に発展したことだ。貧困、不登校、血縁関係、差別、失恋、カードローン、水商売など一見誰にでも起きそうな悲運がつづいた先に、覚醒剤密輸の国際犯罪が待ち受けており、死刑判決を下されるなんて本人はゆめゆめ思っていなかっただろう。

チョウ・キットの駅を降りると、いかにも東南アジアの下町といった猥雑な街並みが広がっていた。狭い路地では痩せた野良猫がゴミをあさり、空にはカラスの群れが飛び回っている。汚れた身なりの老人や子供が何をするでもなくたむろしている。

入り組んだ道を十分ほど歩いたところに、トニーの遺体が運ばれた住所の家があった。古めかしい長屋で、三軒にわかれているらしくドアが三つある。そのうち二軒には中国語のお札が貼られている。トニーの関係者が住んでいるとすれば残りの一軒だろう。シンジケートのアジトとなっている可能性もある。

幸介は足がすくんだが、ここまで来て引き返すわけにはいかない。勇気をふり絞って右端のドアをノックした。何秒かして、四十代くらいの男性がドアを半分だけ開けて顔を出した。イスラーム教徒らしく、髭を長く伸ばしている。

幸介は英語で言った。

「はじめまして。僕は日本の東亜新聞の記者をしている者です」

男性は無言のままだ。

「僕は今日、裁判が開かれるメグミ・オガワの同級生で、支援をしています。この家の住人と事件の関係者であるトニーがつながっていると知って、話を聞きに来ました。少しだけお時間をいただけないでしょうか」

男性は無言でドアを閉めようとした。幸介はドアをつかんで言った。

「トニーのことはご存知ですよね」

「ノー」

「あなたはトニーを知っているはずです。彼の本当の名前はサイード・モハマディといいます！」

男性は、トニーの本名を聞いて凍りついた。幸介は畳みかけた。

「トニーは日本で死亡して、東京のイラン大使館を通じてこの家に遺体が運ばれてきたはずです。すべて突き止めているんです。日本の警察は単なる事故死として処理しましたが、明らかに矛盾する証拠があります」

「………」

「トニーが決して口にしない成分が体から検出されているんです。それを考えれば、事故ではなく、事件に巻き込まれたと考えられるんです。そういうことも話をさせてください」

男性は口をつぐんでいたが、動揺しているのは明らかだった。幸介は言った。

「どうですか。お願いできませんか」

しばらく黙った後、男性は日本語で言った。

「あなた、警察ですか」

「先ほど言ったように、僕は支援をしている記者で事件について訊きたいだけです。少しでいいので時間をください」

彼はあたりを見回してから、ドアを開いて家の中に入るように顎で促した。

室内はお香のにおいがうっすらと漂っていて、リビングには大きなペルシャ絨毯が敷かれていた。六人がけの食卓があり、キッチンや戸棚には生活用品がきれいに並べられ、外には洗濯物が干してある。どうやら住居として利用しているらしい。

幸介は会社の名刺を差し出して言った。

「もし僕の身元が心配なら、会社に照会していただいて大丈夫です。ここに来たのはあなた方をどうこうするのではなく、今日の午後に開かれる小河恵の裁判で新たな証拠となるものを探すためです。事件について教えていただきたいことがあるのです」

男性は名刺を見てから言った。

「私は、トニーの弟です。事件の話よりさきに訊きたいことがあります。あなたさっきトニーが事件に巻き込まれたって言っていました。それ、どういうことですか」

やはりそのことが気になるのだろう。

「東京都足立区の川で、トニーは遺体となって発見されたことはご存知ですよね。警察は簡単に調べただけで、事故死ということで片付けました。しかし、実際はトニーの体内からアルコールが検出されていたんです。彼が宗教上の理由からアルコールを口にしないことを考えれば、事件だった可能性が高いと考えるのが普通です」

「イラン大使館からは事故だったと聞きました。大使館も嘘をついたんですか」

「あの川は、人が足を滑らせて落ちるようなところじゃありません。それに、警察や大使館が不良外国人の遺体をちゃんと調べると思いますか？　大使館は警察からの情報を右から左に流しただけでしょう」

「事件だとしたら、誰がやりましたか」

「トニーは足立区竹の塚にあるフィリピンパブでお金を盗んでオーナーに追われていました。それに、あなたもご存知だと思いますが、覚醒剤の密輸にかかわっていて、暴力団のフロント企業などと深い付き合いがあった。むしろ、私の方が犯人の正体を知りたいのです」

弟は眉間にしわを寄せた。窓の外で、急に激しい雨が降りはじめる。幸介はつづける。

「僕の目的は恵さんを助けることだけです。初めはそのためにトニーの身元を突き止め、法廷に立ってもらおうと思っていました。でも、死んでしまっている以上、それは叶いません。残る手立ては、トニーのビジネスパートナーだった社長の存在を明らかにして責任を問うことだけです。今日はその協力をお願いしたいと思っているんです」

「私、社長と連絡とってません。どこにいるかも知りません。それでも何か訊きたいですか」

「トニーの不可解な行動について知りたいことがあります。空港で恵さんが逮捕された後、トニーは行方をくらましていたはずですが、どうして一年半も経ってから日本に行ったんでしょう。何が目的だったんですか」

雨音が激しくなる中、弟は言葉を絞り出すように言った。

「兄は……兄は、メグミさんを助けに行ったんです」

「助けに?」

「事件が起きた後、兄はメグミさんを無罪にできないか走り回りました。事件の後、二回も日本に行ったのはそのためでした」

三年前にクアラルンプール国際空港の税関で捕まった直後、恵は携帯電話をつかって空港からすぐにトニーに連絡をしたという。トニーは逮捕を知って即座にマレーシアにいる仲間や東京にいた社長に報告。そして自らも捜査の手から逃れるため、アンパン・ポイントのマンションを引き払って、今のチョウ・キットの借家へ拠点を移すことにした。

引っ越しを終えると、トニーは自身が指名手配されていないことをたしかめてから東京へ向かった。日本に残してきた証拠品を処分し、社長に会って今後のことについて相談するためだった。トニーと社長との間でどのような会話があったのか不明だが、日本を発つ直前にフィリピンパブの金を盗み出した。その金の一部は協力者だったママの逃亡資金に、残りは裏取り引きにつよい弁護士を雇う費用に充てた。

この時、トニーは裏世界に通じている弁護士とそれなりの資金を手に入れられれば、恵を救うことができると考えていた。この国では警察官や検察官を買収することで事件をもみ消すことがひそかに行われており、トニーは弁護士を介して金で検察官を丸め込んで不起訴に持ち込もうとしていたのだ。

だが、ここで誤算が生じた。トニーは目的の弁護士を味方につけたのだが、肝心の買収相手を見つけることができなかった。事件が国際的に大きく注目されていたことにくわえて、頻発するテロ事件のせいで外国人犯罪に対する風当たりがつよくなっており、警察や検察官が二の足を踏んだのだ。結局、買収相手が見つからないまま恵は起訴され、一審で死刑判決が下されてしまった。

それでも、トニーは二審の裁判官を買収して証拠不十分で無罪を勝ち取ろうと考えていた。弁護士からは、裁判官の買収には日本円にして五千万円以上の金がかかると言われた。トニーはただでさえ恵の逮捕によって、覚醒剤五・五キロ分の損害を出していたことから、一人ではそれだけの金額を用意することができなかった。そこで社長に資金提供を求めるため、パブのオーナーに追われている身でありながら、一年半ぶりに日本へ飛ぶことにした。

弟は言う。

「日本へ行った後、兄は社長と会って話し合いをしたようです。電話では、社長がお金を払うのを嫌がっているって言ってました。次の日にもう一度話し合って納得してもらうつもりだったみたいでしたが、これが最後の連絡になりました。翌日から、電話もメールもつながらなくなって、帰国予定日もすぎてしまいました。私たちが心配になって、日本にあるイラン大使館に問い合わせたら、死んでいたって言われたんです」

弟は大使館員に事故の詳細を訊いたが、「日本の警察からは事故であるとしか聞いていない」の一点張りだったという。大使館員も把握していなかったのだろう。

弟はつづけた。

「兄は本当に事故で死んだのだろうかという疑問が私にはありました。タイミングが変だったからです。でも、今あなたの話を聞いて、私は兄が殺されたとわかりました。社長が兄を殺したか、パブのオーナーに居場所を教えて殺させたかしたのでしょう」

経緯からすれば、社長が黒幕である可能性は高い。しかし、幸介には一点だけ納得のいかないところがあった。社長とトニーの意見が対立したとしても、社長にとって五千万円は決して払えない額ではなかったはずだ。トニーを殺してまで出し惜しみするだろうか。

「社長が恵さんのために大金を出すのを渋る気持ちはわかりますが、だからといってトニーを殺すことまでしますかね」

「どういうことですか」

「マレーシアでの事件に、社長は直接かかわっていませんよね。あれは、恵さんとトニーがやっていたことです。社長からすれば、『俺は関係ない』と言えば済む話であって、五千万円を求めてきたからといって殺害するほどのことじゃないと思うんです。殺人が発覚した時のリスクの方がはるかに大きい」

「それ、ちがいます。この事件には、社長が関係していました。兄も後で知ったのですが、社長は兄やメグミさんのことだましていたのです。兄はそれを知って社長のことをものすごく怒っていました」

成田国際空港で好江が逮捕された後、社長はマレーシアから日本への密輸を中断したが、トニーにはドバイからマレーシアへの密輸は継続するように指示していたそうだ。イランの業者との関係維持のためには定期的に買いつづける必要があったし、そのぶんはマレーシア国内で売ればいいという考えだった。

トニーは指示に従って密輸を再開しようとしたが、現地の運び屋は好江の逮捕を知って二の足を踏んだ。そこで社長が考えたのが、恵に借金を背負わせてドバイ＝マレーシア間の密輸をするように仕向けることだった。

社長は弁護士に命じて好江とその母親を言いくるめ、恵に対して純を引き渡す代わりに本来の借金以上の額を払うように求めさせた。目論見《もくろみ》通り、恵は話を信じて純を引き取るために荷物運びのアルバイトをはじめた。

このことはトニーにも隠されており、彼が真実を知ったのは恵の逮捕後のことだった。事件を受けて日本に緊急入国した際、トニーは好江の母親に会って、弁護士費用が必要なので、これまで恵が支払ったお金を一時的に貸してほしいと頼んだ。そうでなければ、裁判で恵が金を脅し取られていたことを話さざるを得なくなり、あなたが参考人として呼ばれることになる、と脅したのだ。好江の母親は保身のため、社長と弁護士に言われて恵に嘘をついていただけだと打ち明け、自分には金銭を払う義務はないと言った。これでトニーはすべてを察したのである。

弟は言った。

「二度目に日本へ行って社長に会った時、兄はそのことをお金を貸してもらうための交渉材料にしました。『メグミをだましたのなら、社長も事件にかかわってることになる。もし死刑判決を引っくり返せなければ、自分は警察に行って罪を被るつもりだ。そうすれば社長のことも話さなくてはならなくなる。だから五千万円を出してほしい』と。社長はそれを聞いて、自分を警察に売る可能性のある兄を生かしておくと危険だと考えたんだと思います」

幸介は膝が震えるのを感じた。もし弟の話が事実なら、社長がトニーを殺害する理由ははっきりする。五千万円を払ったところで、裁判で判決を覆すことができなければ、トニーは恵を救うために警察に出頭して洗いざらい自白するにちがいない。そうなれば捜査の手が自分にも及ぶ。社長はそれを防ぐためにトニーを消したのだ。

幸介は言った。

「社長は、たしかに好江さんの母親をそそのかして恵さんに過分な借金を背負わせていたんですね」

「これ、本当のことです。ヨシエさんのお母さんの証言は録音したそうですし、最後の電話があった時に兄がそれを社長につたえたと言ってました」

この事件の首謀者が、社長であることはまちがいない。だが、すべてを知っているトニーは消されてしまっている。

「社長が事件の主犯だと裏付けられる証拠はないでしょうか。午後の裁判でそれを明らかにすれば、恵さんは助かるかもしれません」

弟は首を横にふった。

「すみません。兄しか詳しいこと知りません」

「日本から遺体が送られてきた際に所持品も一緒に交ざっていなかったのですか」

「警察に取られていました」

幸介は頭を抱えた。雨の音だけが聞こえる。弟は申し訳なさそうに言った。

「裁判には協力できません。すれば、私も逮捕されます。すみません……」

トニーの罪を暴くことは、弟もまた自らの犯罪を明るみに出すことになる。ここまで話してくれただけでも御の字だろう。

その時、奥の部屋から年老いた女性の声が聞こえてきた。誰かを呼んでいるようだ。幸介が首を傾げると、弟が言った。

「お母さんです。体が悪くて寝たきりなんです。これから病院へ行かなければなりません」

「そうですか……。いきなり押しかけてしまって、申し訳ありませんでした」

腕時計の針は十一時を示していた。そろそろもどらなければ、午後二時からの裁判に間に合わない。

奥の部屋からまた声が聞こえる。弟はペルシャ語で何かを返事してから、幸介に言った。

「今日の裁判でメグミさんにメッセージをつたえられますか」

「弁護士に頼めば、一言くらいなら可能だと思います」

「できたら、兄は心からメグミさんのことを愛していたとつたえてください」

真剣な瞳だった。弟は言った。

「兄は、メグミさんに会って心を入れ替えることができたと感謝していました。だからこそ、最後まで彼女を救おうとして死んでいったんです」

幸介は目をそらし、「そろそろ裁判所に行きます」と言って立ち上がった。


連邦裁判所に到着したのは、開廷の五十分前だった。巨大な大理石の建物の中は、スーツ姿の法曹関係者やメディアの人間で混み合っている。町の中心街から離れていることもあり、一般の傍聴者はほとんどいなかった。

幸介は純、駒子、リーとともに一階の奥にあるカフェで、弁護士が来るのを待っていた。ここで最終的な打ち合わせをすることになっていたのだ。連邦裁判所に来るタクシーの中で、幸介はトニーの死と弟の話をつたえたところ、みんな驚きを隠しきれない様子で押し黙り、裁判所に到着してからもほとんど口を開かなかった。

カフェで弁護士を待っている間、幸介は純のネクタイと襟を整えてあげながら言った。

「純君の証言はすべて通訳がマレー語に訳してくれるから、裁判官の方を向いて話すんだよ。弁護士の質問に対して、端的に答えればいい」

「はい」

「重要なのは、社長の指示で恵さんが外国に行っていたとつたえることだ。事件に社長がからんでいたことをはっきりとさせたい」

「お母さんのことは話すんですか」

「お母さんを巻き込む必要はない。お母さんをこの国で有罪にしたくないだろ。純君が後悔することはしなくていい」

純は申し訳なさそうに唇を噛んだ。幸介は純に過酷な役目を強いていることを改めて思った。

少しして、弁護士が書類を脇に抱えて早歩きでやってきた。ぴったりに仕立てたスーツに身を包み、胸にはバッジをつけ、秘書と日本語通訳を伴っている。彼はテーブルに着くなり書類を置いて、英語で言った。

「裁判は予定通りはじまることになっています。ミスター・ジュンとすり合わせをしたいので、打ち合わせは手短にしたい」

「わかりました」

「私が訊きたいのは一点です。社長に関する他の証拠は集められましたか」

「努力しましたがダメでした」

「そうですか……。残念です」

「ただ、午前中にトニーの弟に会ったことで、新たな事実が判明しました。時間がないと思ったのでメモに書きました。裁判がはじまるまでに読んでいただけないでしょうか」

そう言って英語で書いた十一枚に及ぶメモを渡した。トニーの弟から聞かされた事件のあらましを記していた。

「大まかな内容は？」

「社長が恵を欺《あざむ》いてドバイからマレーシアへの密輸をさせていたということです。つまり、社長は事件に直接かかわっている主犯だったのです」

「重大なことですね。後で目を通しておきます」

弁護士はメモをスーツの胸ポケットにしまい、腕時計を見た。

「ひとまず、あなた方が一生懸命に集めてくれた情報を精査して裁判に挑みます。全力でやりますので、神に祈っていてください」

幸介はすべてを託してうなずくしかなかった。駒子や純も同じ気持ちだっただろう。弁護士は純に言った。

「さあ、君は私についてきて」

彼は純を立たせると、外に向かって歩きはじめた。純は一度幸介たちを見た後、小走りに後を追っていった。

開廷の十分前に、幸介たちは裁判が開かれる二階のもっとも広い法廷へ上がっていった。入り口には東南アジア支局に勤める各メディアの日本人特派員の他、現地の報道記者たちがノートを手にしてあふれていた。最後の判決となるため、二審の時とは比べものにならないくらいの混雑だ。法廷内はカメラの持ち込みが禁じられているので、廊下にテレビクルーが数組待機している。

幸介は弁護士に頼んで、傍聴席最前列の席を押さえてもらっていた。記者たちが法廷に現れた駒子に気づいて押しかけてきて、あっという間にもみくちゃにされ、「恵さんのお母様ですよね、娘さんについて一言ください」と迫られる。警備員が止めに入る中、幸介はリーとともに駒子をかばうようにして席についた。

開廷の二分前になって、女性刑務官が紅白の囚人服を着た恵をつれてやってきた。被告人席で恵は腰縄を外され、椅子にすわったものの、顔を隠すようにうつむいている。

予定の午後二時に、黒い服の裁判官たちが席について開廷を告げた。正面に裁判官、手前の左右に弁護士と検察官が対峙《たいじ》する形は日本と同じだ。

真ん中にいた裁判長がマレー語で言った。

「これからマレーシア連邦裁判所の公判をはじめます。弁護士は判決に対する異議を述べてください」

弁護士が立ち上がった。彼は裁判官たちを見回してから口を開いた。

「本法廷において、メグミ・オガワはこれまでの証言を覆すことにいたします。本件には、主犯が別にいて、彼女はその下で密輸をさせられていたことを新たに主張します」

傍聴席にいた記者たちがざわめいた。この場においてすべてを引っくり返すとは想像もしていなかったのだろう。

裁判長が木槌《きづち》を叩いて静粛にするよう注意するが、傍聴席の動揺は収まらない。裁判長は声を大きくして言った。

「弁護人に訊きます。被告人はドバイの空港で見知らぬ人間から荷物を預かったと発言していましたが、それ自体を撤回するということですか」

「その通りです。覚醒剤の密売組織にメグミ・オガワは操られていたのです。その経緯について、ここで説明することをお許しいただければと思います」

弁護士は胸を張って新事実を語りはじめた。

主張したのは、社長を頂点とする覚醒剤の密輸組織があったということだった。社長はイラン人密輸グループと組んで、イランで製造した覚醒剤をドバイ・マレーシア経由で日本に運び込み、国内で売りさばいていた。ドバイ＝マレーシアのルートはイラン人の運び屋が担当し、マレーシア＝日本は日本人が担っていた。当初、恵は社長らの口車に乗せられて中身を知らないまま荷物を運んでいた。

しかし、好江が逮捕されたことで状況が一変する。組織の運び屋たちが逮捕を恐れて密輸を中断したのだ。そこで社長は恵に多額の借金を背負わせ、ドバイ＝マレーシア間の密輸をさせるように仕向けた。恵はだまされていることに気づかずにそのルートでの密輸をはじめたが、テロ事件による警備体制の強化もあって二〇〇九年にクアラルンプール国際空港で逮捕されることとなった。

弁護士は大まかな話の流れを説明してから言った。

「これまで法廷でメグミ・オガワが虚偽の証言をしていたことは事実です。しかし、もし真実を語れば、密輸組織から報復を受けるだけでなく、彼女の家族にまで危害が及ぶ可能性がありました。世間を欺いたことについてはご配慮いただいた上で、事件の真相を解明し、正しい判決が出されることを切に望みます」

幸介は姿勢を正したまま、ゆっくりと息を吐いた。弁護士はメモをすべて読んだ上で、事実を的確に説明してくれたのだ。

裁判官たちは新事実を聞いて当惑の表情を浮かべ、小声で話し合いをはじめた。これを認めれば、裁判を一からやり直さなければならないことになる。まだ傍聴席は騒がしい。

検察官が挙手して立ち上がった。

「裁判長、異議があります。この期に及んで証言を撤回することは認められません。被告人はすでに二度の裁判にわたって同じ証言をしています」

裁判長はペン先を見つめてから言った。

「却下します」

そして弁護士に向かってつづけた。

「弁護士は、この場で今述べたことが真実だということを示してください」

法廷が水を打ったように静まる。

弁護士は咳払いし、秘書に証人をつれてくるようにと合図をした。沈黙の中で一秒が十分にも一時間にも感じられる。

やがて純が現れ、証言台の前に立った。恵はまさか純が証人として法廷に立つと思っていなかったらしく、驚いて目を見開いた。日本人記者たちが「あの子は誰だ」とつぶやく。

純は緊張で顔を紅潮させ、唇を小刻みに震わせている。通訳の男性が隣について何かを囁くが、耳に入っていないようだ。

弁護士は裁判官に向かって言った。

「この少年は、メグミ・オガワが世話をしていたジュン・カヌマです。これからメグミ・オガワの日本でのことについて語ってもらいます」

裁判官は腕を組んだままじっとしている。弁護士は証言台の純のもとに歩み寄り、小さく微笑みかけた後、メモを手にして質問をはじめた。

「ミスター・ジュン・カヌマ、まずあなたと被告人の関係から話してください」

純は恵に目をやってから恐る恐る口を開く。

「日本で僕は恵お姉ちゃんに育ててもらっていました。お母さんが毎月マレーシアに行っていたので、その間、恵お姉ちゃんが家で食事や勉強など生活の面倒をみてくれたんです。小学生の頃から中学生の頃までほぼ毎月半分くらいは、恵お姉ちゃんの家に泊まっていました」

通訳が日本語をマレー語に素早く訳す。

「あなたのお母さんは訳あって警察に逮捕されます。その後も、被告人があなたの面倒をみていたんですね」

「はい。食事の用意から服の購入まですべてしてくれました。お母さんが家のことを何《なん》にもしない人だったので、恵お姉ちゃんが母親代わりでした」

しっかりとした回答ができているのは、裁判のために事実を整理してきたからだろう。

「では、被告人の仕事についてお尋ねします。被告人が覚醒剤の密輸で収入を得ていたことはご存知ですか」

「恵お姉ちゃんは看護師でした。病院の夜勤も週に何日か行っていて、僕の前ではお酒すら飲みませんでした。覚醒剤なんて一度も見聞きしたことがありません」

「今回主犯とされている、『社長』と呼ばれていた男性のことは知っていますか」

「社長はお母さんの恋人でした。ヤクザみたいなものすごく怖い人で、怒って僕の首を絞めてきたり、お風呂に沈めてきたりしたことがあります。社長の周りにいた部下や仲間もみんな暴力をふるう人でした」

「社長は、覚醒剤の密輸や売買をしていたそうです」

「僕は『貿易』の仕事をしているとだけ聞いていました。お母さんも手伝いをさせられていて毎月のようにマレーシアへ行っていました」

「被告人も社長の手伝いでマレーシアに来ていたんですか」

「社長や仲間のトニーが、恵お姉ちゃんをマレーシアに誘っていました。恵お姉ちゃんは僕の世話があるので行きたがりませんでしたが、断り切れない時は一、二泊で行っていました」

弁護士が話を区切り、裁判長の方を見た。そして幸介の書いたメモに目を落としてから短く言った。

「裁判官のみなさんに一つ付け加えておきますと、トニーと名乗る人物は、本名をサイード・モハマディといい、イラン人の密輸業者ですが、本件から一年半後に日本で事故死しています。その事実については、日本大使館に確認をとればわかるはずです」

恵が驚いた表情をして口に手を当てた。トニーの死については初耳だったはずだ。

弁護士は純の方を向いて質問をつづける。

「社長は被告人をドバイ＝マレーシア間の運び屋にさせるために、莫大な借金を背負わせたとされています。被告人がどのように借金をすることになったのか教えてください」

「まず、お母さんが社長の仕事を手伝って成田国際空港で逮捕されました。身寄りのなくなった僕を、恵お姉ちゃんが同情して引き取ると言ってくれました。最初お祖母《ばあ》ちゃんは認めていたのですが、少しして『好江が私にしている借金を代わりに返すというのが条件だ。それができないのなら純を施設に送る』と言いだしたんです」

「借金の額がどれくらいか知っていますか」

「かなりの金額だとは聞いていますが、具体的には知りません。弁護士の先生が恵お姉ちゃんにつたえたはずです。それでも、恵お姉ちゃんはお祖母ちゃんの要求を呑んで、自分で借金を返済すると言ってくれました」

「その弁護士とは？」

「社長がお母さんのために雇った弁護士です。お祖母ちゃんが借金のことを言いはじめた時、なぜかその弁護士も一緒でした」

傍聴席の記者たちはメモを取るのも忘れて耳を傾けている。弁護士は静まり返った法廷で咳払いをしてから、純に言った。

「ここで事実を整理したいと思います。まず社長は君のお母さんに覚醒剤を運ばせた。お母さんが成田国際空港で逮捕されたので、社長が弁護士を雇ってあげた。被告人が君を引き取ろうとしたら、お祖母さんが弁護士とともに現れて、唐突にお母さんに借金があるから代わりに払えと言ってきた。そういうことですね」

「はい」

「なんで被告人は多額の借金を肩代わりしてまで君を引き取ろうとしたんだと思いますか」

「それは……僕が……」

急に声が詰まった。

「僕が施設に行くのを嫌がっていたからだと思います……。僕は不登校だったし、友達もいませんでした……。だから、一人で施設に行かせることなんてできないって心配して、助けてくれようとしたんだと思います」

「被告人は君の状況に同情し、借金を被ってまで助けようとしたということですね」

「はい……。だから、恵お姉ちゃんには心から感謝しています……」

傍聴席からは物音一つ聞こえない。弁護士は眼鏡を外して純に言った。

「ここで重要なことを訊きます。今回の事件の社長の責任についてです。社長は被告人があなたの身の回りの世話をしていたのを知っていましたか」

「はい」

「社長はお母さんが逮捕されて密輸ができなくなりましたよね。そこで、彼が君のお母さんやお祖母さんと結託して、被告人に余計な借金を背負わせて運び屋をやらざるをえない状況に追いつめたと考えることはできますか」

弁護士は純の返事を待たずにつづけた。

「社長にしても密輸がまったくできなければビジネスになりませんよね。やるには、どうしても運び屋がほしかった。そこで、被告人の弱みにつけ込んで、密輸をするように仕向けたんじゃないですか」

弁護士は法廷の雰囲気を追い風にして一気に社長の責任まで追及しようとしたようだ。

検察官が遮るように手を挙げた。

「裁判長、異議があります！」

「どうぞ」

「弁護人の質問は、明らかな誘導です。根拠のない仮説を証人に押し付けようとしています」

裁判長はうなずいた。

「認めます。弁護人の質問は仮説にすぎません。社長がそういうことをしたという証拠はどこにあるのでしょうか」

弁護士は口ごもった。検察官が反撃に転じた。

「弁護人は社長が主犯だというなら、その人物の身元を明らかにした上で、法廷につれてくるべきです。それができないなら作り話と同じです」

裁判長は弁護士を見た。

「これも認めます。弁護人は、主犯格とする社長を出廷させることはできますか」

「ここにですか？」

「今のままでは、社長という人物の存在さえ不確定です。もし彼が事件の主犯だというなら、法廷に証人としてつれてくる必要があります」

傍聴席の記者たちがざわめきだす。弁護士は、机の封筒を手に取り、裁判官に提出した。

「これが社長が実在する証拠です。封筒の中身は、社長が警察に取り調べを受けた時の新聞記事と、ハイムの契約書の署名です。社長はミスター・ジュン・カヌマが住んでいた家の保証人になっていました。また、日本の警察も密輸に関与した疑いで彼を捜査しています」

再び検察官が手を挙げた。

「異議あり。この書類だけでは主犯だとする証拠にはなりません」

「異議を認めます。弁護人、これだけでは証拠として認められません」

検察官がほくそ笑む。

弁護士は手の汗をハンカチで拭いてから答えた。

「社長は反社会組織の人間であり、私個人の力で出廷させることは困難です。裁判所から日本の警察に働きかけて、協力を仰ぐしかありません」

「社長の所在はわかっているのでしょうか」

「そ、それは……。反社会組織の人間なので、日本の警察を通してからでなければ……」

歯切れが悪くなった。検察官が見透かしたように大げさに笑う。

「裁判長、どこに住んでいるかさえわからない人物を主犯だとするには無理があります。弁護人は架空のストーリーをでっち上げている可能性もあります」

傍聴席からも失笑の声が漏れる。多くの人が、同じように感じているのだろう。

検察官は傍聴席の記者たちを巻き込むように言った。

「弁護人の話は時間稼ぎにすぎません。刑の確定を先延ばしにする目的で行っているものと考え、今すぐ却下を求めます」

弁護士が「ちょっと待ってください」と言う。裁判長は冷たくそれを一蹴した。

「弁護人の発言は認めません。静かにしてください」

「……」

「今、協議しますので、お待ちください」

裁判長は他の裁判官を呼び集めて話し合いをはじめた。書類の上でしか存在が明らかになっていない人間の事件への関与を認められるのか。

検察官が薄ら笑いを浮かべる前で、弁護士が額に手を当てて天を仰ぐ。証言台の純が口を開いたのは、その時だった。

「すみません、ちょっといいですか」

裁判官たちが顔を見合わせる。裁判長が言った。

「君は、社長の居場所がわかるんですか」

「社長がどこにいるかわかりませんが、恵お姉ちゃんを犯罪に巻き込んだもう一人の人物なら答えられます」

裁判長の目が鋭くなる。

「もう一人とは？」

「ぼ、僕の……僕の、お母さんです」

幸介は耳を疑った。まさか好江のことを挙げるなんて。恵も啞然としている。

純は脇目もふらず言った。

「さ、最初に恵お姉ちゃんに嘘をついて密輸をさせたのは、お母さんです。恵お姉ちゃんが僕を引き取る際に『本当にたくさんの借金があるのか』と確かめた時も、お母さんは肯定しました。社長、トニー、お母さん、みんなで恵お姉ちゃんを陥れたんです」

「つまり、今回の事件の中で被告人をだました人物は三人いるということだね。社長は行方不明で、トニーは死亡しているが、君のお母さんなら所在は明らかだということですか」

「君のお母さんはどこにいるんですか」

「……日本の栃木県にある刑務所です。覚醒剤の密輸で逮捕された鹿沼好江といいます……」

幸介は目の前で起きていることが夢であってほしいと思った。たしかに好江であれば、日本側に要請すれば身元は明らかになる。だが、それは好江自身が重い刑罰を受けることを示している。純もわかっていたはずだが、窮地に陥った恵を見捨てられなかったのだろう。

被告人席の恵が叫んだ。

「純君、ママのことは巻き込まなくていいから！」

悲痛な声が法廷に響く。裁判長が木槌を叩いて言った。

「被告人の発言を認めません！」

恵は目に涙を浮かべてなおもつづける。

「ママのことは言わなくていいよ！　私が責任をとるから！」

「被告人は静粛にしなさい。でなければ、退廷を命じますよ！」

恵は隣の警備員に押さえつけられた。純は気丈な表情で彼女を見返した。

裁判長は純に目を向けて言った。

「今の発言は、証拠としますが、よろしいですか」

「はい」

純なりの覚悟があったにちがいない。幸介の隣の駒子は呆然としている。

裁判長は弁護士に言った。

「弁護人に確認します。今の発言の通りならば、ヨシエ・カヌマに対する取り調べは可能だということですね」

弁護士は純の顔を見てから言った。

「はい。裁判所が日本大使館に要求すれば、日本の刑務所にいる彼女に事実関係をたしかめることはできます」

「それでは、ヨシエ・カヌマが主犯の一人であり、被告人はそれに陥れられたということでよろしいですね」

「はい。その通りです」

これで好江までもが主犯の一人となったのだ。

裁判長はうなずいて、純に向かって言った。

「最後にもう一度だけ確認します。あなたは、ヨシエがたしかに被告人をだましたと証言しましたね」

「は、はい……」

「また、母親が祖母に借金をしていると言ったのを聞いたんですね」

「……そうです」

「わかりました。一旦協議しますので、しばらくお待ちください」

裁判長は他の裁判官とともに奥の部屋へ入っていった。

法廷はまだ怖いぐらいに静まり返っていた。弁護士も検察官もうまく頭を整理しきれていないようだ。

証言台で、純は背筋を伸ばして立ったままだ。幸介は後ろ姿を見ながら、純は初めからそれなりの覚悟を決めてきたのだろうと思った。彼は恵を救うことにすべてを懸けたのだ。

十分ほど経って、裁判官たちが法廷にもどってきた。裁判長は席にすわると、木槌を叩いて言った。

「証人は下がって、被告人は前に出てください」

純が助手につれられて角の席に移動し、代わりに恵が証言台に立った。恵は動揺を隠しきれず、ハンカチを握りしめている。駒子も傍聴席で息を呑んで耳を澄ました。

裁判長は言った。

「今回の弁護人の主張を受けて、結論を次のように下します」

傍聴席の記者たちの視線が集まる。

「連邦裁判所は、弁護人の主張を認め、本日は判決を下さず、新たにヨシエ・カヌマに証人として出廷することを求めます」

裁判長はつづける。

「次回の公判は三カ月後といたします。その時までに弁護人はすみやかにヨシエ・カヌマを証人としてつれてきてください。そこで事実関係を明らかにした上で被告人に対する減刑が妥当かどうかを判断いたします。弁護人、検察官ともによろしいですか」

弁護士は勝ち誇った表情で、検察官は落胆した様子でうなずく。裁判長は言った。

「本日は、これにて閉廷いたします」

木槌の音が響くとともに、記者たちが速報を流すために法廷から駆けだした。

リーが駒子の背中をさすって言った。

「お母さん、裁判官は第三者の介入について前向きに検討してくれることになりました！」

駒子はまだ把握し切れていないようだった。

「ど、どういうことですか」

幸介が言った。

「裁判所は、好江さんが恵さんを欺いて事件に巻き込んだという主張を受け入れてくれたのです。その結果、好江さんに対して事実関係の確認をすることになりました」

「恵は……恵は助かるんですか」

「恵さんが罠にはめられていたことが証明されれば、死刑を回避できる可能性が出てきます。僕たちが目指していた方向に動きだしたんです」

駒子は胸に手を当てて大きく息を吸った。目から静かに一筋の涙がこぼれる。

見ると、法廷では恵が腰縄をかけられ奥へとつれていかれるところだった。恵は肩を落とすように下を向いている。助かったというより、純に大変な負担をかけてしまったという思いがつよかったのだろう。

法廷から出て行こうとした時、弁護士の横にいた純が叫んだ。

「恵お姉ちゃん！」

恵がピタリと足を止めた。純は大きな声で言った。

「帰って来てね！　絶対に待ってるから日本に帰って来てね！」

彼女の目がみるみるうちに潤んでいく。純はさらに言った。

「いつまででも待ってるから、また一緒に暮らしてね！」

恵が何かを言いたげにしたが、唇が震えて声が出なかった。刑務官が腰縄を引っ張って促す。恵は赤くなった目で純を見つめ、「あ・り・が・と・う」と口を動かした。そしてそのまま法廷の奥へと消えていった。


公判が終わった後、幸介たちは同じ建物にある弁護士の控室へ向かった。純を迎えに行かなければならなかったのだ。裁判は恵を救うという点ではうまくいったが、純の胸の内を思うと諸手《もろて》を挙げて喜ぶ気持ちにはなれなかった。

控室はビジネスオフィスのようなガラス張りになっていて、長いテーブルが置かれていた。弁護士と秘書がコーヒーを飲んで談笑している傍らで、純が身を縮めるようにして椅子にすわっている。外はいつしか晴れ渡り、窓から射し込む陽が、疲れ切った横顔を照らす。

幸介はドアを開けて入ると、弁護士の前に行って頭を下げた。

「ありがとうございます。おかげ様で、一歩先に進むことができました」

弁護士は握手をして言った。

「今日の成果はあなた方の努力の賜物《たまもの》です。特に、ジュンの発言が決定的でした。今後の見通しはつきましたので、後はやるべきことをやってメグミの減刑を実現させましょう」

「やるべきこととは？」

「日本大使館を介して日本の法務省に要請がいき、ヨシエの取り調べがはじまるはずです。そこでヨシエの関与が明らかになれば、メグミの減刑が検討されると思います」

三カ月後の公判では、好江に事件への関与を認めさせなければならない。それには、純の協力も必要なはずだった。

純は椅子に腰を下ろしたまま口をつぐんでいる。幸介は純に言った。

「裁判での証言、お疲れ様。いろいろと考えての決断だったと思う。一つだけ確認をしておきたいことがあるんだけど、いいかな」

純は小さくうなずいた。

「裁判官は、純君の証言をもとに、好江さんを裁判の参考人として呼んで事実を明らかにしようとしている。きっと恵さんは罪が軽減されるだろうけど、好江さんが日本かマレーシアで何かしらの重い罪を科せられるかもしれない。それはわかってるよね？」

「…………」

「好江さんからすれば、純君に裏切られたと思うはずだ。そうすれば、お母さんとの関係が悪くなってしまうかもしれない。それを全部理解した上で、あの証言をしたんだね？」

今後、純の前には厳しい壁がいくつも立ちふさがるだろう。だからこそ、今のうちに真意を確認しておきたかった。

「もし発言を後悔しているなら、撤回できる。どうする？」

純は重い口を開いた。

「今回の発言は、日本にいた時から悩んで出した結論なんで、僕としてはまちがったことはしてないと思ってます」

「そうだったんだ」

「母さんが社長とグルになって恵お姉ちゃんをだましたのは事実です。それに対して嘘をつくわけにはいきませんでした。母さんが黙っているなら、息子の僕がきちんと言わなければならないって思ったんです」

純は膝を握りしめてつづけた。

「それに、恵お姉ちゃんに助かってもらいたかった。恵お姉ちゃんは恋人と別れたり、病院を変えたりしてまで僕と一緒の時間を増やしてくれた。今回の密輸だって僕の将来のためを思ってやったことでしょ。それに報いるには……こうするしかなかったんです」

純の唇が震え、目が潤む。駒子がそっと近づいて声をかけた。

「純君、ありがとう……。そこまで考えてくれてありがとうね……。どんな理由があっても、恵があんな馬鹿なことをしなければ、純君をこんなに苦しめずに済んだのに……」

「ちがうんです。僕が甘えたからいけなかったんです」

「そうじゃない。純君は何も悪くない。お母さんのことだって、恵のことだって何一つ責任を感じる必要なんてないのよ。むしろ、非難されるのは恵や好江さんであり、彼女たちをああいうふうに育てたおらなんだから」

駒子は深々と頭を下げて謝った。純が頭を上げてくださいと頼んでも頑として聞こうとしない。駒子は駒子なりに責任を感じているのだ。幸介は二人が今後背負っていくものを思うと胸がしめつけられた。

その時、控室のドアをノックする音がした。幸介はガラスのドアの向こうを見て目を疑った。サングラスをかけたトニーの弟が立っていたのだ。弁護士が「君は？」と尋ねたので、幸介が言った。

「彼はトニーの弟です」

幸介は弟に対して英語で言った。

「どうしてここに？」

「傍聴席の後ろで、裁判を見させてもらいました。ジュン君の証言に驚きました。メグミさんを助けようとする勇気が痛いほどつたわってきました」

弁護士が押し黙る。弟は純を見てから言った。

「裁判の間、ずっと兄のことを考えていました。僕はこれまで、なぜ兄がイスラーム教徒でもない女性をあそこまで愛したのか理解できませんでした。でも、先ほどのジュン君の話を聞いていて初めてわかった気がします」

彼はバッグから一個の携帯電話を出した。ずいぶん古い型のもので、表面のペイントが剥がれている。彼はそれをテーブルに置いた。

「これ、兄の携帯電話です。次の裁判で、これを証拠としてつかってください」

「証拠？」

「事件に兄と社長が絡んでいた事実を示すデータがあります。兄と社長のメール、社長の家で撮った写真、覚醒剤の取引先、メグミさんとのやりとり……。それに、今朝話したヨシエさんの母親の音声データも入っています」

幸介は戸惑いを隠しきれなかった。事実なら裁判を引っくり返す証拠になる。

「お兄さんの持ち物は警察に押収されたんじゃなかったんですか」

「日本で遺体として発見される前、兄から電話があったって話しましたよね。兄は社長との交渉がダメになって命を狙われるかもしれないと考えてました。それで『証拠となる携帯電話を送るから預かってくれ』って言ってきたんです」

「社長がこの携帯電話を捜していたということですか」

「兄にとってみれば、携帯電話に入っているデータはメグミさんを助けるための最後の手段でした。自分と社長が捕まれば、メグミさんの死刑は避けられる。逆に、社長からすれば、これは何としてでも奪い取らなければならないものでした」

「だから、トニーはあなたにこれを預けた」

「兄はいざとなったらこの携帯電話をつかってメグミさんを助けてほしいと思っていたはずです。今日の裁判を聞いて、そう思いました。今こそ、兄が遺したものをつかってもらうべきだって」

幸介はもう一度携帯電話を見つめた。もし本当なら、長きにわたる犯罪の証拠が記録されているはずだ。

彼は弁護士に言った。

「この携帯電話は裁判の証拠になりますよね」

弁護士は自信に満ちた声で答えた。

「もちろん揺るぎない証拠となるでしょう。内容によっては、日本の警察が動いて社長の身柄をマレーシアに預けてくれるかもしれません。そうなれば、マレーシアの法廷で彼を裁くことができます」

社長の逮捕を狙っている日本の警察なら、この証拠を手に入れた時点で逮捕に踏み切るはずだ。

リーが慌てて純と駒子に今の話を日本語で説明しはじめる。幸介は弟に言った。

「ありがとうございます。まさかこんなものをいただけるとは」

「兄の気持ちですから」

「でも、もしこれが公になれば、あなた方の犯罪も明らかになります。捜査の手が及ぶことになるんじゃないですか」

弟は寂しげな表情を浮かべた。

「いいんです。僕らはマレーシアを離れます」

「この国から出ていくということですか」

「兄が死んだことで日本とのパイプは切れました。いとことも話し合いましたが、マレーシアに残って悪いことをつづけるより、イランに帰って正しく生きようと思います」

「イランで仕事のあてはあるんですか」

「楽ではないでしょうが、英語と日本語とマレー語と中国語を覚えたので、がんばれば語学教室をやるなり何なりして生きていくことはできます」

「携帯電話の存在を公にするのは、あなた方がマレーシアを離れてからの方がいいですね」

「二週間後にはマレーシアを発ちます。それ以降にしていただければ嬉しいです」

「わかりました。かならずお約束します」

弟は感謝するように胸に手を当てた。そして大きく息を吐いた後、純に目を向けてつぶやくように言った。

「神のご加護《ホダーハーフェズ》を」

弟は黙っている純をもう一度見てから背を向け、ドアの向こうへと去っていった。

いつの間にか、窓の外が夕陽で赤くなっている。燃えるような色だ。純が言った。

「その携帯電話があれば、本当に社長の罪を問えるんですか」

幸介はうなずいた。

「大丈夫。日本の警察はかならず動くし、事件の首謀者が社長だったことを立証することができる」

「お母さんは？　僕のお母さんはどうなるんですか。罪は、軽くなるんでしょうか」

幸介はそれを聞いて、純の本音を垣間見たような気がした。やはり実の母を大事に思う気持ちがあったのだ。

「安心していいよ。幸介は純の肩に手を当てた。社長が好江さんを巻き込んだことを証明できれば、好江さんが全面的に罪を負う必要はなくなる」

「この国で死刑になったりってことはないんですね」

「もちろんだ。純君のためにも、絶対にそうさせないようにする」

純は「よかった」とつぶやき、力が抜けたように椅子にもたれかかった。目から自然と涙がこぼれ落ちていく。透き通ったきれいな涙だった。

駒子がそんな純の傍へ行き、「がんばったね、純君、がんばったね」と背中をさすった。彼女の目にも光るものがあった。純は何度も目をこすりながら、「うん、うん」と答えた。これでようやく、純も駒子も、そして恵も長いトンネルから一歩外に出られるのだ。

幸介は窓の外に目をやった。焼けるような夕焼けの中を、鳥の一群が影になって北を目指していた。

エピローグ

ホテルのロビーで、幸介は先に三人分の宿泊費の支払いを済ませ、ソファーに腰かけていた。足元には小型のキャリーケースが置いてある。ちょうどチェックアウトの時間だということもあってロビーは中国人や韓国人観光客で混雑していた。

レセプションの壁の時計の針は午前九時四十五分を示している。十時になれば、純と駒子が荷物をまとめてエレベーターで下りてくるはずだ。この日、幸介は午後の便に乗り込み、純と駒子を日本に送り届けることになっていた。

今回、東京には有給休暇を取って少し長めに滞在するつもりだった。弁護士の代理人として日本の外務省や法務省の関係者に会って事件の詳細をつたえたり、トニーの弟から受け取った携帯電話を渡したりしなければならなかったからだ。おそらく警察はマレーシアの裁判所からの要請を受けて、社長の身柄確保に動きだすだろう。トニーの携帯電話がある以上、社長が逃げ切ることはできないはずだ。

幸介はソファーにすわったままタブレットを開いて、日本の新聞の電子版に目を通した。どの新聞も恵の裁判のことを報じていた。これまでの証拠が十分でなかったとして、死刑判決の確定が先延ばしにされ、新たな捜査を行うという論調だった。いずれも三面記事扱いになっているのは、純や駒子のコメントが取れなかったためだろう。

東亜新聞でも他紙と同じく三面に記載されており、純や駒子のコメントは掲載されていなかった。会社側からはそれを求められたが、幸介は二人に迷惑がかかると考えて断ったのだ。

幸介はタブレットを膝の上に置き、バッグから二枚の便箋を取り出した。弁護士から、次に刑務所へ面会に行く際、恵にメッセージがあればつたえておくと言われたので、純と駒子に一枚ずつメッセージを書いてもらっていた。

広げると、純は次のように記していた。

恵お姉ちゃん

裁判がうまくいきそうで嬉しいよ。今思い出すのは、逮捕されてすぐに電話くれたこと。あの時、恵お姉ちゃんは、泣きながら言ってたね。

「最後まで支えられなくてごめん。もう私のことは忘れて。これから純君を守ってくれる人はたくさんいるから、がんばって生きるんだよ」

事件の後、児童相談所や施設でも同じことを言われたけど、恵お姉ちゃん以上に僕のことを思ってくれる人はいなかった。

今の僕の目標は、看護師になること。高校の先生からもがんばれば看護学校へ行けるって言われたし、そうなったら恵お姉ちゃんにアドバイスをもらうこともできる。

昔、田舎に引っ越して、ゆっくりと生活しようって話したよね。僕が看護師の資格を取ったら、恵お姉ちゃんと医療者が不足している田舎へ行って暮らそう。
日本で僕は一生懸命勉強して待っているので、恵お姉ちゃんも一日でも早く帰ってきてね。

純

駒子から恵に宛てた手紙にはこうあった。

恵へ
刑務所で書いたノートを見て、恵が子供の頃からどれだけ寂しくつらい日々をすごしていたのかを知りました。悲しい思いをさせてごめんね。必要な時に助けてあげられなくてごめんね。母っちゃ、何もわかっていなかった……。
母っちゃは実の親じゃないけど、恵をこの世で一番大切に思っています。だから、もし日本に帰ってこられたら、もう一度母っちゃとして接することを許してください。
事件でたくさんのものを失っただろうけど、最後まで傍にいて支えられるのが家族だと思っています。家族として恵の傍にいさせてください。

母

幸介は手紙を閉じて目をつぶった。脳裏をよぎるのは、なぜこんな事件が起きたのだろうという思いだった。

この事件にかかわるまで、日本人が海外で捕まって死刑判決を受けるなんて、よほどの重大犯罪を起こさなければありえないと思っていた。だが、恵の人生を見て感じるのは、どこにでもある小さなつまずきが発火点となって、ここまで大きな事態に発展するということだ。

グローバル化された現代では、世界で起こるあらゆることが密接につながっている。恵はありがちな家庭の事情を抱えて田舎から上京してきた看護師にすぎない。だが、東京という大都会にはイラン・イラク戦争の傷跡を背負って来日し、バブル崩壊で闇社会に巻き込まれたトニーのような人が暮らしている。その二人が出会い、アメリカ同時多発テロ、アフガニスタン戦争、リーマンショックといった出来事が絡み合うことで、気がついた時にはマレーシアの空港で逮捕され、死刑判決を受けることになってしまう。

そういう意味では、東京は国際化によって、その闇を日々深めていっていると言えるのだろう。地下に様々な水脈があり、それが絡み合い、ふとした拍子に足を滑らせて落ちた途端にどこまでも流されてしまう。それが今の世界の恐ろしさなのだ。

その時、後ろから声がした。

「幸介さん」

声がしたので顔を上げると、駒子が荷物を持って立っていた。純より一足早く下りてきたのだ。血のつながりはないはずなのに、恵に似ているように見える。

駒子は頭を深々と下げて言った。

「今回は本当にありがとうございました。幸介さんには感謝してもし切れません。いつか恵が帰ってきたら、二人で改めてお礼にうかがいたいと思います」

「純君も含めて四人で日本で会えればいいですね。まだ終わりではないので、その前にやるべきことはたくさんありますけど」

「今回の件で日本に帰ってからも、いろんな人に会わなければならないんですよね。お忙しいのに、裁判の後までご迷惑をおかけして申し訳ありません」

「そんなことありません。実は、新聞社を辞めようと思っているんです。だから、時間は結構あるんですよ」

「新聞社をお辞めに？」

幸介はうなずいた。

「今回の事件にかかわって、僕は記者としてやってはいけないことをいくつもやってしまいました。事実をねじ曲げてまで無罪を勝ち取ろうとしたこと、恵さんに入れ込むあまり客観性を失ったこと、そして個人的な事情で他紙を抜く記事を書けなかったこと……。どれをとっても新聞記者としては失格です。たぶん、このままつづけていても、いつか同じような過ちを犯すでしょう」

「でも、幸介さんはおらだぢのためによくしてくれました。幸介さんがいなければ、今の幸せはありません。新聞のことはわかりませんが、失格なんてことはないはずです」

「ありがとうございます。そう言っていただけるだけで幸せです。もう一つ本音を言えば、僕も今回のことを通して家族への思いが変わったんです」

「どういうことですか」

「もう少し家族の傍にいたいなと思ったんです。今はいろいろあって別居していますが、息子の年齢を考えれば傍にいてあげるべきです。これまで仕事のせいにしてそうしたことを避けてきた。息子が一人立ちするまで残り何年あるかわかりませんけど、傍にいてあげたいと思ったんです。幸い、小さな出版社を立ち上げた友人から働かないかと声をかけてもらっています。もう一度、ゼロからがんばってみようかなって思っているんです」

駒子は微笑んだ。

「そうですか。悩んだ末の結論なんでしょうね。きっと息子さんも喜ぶと思います」

「ありがとうございます。初めはうまくいかないこともあるでしょうが、あとは僕のがんばり次第で何とでもなりますから」

「幸介さんには、おらのような失敗は犯してほしくない。できるだけ長い間、ご家族と一緒にいてあげてください」

幸介は首を横にふった。

「駒子さんの人生は失敗なんかじゃありませんよ。生活を支えるために、朝から晩まで休みもろくになく一生懸命に働いていたわけで、恵さんもそれは十分に理解しています」

「でも……」

「駒子さんの気持ちがつたわったからこそ、恵さんは純君をあんなふうに思いやれる女性になったんじゃないでしょうか。育児放棄された不登校の子の人生を懸命に守るなんて普通じゃできることじゃありません。純君もそれをわかっていたから今回マレーシアに来てくれた。すべての土台には、駒子さんの努力があったと僕は思っています」

駒子は黙って何かを考えた後、嬉しそうに「ありがとうございます」とお辞儀をした。

その時、エレベーターのドアが開き、純がキャリーケースを引いてやってきた。ジーンズにブルーのTシャツという高校生らしい格好だ。鼻の頭には大きなニキビがある。純は昨日とは打って変わったように明るい笑顔を浮かべて言った。

「お待たせしました！」

「帰る準備はいい？」

「完璧です！」

幸介は荷物を担いで言った。

「よし。じゃあ、タクシーに乗って空港へ行こうか」

「幸介さん、一つ訊きたかったんですが、空港にお土産店ってありますか」

「免税店ならあるよ。施設の職員にお土産でも買うの？」

純は困った顔をして口ごもった。幸介はそれを見て笑った。

「お、彼女へのお土産だな」

純は「ち、ちがいますよ！」と言うものの、顔が真っ赤になっている。駒子がクスッと笑う。

幸介は「はい、はい」と言ってホテルの出口へ向かって歩きはじめた。純が「本当にちがいますってば！」と追いかけてくる。幸介は微笑みながら、自分も妻と息子にたくさんお土産を買ってあげなきゃな、と思った。

解説

古川諭香《ふるかわゆか》（フリーライター）

この人が目に映してきた世界を知りたい。石井光太氏は、読み手にそう感じさせるノンフィクション作家だ。

人々の憐憫《れんびん》を誘うため、手足を切断されて売られる子どもがいるインドの闇を明かした『レンタルチャイルド―神に弄《もてあそ》ばれる貧しき子供たち』（新潮社）や機能不全家庭で育ったことから、我が子を愛せない母親の苦しみを拾い上げた『育てられない母親たち』（祥伝社）など、石井氏はこれまでに国内外問わず、様々な社会の暗部を発信。

それらはどれも、生まれる国や環境、時代などが違えば、自分の身にも起こり得たかもしれない悲劇であるからこそ、読者の心に強烈な爪痕を残す。

また、ノンフィクション作家としての観察眼と筆力を活かした小説も読みごたえがある。個人的に、石井氏初の小説『蛍の森』（新潮社）は深く考えさせられた作品だ。ミステリー作かと思い、軽い気持ちで手に取ったところ、それまで教科書でぼんやりとしか知らなかった、ハンセン病患者への差別の酷さや彼らが感じていた苦しみが克明に描かれていて、涙が止まらなくなった。

　徹底した取材のもとに生み出されたノンフィクションや、ノンフィクションかと思えるほど密度の濃い小説を通し、石井氏は人の間にある「見えない分断」を読み手に教えてくれる。

　本作『死刑囚メグミ』も、そんな作品だ。物語は、覚醒剤密輸によって死刑判決がくだされた小河恵という女性の生い立ちと、事件の背後にある国際的な覚醒剤密輸ビジネスが明らかになるというシンプルな構造である。

　だが、そこに込められているメッセージは強く、深い。おそらく石井氏は、本作を通して伝えたかったのだ。人は誰しも、ささいなつまずきの連鎖で人生が大きく歪《ゆが》む恐怖と隣り合わせで生きていることを――。


　恵は内気な性格という言葉では足りないほど、口数が少なく、自己主張をしない。死刑宣告され、死が目前に迫っていても、事件の背景を明らかにしようと奮闘する同級生の東木幸介に多くを語ろうとしないのだ。

　そのため、真相解明は難航。本人が主張するように無罪であるならば、伸ばされた救いの手にすがっていい状況なのに、なぜ必死にならないのか。どうして、生きたい、助けてと叫ばないんだろうと苛立ち、私は初め、心の内が読めない恵にいい印象を抱けなかった。

　だが、彼女の生い立ちに触れた時、ものすごく狭い視野で、恵という人間を判断していたことに気づき、自分の考えの浅さに腹がたった。

恵は自分の感情を言わないのではなく、言えなかったのだ。なぜなら、貧困によって周囲から避けられ、人とコミュニケーションをとる機会を失い、昼夜を問わず働く母親に甘えたい、寂しいという感情を押し殺し続けてきたから。彼女は、自分の考えや意志を他者に伝えることを学ぶ機会を得られなかったのだ。

石井氏の『ルポ 誰が国語力を殺すのか』（文藝春秋）によれば、恵のような子どもは昨今、増えているという。

同書で石井氏は、家庭生活が貧困である子の中には本来、家庭内で学ぶ基本的な会話や表現を養う機会を得ないまま、大人になっていくケースがあると指摘。国語力を身につけられないまま成長すると、言葉を上手く使えないことで、様々な壁にぶつかる場合があるとも語っていた。

恵はまさに、このケースに当てはまる。彼女は貧困というつまずきから、自分の気持ちを適切な言葉で表現できず、人間関係でのつまずきも経験し、死を前にしても、自分の意志を上手く伝えられない人間になってしまったのだ。

何度か訪れた人生の分岐点で、もし、一度でも誰かに救いの手を求められたら、恵の未来は、死刑宣告されるほど悲劇的なものにはならなかっただろう。最後の最後にようやく「助けて」と発することができた恵の姿からは、感情を適切に表現できない者が背負っている苦しみがひしひしと伝わってきた。

人は自身が置かれてきた成育環境を当たり前のものだと思い、他者をジャッジしてしまいやすいが、自分にとって当然だと思える暮らしは、誰かにとっては想像もできない非日常だ。

〝同じ社会に生きていても、人々は格差にもとづく階層ごとに断ち切られ、それぞれにとって見える世界がまったく別のものになっている〟。石井氏は『格差と分断の社会地図 16歳からの〈日本のリアル〉』（日本実業出版社）で、そう訴えていた。

同書で、私は恵のような「格差の下側の階層」に属している子の中には親が貧困状態にあるため、進学を諦めるだけでなく、箸の使い方を知らなかったり、家族で鍋を囲んだ経験がなくおでんの食べ方が分からなかったりする子がいることを初めて知り、胸が痛んだ。

だが、恵の人生に触れ、ハッとした。たくさんのつまずきや貧困家庭で育った人の生きづらさを「胸が痛む」と冷静に見られたのは、自身が格差や貧困問題を他人事だと考えている証だったのでないかと気づいたのだ。

あなたは階層が違う人の現状を分かったような気になり、違う階層の人間が経験する悲劇を「自分は遭遇しない小さなつまずき」として捉えているのではないか。恵の罪や半生は、私に、そう語りかけているように感じた。

自分はたまたま、金銭的に苦労していない家庭に生まれ、職を得て、社会のレールに乗ることができた。だが、この先、「普通のレール」から外れ、貧困に陥る可能性は大いにある。

それは、私だけに当てはまることではない。みな、小さなつまずきに足を取られ、そこから連鎖する悲劇に飲み込まれてしまう恐怖を背負いながら生きている。

現に、コロナ禍と騒がれはじめた頃がそうだったではないか。航空業界や旅行業界など、どちらかといえば、今まで貧困とは無縁であるように思える世界で働いていた人たちが、明日の生活に不安を感じ、社会が混乱したのは記憶に新しい。

フリーライターの私自身も、次々と媒体が終了し、取材記事を書くことが難しくなり、「今月も暮らしていけるだろうか」という不安が一日中、心から消えない時期があった。

小さな落とし穴は、いつ足元にできるか分からない。グローバル化が進んでいる現在は、世界情勢の変化によって生活が大きく変わるケースだってある。未だ、終結しないロシアによるウクライナへの侵攻もそうだ。

当初、この侵攻を「テレビの中のこと」と他人事のように考えていた人は多かったはず。ガソリンや電気代などが高騰して日本経済に影響が現れ、自身の事業や生活が脅かされるようになって、初めて、この問題を自分事として捉えられるようになったのではないだろうか。

遠い異国で起きた一見、自分の暮らしとは関係がなさそうなことが火種となり、自身に大きな悲劇がもたらされることを、他国と比べて治安がいい日本で生きる私たちはしばしば忘れてしまう。

だが、ささいなことだと思えることが、想像もしないような不運を呼ぶバタフライエフェクトは、誰の身にも起こり得る。そう気づくと、ささいなつまずきが重なり、人生が変わってしまった恵の罪を「自業自得」や「自己責任」という言葉で罰せられなくなるはずだ。

恵には人を疑うことを知らない甘さや世間知らずな一面があるのは、たしかだ。だが、彼女の犯罪は、貧困の連鎖や自分の気持ちを伝える機会を奪われ続けた末に起きたものだ。もちろん、どんな事情があっても罪を犯していい理由にはならないが、成育環境や自力ではどうにもできないつまずきが原因で人生が歪んでしまった人だけを裁くのは、果たして正しいのだろうか。

彼らを裁くのならば、第二の彼らが現れないよう、社会の仕組みを整えていくことも重要だ。日本には困った時には頼れる様々な公的な機関がいくつかあるが、恵のように、他者に感情や自分が置かれている状況を伝える国語力を身につけられなかった人にとって、それらは救いになるとは言いがたい。

幼い頃から根本的な支援を受けられないまま育つと、そもそも公的サポートに対する期待が持てないこともあるし、貧困の連鎖から情報を得る機会がなく、困った時に頼れる機関があることすら学べないまま、大人になる子もいるだろう。

国語力や知識、行動力が必要な国の公的な救済法に、真っ先に頼ることができず、ささいなつまずきの連鎖から社会の暗部に引きずりこまれてしまう人は、きっと想像以上に多い。そうした人だけを責め、罰する社会はあまりにも冷たく、悲しい。

本作には恵以外にも、成育環境や生まれた国、時代、国際情勢などによって、思わぬつまずきを経験し、人生が大きく狂ってしまった人物が多数登場するからこそ、そう思えてならなかった。

例えば、一見、ひどい母親のように思える好江もそうだ。好江はＤＶ夫から息子と共に命からがら逃げ、シングルマザーとして必死に生きる中で、自分を支えてくれた鈴木社長に恋をし、覚醒剤密輸ビジネスに加担してしまった。

トニーの場合は戦争によって、人生が歪んだ。父親が死に、ミサイル攻撃で母が寝たきりになったことから日本へ働きにやってきたものの、バブル崩壊後に解雇。一家を支えるためにやむなく、犯罪に手を染めるようになっていた。

登場人物たちが経験したつまずきや悲劇と、どこか重なるものを、これまでに石井氏は数多くのノンフィクション作で取り上げているからこそ、この物語には単なるフィクションだと片付けられない重みがある。

本作は日本や世界の縮図を読者に分かりやすく示した、集大成とも言える一冊なのではないだろうか。

〝戦争、経済制裁、大統領の一言、そうしたことが強風となって吹きつけて、人の人生をまるで砂のように吹き飛ばしてしまう。そこで死んでしまう人もいるけど、生き残った人は吹き飛ばされた場所で必死に生きていかなければならない〟（Ｐ３４８）

不安定な時代である今、本作に綴られている、この言葉は心に刺さる。もしも自力でどうにもできない悲劇がこの身に降りかかってきたら、自分はどう切り抜け、明日を生きていくだろう。

そして、自分とは違った成育環境を生き抜いてきた他者をどう受け止めれば、人の間にある見えない分断を食い止められるのか。本作は、そう考えさせる問題提起本でもある。

二〇一九年　十一月　光文社刊

初出「小説宝石」二〇一八年六月号〜二〇一九年六月号

※この作品はフィクションです。実在の人物・団体・事件とはいっさい関係がありません。

＊本文中に、「乞食」「オカマ」など、今日の観点からすると不快・不適切とされる呼称が使用されています。しかしながら、物語の根幹に関わる設定と作品に描かれた時代背景（一九七〇年代〜一九九〇年代）を考慮した上で、これらの表現についても、そのまま使用しました。差別の助長を意図するものではないことを、ご理解ください。（編集部）

光文社文庫

死刑囚《しけいしゅう》メグミ
著者　石《いし》井《い》光《こう》太《た》

2023年3月20日　初版1刷発行

発行者　三宅貴久
印刷　堀内印刷
製本　ナショナル製本

発行所　株式会社　光文社
〒112-8011　東京都文京区音羽1-16-6
電話（03）5395-8149　編集部
8116　書籍販売部
8125　業務部

ISBN978-4-334-79503-0　Printed in Japan

組版　萩原印刷

光文社文庫

死刑囚メグミ

石井光太

光　文　社